L'ŒUVRE DE BARYE

Photogravure Goupil et Cie

BARYE

ROGER BALLU

L'OEUVRE DE BARYE

PRÉCÉDÉ D'UNE INTRODUCTION

DE

M. EUGÈNE GUILLAUME

MEMBRE DE L'INSTITUT

OUVRAGE ACCOMPAGNÉ DE VINGT-QUATRE GRANDES PLANCHES HORS TEXTE

En Héliogravure

ET DE NOMBREUSES VIGNETTES DANS LE TEXTE

PARIS

MAISON QUANTIN

COMPAGNIE GÉNÉRALE D'IMPRESSION ET D'ÉDITION

7, rue Saint-Benoît, 7

1890

A

MONSIEUR EUGÈNE GUILLAUME

STATUAIRE

MEMBRE DE L'INSTITUT

En écrivant votre nom sur la première page de cet ouvrage, je le place sous la protection d'un grand artiste et d'un des plus hauts esprits de ce temps.

J'ai la joie en même temps de le dédier à un homme auquel m'attache l'affection la plus sincère et la plus profonde qui puisse être...

Et, à défaut de tout autre mérite, ce livre aura au moins eu une dédicace heureuse.

ROGER BALLU.

BARYE THÉORICIEN[1]

Parmi les plus grands artistes, il en est qui se font de la science un puissant auxiliaire, et qui cherchent en elle la sûreté de leur inspiration. On dirait qu'ils lui empruntent ses méthodes et ses procédés : ils ne créent rien, sans avoir mûrement observé et ils ne représentent les formes qu'après en avoir acquis la connaissance certaine. Savoir est pour eux un premier besoin, un devoir rigoureux et comme un point d'honneur. Si brillamment doués qu'ils soient, ils n'exercent jamais leur talent, sans faire appel à des informations précises et sans interroger leur conscience : leur vie est un perpétuel hommage rendu à la vérité. Mais cette subordination volontaire ne les amoindrit pas. Grâce au sentiment de l'art dont ils sont animés, ils transportent la réalité dans un domaine supérieur ; la nature, telle qu'ils nous la rendent, est toute pénétrée de leur idéal. En même temps, le principe de sincérité et de logique d'après lequel ils se sont guidés, reste acquis à leurs successeurs. Et si leur génie dans sa personnalité reste insaisissable, ils laissent un exemple salutaire et ouvrent une voie dans laquelle d'autres, après eux, s'avancent sans crainte de s'égarer.

Tel fut le statuaire Antoine Louis Barye en l'honneur de qui ce livre est publié. Une exposition récemment ouverte à l'École des beaux-arts a permis d'admirer le caractère et la beauté de son œuvre : l'essai qui va suivre est destiné à en faire ressortir la souveraine raison.

Barye a embrassé son art tout entier, depuis l'orfèvrerie jusqu'à la sculpture monumentale, depuis les sujets les plus modestes, jusqu'aux figurations héroïques. Il a rendu avec une égale supériorité les hommes et les bêtes. Mais dans l'opinion générale sa plus grande gloire lui est venue de ce qu'il a élevé au premier rang un genre d'ouvrages qui, jusqu'à lui, avait été considéré comme secondaire : il a excellé dans la représentation des animaux.

1. M. Eugène Guillaume a bien voulu non seulement accepter la dédicace de ce livre, mais encore me permettre de reproduire ici cette étude tirée de son cours au Collège de France. (Note de l'auteur.)

a

A vrai dire, jamais en France, depuis la Renaissance, cette partie de l'art n'avait été négligée. Au XVIIe et au XVIIIe siècle nous avions eu des hommes qui s'y étaient particulièrement distingués. Mais les peintres y avaient marqué bien plus que les sculpteurs. Ainsi Van der Meulen traitait les sujets de vénerie dans des tableaux que le bas-relief ne pouvait égaler; et Desportes, Oudry et Bachelier, en peignant des animaux aux prises, faisaient oublier Van Clève et Houzeau. Cependant Girardon, Desjardins, Guillaume Coustou et d'autres statuaires de leur école s'étaient surtout appliqués à bien connaître et à bien rendre le cheval. Ils avaient été secondés en cela par des physiologistes spéciaux, comme Solleysel, et comme Vincent et Goiffon qui l'avaient étudié jusque dans ses allures. Plus près de nous, ils avaient reçu les leçons de Bourgelat qui, à l'imitation de Léonard de Vinci et de Lomazzo, avait réduit les formes du cheval en une règle de proportion. Au commencement de notre siècle, Bosio, Lemot et Cartellier, chargés d'exécuter des statues équestres, avaient au besoin profité de ces traditions, altérées cependant par une imitation directe de l'antique. De sorte que si l'on en excepte un *Chien* de Grégoire Giraud que l'on voit au musée du Louvre, rien n'indiquait alors que l'attention des sculpteurs se fût sérieusement portée sur les animaux.

D'ailleurs, qu'étaient ces ouvrages à côté des peintures de Gros, et même de Carle Vernet? Ces deux peintres ont été comme les initiateurs d'une école aujourd'hui florissante : sans en avoir eu l'idée, ils ont préparé la venue de Géricault et de Barye.

Géricault peut être considéré comme l'artiste à qui l'école qui a pris pour tâche de représenter les animaux est avant tout redevable : il lui a donné son esprit scientifique. Il a laissé de nombreux dessins d'anatomie exécutés avec une précision admirable. Il étudiait les animaux avec la même passion que l'homme et avec le même désir d'en pousser la connaissance à fond. Sa carrière, à son apogée, a été très courte : en 1819 il exposait le *Radeau de la Méduse* et il mourait en 1824. Mais c'est de ce moment que date le mouvement d'idées qui a porté certains peintres et certains sculpteurs à se livrer spécialement à l'étude des animaux. Géricault, qui les rendait avec une grande justesse de caractère, avec une expression de vie supérieure, pouvait reconnaître que généralement on procédait dans ce travail sans préparation suffisante. Ne devait-on pas joindre au sentiment qui fait l'œuvre, l'exactitude irrécusable des formes que nos galeries d'anatomie, nos informations sur la nature morte et vivante, nos ménageries enfin, nous permettent de réaliser? Il le pensait ; et lui-même, s'étant proposé cet objet, avait prêché d'exemple.

Tel a été le point de départ et tel a été le programme d'une école nouvelle. Géricault lui a montré la voie. Mais Barye a été son chef et son plus illustre représentant.

Dans la vie de Barye, rien n'est à négliger. Il est remarquable que, dans la carrière des grands artistes, les circonstances qui tout d'abord pourraient être considérées comme fâcheuses, que les obstacles qu'ils ont rencontrés, que les nécessités qu'ils ont subies, tristes à leur jour, se trouvent en définitive avoir servi par quelque côté au développement de leur talent et de leur caractère.

Ce fut le cas pour Barye. Il ne faut pas oublier qu'à l'âge de treize ans il fut mis en apprentissage chez un graveur industriel nommé Fourier et qu'il fut occupé par son maître à graver de ces creux ou poinçons qui servent à exécuter les repoussés. Les repoussés embrassent un nombre considérable de travaux, depuis les boutons simples ou portant un numéro ou une lettre, par exemple, jusqu'aux pièces les plus délicates de l'orfèvrerie. En même temps, il s'initia à tout ce qui intéresse l'art de la ciselure dans lequel il devait exceller ; et ainsi, de proche en proche, le maniement des métaux lui devint familier. Bientôt, le goût de l'art se développant chez lui, il entra chez Bosio qui alors tenait école. Cet artiste ne pouvait exercer sur la vocation encore indéterminée de son élève une grande influence. Cependant il a exécuté la statue équestre de Louis XIV qui est sur la place des Victoires et le quadrige qui couronne l'arc de triomphe du Carrousel. Mais Barye semble avoir été indifférent à ces ouvrages. Encore indécis, il ne se bornait point à recevoir les conseils d'un sculpteur ; il allait peindre dans l'atelier de Gros, l'auteur de la *Bataille d'Aboukir* et de ce tableau plus connu encore, *Napoléon visitant le champ de bataille d'Eylau,* ouvrages dans lesquels, cette fois, les chevaux sont traités avec supériorité.

Au bout de quelques années, en 1819, Barye prend son parti d'embrasser la carrière des arts : il entre à l'École et concourt presque immédiatement pour le grand prix de Gravure en médailles. Ouvrier graveur expérimenté, il connaissait d'avance la technique du *médailleur ;* dès ses débuts, il trouvait l'emploi de son habileté professionnelle. Curieuse rencontre ! le sujet était *Milon de Crotone dévoré par un lion,* et l'on remarque, car il reste un exemplaire de la médaille exécutée par le débutant et qui lui valut une mention honorable, que c'est une étude ferme, et où, ce que l'on voit du lion, est assez bien étudié. En 1820, il concourut de nouveau pour le prix de Rome, comme sculpteur alors et sur ce programme : *Caïn maudit.* Il obtint un second prix, mais la figure qui lui avait valu cette récompense a été malheureusement détruite. Il continua de concourir sans succès jusqu'en 1823, époque à laquelle il quitta l'École des beaux-arts. On voudrait pouvoir le suivre dans ses études, pendant les cinq années où il fut engagé dans la voie académique; mais il n'en reste que très peu de chose. On conserve de lui, dans les galeries de l'École, une esquisse en bas-relief qui est de ce temps : *Hector reproche à Pâris sa lâcheté*. Bien qu'elle ait valu une récompense à Barye, elle est dépourvue de caractère. Impossible, à qui la verrait sans être averti, de prévoir l'avenir de son auteur.

En 1823, Barye, qui était obligé, en même temps qu'il étudiait, de travailler pour vivre, entrait dans l'atelier d'un orfèvre qui jouissait alors de quelque réputation; il s'appelait Fauconnier. Là, il fut plus particulièrement employé à modeler des animaux. Dans quelles conditions? On ne le sait pas. Mais il est probable qu'il s'était réservé une partie de son temps et qu'il devait jouir, au milieu des travaux qu'il exécutait, d'une certaine liberté. On peut dire, sans crainte de se tromper, que c'est à cette époque qu'il a commencé à regarder la nature en face, qu'il a entrepris ses études d'histoire naturelle et que son originalité s'est dégagée dans un travail qui semblait devoir l'étouffer. C'est alors que sa vocation s'est décidée et que le caractère de son talent s'est formé.

Comme il serait intéressant de connaître les ouvrages d'orfèvrerie sortis de la maison Fauconnier et d'y chercher la main de Barye! Il doit certainement en exister encore. On pourrait en trouver la trace dans des livres de commerce qui peut-être n'ont pas disparu, et dans les actes de vente qui ont fait passer les modèles de cette maison dans d'autres mains. Là on découvrirait, avec la mention des achats et des commandes, les noms des clients et des successeurs de Fauconnier. Quoi qu'il en soit, c'est en travaillant en anonyme que Barye est devenu un grand modeleur et un grand ciseleur, un grand artiste à la manière des Grecs et des maîtres de la Renaissance, ou plutôt à sa propre manière, car il égale ses devanciers sans les rappeler.

En 1832, peu de temps après qu'il eut quitté ce patron, Barye, si bien armé par des études de tout genre, modela le groupe du *Lion écrasant un serpent* que l'on voit aux Tuileries sur la terrasse du bord de l'eau. Cet ouvrage, exposé en 1833, produisit une grande sensation. Certes tout ce que Barye avait exécuté jusque-là devait présenter un caractère très particulier, mais on commençait à voir de lui des chefs-d'œuvre.

Étudions un instant celui-ci qui, dans le nombre, a été le premier en date. Ce n'était pas absolument un coup d'essai. Deux ans auparavant avait paru le *Tigre dévorant un gavial*, dont le caractère est des plus remarquables. Mais la composition n'offre pas une scène animée. Au contraire, le groupe du *Lion écrasant un serpent* est très mouvementé. La pensée en est hardie et vraie; l'exécution empreinte d'un savant naturalisme. C'est une œuvre absolument originale. Qu'a-t-elle retenu du séjour de son auteur dans les ateliers de Bosio et de Gros? Au premier coup d'œil, absolument rien. Mais si l'on est informé des choses de ce temps, on reconnaît qu'il faut attribuer aux influences de ce premier milieu le goût de composition qui paraît dans l'ouvrage du jeune maître et qui est une de ses beautés. Il faut l'examiner de près, et cela est facile. On peut tourner autour, et alors on voit que, sous tous ses aspects, la composition en est également intelligible et bien ordonnée. Cela peut surprendre d'entendre dire que ce soit chez Bosio que Barye a puisé tant de style. A vrai dire en effet, Bosio entendait bien une statue, surtout quand elle était nue; mais il n'avait qu'une médiocre intelligence des grandes compositions. Ainsi donc il rendait parfaitement les formes. Nous avons au Louvre, dans le musée moderne, une petite statue, *Hyacinthe couché*, qui est charmante; il nous reste aussi, de lui, un *Aristée* d'une harmonie parfaite. Ses bustes sont également pleins de finesse. Au point de vue de l'étude délicate du modelé cela est tout à fait remarquable. Mais quant aux œuvres devant avoir un caractère monumental, Bosio ne s'y entendait pas, témoin son groupe qui représente *l'Histoire et les Arts consacrant les gloires de la France*. Mais il se passait dans son atelier une chose assez singulière. Ses élèves s'appliquaient assidûment à acquérir ce qui manquait à leur maître, et, grâce à cet effort dont l'honneur leur revient, plusieurs d'entre eux se sont distingués dans l'art des ensembles et de la haute décoration.

Le théoricien le plus considérable de l'école française, celui qui a le mieux possédé la science des mouvements et des arrangements, Duret, était aussi élève de Bosio. Un peu plus jeune que Barye, il avait étudié dans le même milieu et sous l'influence des mêmes idées. Cet atelier présentait donc le phénomène assez inattendu d'élèves suivant une voie différente de celle dans laquelle leur maître était engagé. Mais à cette époque cela n'était pas aussi nouveau qu'on pourrait le croire: on avait déjà vu Géricault et Delacroix étudier chez Guérin. Si les élèves de Bosio travaillaient avec cette indépendance, ils tenaient cependant de leur maître une manière affinée de rendre la nature. Barye, sous ce rapport, ne relève plus que de lui-même. Il traduit les formes avec énergie et précision, sans complaisance pour le morceau. Son modelé est savant, mais il n'a rien de la rondeur et de la plénitude qui sont propres aux œuvres académiques. Dans le *Lion écrasant un serpent*, il est méplat et même un peu maigre. Ce n'est pas un animal engraissé : c'est le lion du désert qui vit de la proie qu'il lui faut trouver chaque jour. Son poil est rude, toute sa peau en est couverte. La crinière est hérissée, mais elle est noble, bien qu'inculte. La tête est expressive; son rictus

b

est mêlé de férocité et d'une horreur instinctive. Elle n'a pas cette physionomie humaine que l'on trouve à la plupart des animaux peints ou sculptés par les modernes : c'est l'horrible reniflement des fauves qui rugissent également en exhalant leur souffle et en le reprenant. Si l'on compare un pareil ouvrage au lion que l'on avait fait jusque-là, au lion bien accommodé, solennel, conçu comme un ornement, encore reconnaissable si l'on veut, mais dépourvu de toute fierté native, ayant une majesté apprise et non celle que lui a départie la nature ; au lion de nos jardins, banal et devenu insipide par une sorte de domestication traditionnelle, on voit qu'il y a dans l'œuvre de Barye une nouveauté dont les éléments essentiels peuvent être saisis par nous.

Elle consiste d'abord dans une observation sincère des habitudes de l'animal, et ensuite dans une connaissance approfondie de sa structure. Il y a là, sans contredit, l'influence de Géricault, non pas l'influence directe, non pas celle qui vient du commerce que l'on a avec un homme, mais influence d'idées, de doctrines, de direction. Les études savantes du peintre faisaient grand bruit ; on en parlait sans s'y soumettre. Seul, Barye les poursuivait après lui.

Les dates présentent souvent des coïncidences singulières. Géricault exposait le *Naufrage de la Méduse* l'année même où Barye débutait dans les arts. Géricault mourait peu avant que Barye abandonnât les concours de l'Académie: ces dates appartiennent à la fois à la vie des deux initiateurs. Mais ce qu'il faut remarquer, c'est que cette période a été signalée par l'apparition de l'œuvre maîtresse de Géricault, par les débuts de Delacroix et par l'animation que prit alors la querelle des classiques et des romantiques. Il n'est pas douteux que, dès le principe, Barye ne se soit jeté dans la lutte. Le *Lion écrasant un serpent* est un ouvrage romantique et il porte la marque du romantisme militant. Il se rattache à ce qu'il y avait de meilleur dans la doctrine nouvelle : il indique un retour sincère à la nature et à la science ; l'art qu'il représente s'appuie sur des données d'observation. Le lion de Barye est un lion sauvage ; c'est là le côté que l'artiste a puissamment fait ressortir, et c'est par là que son œuvre nous émeut. La gueule et la griffe sont accentuées avec une décision extraordinaire. Les anciens aussi ont marqué avec force ces parties de l'animal qui sont les instruments caractéristiques de son énergie, celles qui sont le plus nécessaires à la satisfaction de ses instincts. Barye en agit de même ; mais ici il n'y a aucune trace ni de simplification architectonique, ni d'un symbolisme imité de l'Orient. Le spectacle que l'on a sous les yeux n'a rien non plus des scènes théâtrales et humainement pathétiques que peignaient Rubens, Snyders et leur école. Non! Ici l'animal est considéré en lui-même. Il est pris dans la nature et il n'est pas rabaissé pour cela. Au désert,

le lion est toujours roi ; mais, obéissant à ses instincts, il agit avec une sorte de
naïveté terrible et grandiose, avec la beauté inculte et la dignité native qui
conviennent à la liberté. Grâce à une observation persévérante et à des intuitions
de génie, Barye affranchit les animaux des habitudes de la captivité et des
entraves de la convention. Il leur rend l'indépendance ; et c'est un des traits de
son originalité.

✳

Le *Lion écrasant un serpent* excita, à son apparition, de grandes admirations et aussi de vives critiques. On comprit qu'on était en présence d'un artiste
qui entrait dans la carrière avec un talent puissant, mais aussi avec des théories
différentes de celles qui prévalaient dans l'enseignement officiel. De là des enthousiasmes d'une part, et de l'autre un sentiment hostile dont Barye fut longtemps
l'objet. Il resta impassible; il n'éleva pas école contre école; il n'appela point
d'élèves à lui. Il fut insensible aux critiques qui lui étaient adressées et qui éma-
naient de personnes qui, par aveuglement ou par intérêt, ne pouvaient le comprendre. La louange d'ailleurs ne l'émouvait pas plus que le blâme. Il poursuivait
imperturbablement ses études, sûr de lui-même et certain d'être dans la vérité.

C'est dans cette première phase de sa carrière féconde que Barye connut
et approcha le duc d'Orléans. Le prince, par l'ouverture de son esprit et par
ses encouragements, exerça sur l'artiste une heureuse influence. Il lui commanda
plusieurs groupes destinés à un surtout de table dont l'ensemble devait être
superbe. Il était composé de neuf groupes reliés entre eux par une architecture
décorative. Les principaux, au nombre de cinq, représentaient des chasses :
Chasse au tigre, Chasse au taureau, Chasse aux ours, Chasse au lion et *Chasse à
l'élan*. Ces ouvrages ont été décrits en détail et avec une admiration très sincère
par Gustave Planche, qui était grand appréciateur de Barye et dont le jugement
doit compter. Plus tard, ils ont été dispersés et l'on n'en a revu que deux à l'exposition des œuvres du maître qui eut lieu en 1875 à l'École des beaux-arts :
la *Chasse au lion* et la *Chasse au taureau*. Dans le premier, deux cavaliers arabes
disputent un buffle à un lion qui le terrasse. Dans le second, des cavaliers
espagnols, avec des dogues de grande taille, attaquent un taureau sauvage : les
cavaliers portent le costume du xvᵉ siècle. Ces deux sujets sont rendus avec une
variété, avec un pittoresque tout à fait surprenants. L'exécution en est accomplie.
Les figures ne sont pas de grandes dimensions : elles sont dans une proportion
appropriée à leur destination et à l'ensemble décoratif auquel elles appartiennent.
Un surtout de table ne doit pas s'élever très haut, pour ne pas arrêter la vue

et empêcher les convives de communiquer. Ces groupes sont donc assez bas, mais la ligne en est heureuse et variée. La fonte en est parfaite. Ce sont de véritables pièces de musée, des exemples qu'il faudrait que l'on eût toujours sous les yeux.

Mais, à mon sens, ils ont encore ce grand intérêt de nous donner une idée des premières œuvres de Barye et de les résumer. Par la nature du travail et les dimensions des figures, ils nous offrent, pour ainsi dire, la somme des études faites par l'artiste pendant le temps qu'il demeura chez Fauconnier : c'est de haute et superbe orfèvrerie. Pour répondre aux exigences d'une pareille entreprise, il fallait plus que du talent : une expérience consommée était nécessaire ; et si ce n'était pas trop de l'étude profonde que Barye avait faite sur les animaux et de la connaissance qu'il avait acquise de leur structure, de leurs mœurs et de leurs habitudes quand ils attaquent ou se défendent, l'auteur devait encore posséder à fond la technique du métal, depuis la fonte qu'il lui fallait diriger, jusqu'à la ciselure et à la patine qu'il avait à parfaire. Dans ce bel ensemble, l'artiste, le savant et le praticien consommé se trouvèrent associés d'une manière qui certainement, chez nous, était sans précédent. Barye n'avait pas à regretter ses commencements. Grand artiste, son habileté d'ouvrier ne le desservait pas.

Le surtout du duc d'Orléans, commencé vers 1835, fut, non point un pas en arrière, mais comme un temps d'arrêt dans la carrière de Barye. En définitive, c'était une œuvre qui rentrait dans l'ordre de ses travaux de jeunesse. Non que j'entende par là qu'on doive la considérer légèrement et la traiter comme le firent certains critiques du temps, qui ne voulurent y voir qu'un travail de genre et d'un ordre inférieur ; mais parce que Barye n'aborda plus ces compositions compliquées et ne s'arrêta désormais qu'à des données plus simples et plus conformes aux conditions générales de la statuaire.

Envisageant donc son art de la manière la plus large, il montra combien il était capable d'en élever l'expression. En exécutant le *Lion écrasant un serpent,* cette œuvre absolument nouvelle, il avait enfermé sa composition dans des lignes sculpturales; mais, au point de vue de l'exécution, ses admirateurs les plus fervents avaient cru pouvoir lui adresser quelques critiques, ou tout au moins quelques observations. Ils disaient que les formes de l'animal manquaient de cette accentuation et de cette amplification dont la sculpture a besoin, qui sont sa raison d'être et qui la distinguent du moulage sur nature. Faire ressortir les proportions du corps et le caractère de ses divisions, c'est en effet ce qui donne à la sculpture son cachet. On prétendait donc que ce lion, si beau qu'il fût, manquait dans certaines parties, et principalement dans les plus expressives, du caractère sculptural. Cette réserve a été faite par Planche, à l'opinion de qui je ne puis, cette fois, absolument me ranger; mais on trouvait alors qu'elle n'était pas sans justesse. Qu'en pensait Barye? Il était capable de comprendre toutes les observations qui lui étaient adressées, ne fussent-elles fondées qu'en apparence. Autant il était indifférent aux attaques passionnées et injustes, autant il était accessible à la raison. Et sans prétendre que Planche ait exercé quelque influence sur un homme aussi indépendant d'esprit et d'un talent aussi supérieur, on peut croire que celui-ci accepta la critique comme une sorte de défi, se promettant de montrer plus tard qu'il pouvait s'élever au grand style.

En 1847 parut le *Lion assis,* qui est placé, avec sa contre-partie, devant une des portes des Tuileries. C'est un ouvrage de premier ordre, qui nous montre le talent de Barye singulièrement agrandi. L'exécution en est large, puissante. Cette fois les principales divisions du corps, les attaches des membres, les masses musculaires, la tête, la crinière, tout est marqué avec une simplicité et une énergie qui rappellent ou plutôt qui égalent les plus beaux animaux sculptés en Égypte et en Assyrie. Il y a quelque chose de plus, parce qu'ici l'ampleur et la simplicité ne tiennent rien des canons égyptiens. Quoique grave et imposant, ce lion n'a pas la froideur, l'impassibilité architectonique d'un ouvrage fait au compas et dans lequel les plans sont immédiatement établis en vertu d'une règle de proportion. Le *Lion assis* est un type de généralisation savante, donnant par l'accumulation et par la condensation d'éléments observés la somme de l'être; tellement que l'animal reste réel au fond et qu'il pourrait vivre. Le détail anatomique, le détail vivant n'échappe pas à un œil exercé : au besoin il pourrait saillir; mais il est subordonné à la masse. Il laisse à celle-ci sa grandeur et son autorité.

Ce n'est pas à dire que le statuaire eût adopté, à toutes fins, cette manière d'interpréter la nature. Il savait approprier son art au caractère de ses sujets et à la destination de ses ouvrages; c'est là ce qui donne à ses productions une variété infinie. D'après cela, chez lui, l'accentuation sculpturale est mesurée aux œuvres, soit qu'il faille mettre en jeu tout le détail des formes, comme dans les combats et les chasses, soit que toute l'étude doive être résumée dans une synthèse d'un caractère monumental comme dans le *Lion assis.*

D'ailleurs il portait dans son travail une droiture de sens admirable. Il avait pour les formes animales un véritable respect. Avec le don qu'il possédait d'en dégager les traits essentiels avec énergie, il n'a jamais, en cela, dépassé la mesure. Il n'était pas porté à en pousser le caractère jusqu'à une exagération violente ou

c

ridicule. Il considérait qu'il eût été aussi contraire à la dignité de l'art de charger l'animal, que de chercher à l'embellir. Pareil à la nature qui ne se profane point, il n'abaissait jamais son sujet; artiste, il se gardait d'en faire une caricature ou un épouvantail. En aucune façon ses animaux, même les plus monstrueux, ne sont des monstres.

Cependant Barye ne négligeait point la figure humaine. En 1831 il exposait une statue de *saint Sébastien* qui a disparu, et il y a de nombreux personnages dans ses groupes. Néanmoins, ses détracteurs affectaient de le considérer comme irrévocablement voué à un art qui, n'ayant pas l'homme pour objet, devait être considéré comme secondaire; ils l'y confinaient de propos délibéré. Mais en dépit de ses adversaires il embrassait son art tout entier. Ses premières études avaient eu la figure humaine pour objet. Depuis il avait beaucoup ajouté à son éducation académique. Ses cavaliers, par exemple ceux qui se trouvent dans ses chasses, sont remarquables, parce qu'en même temps qu'ils sont traités comme hommes et comme écuyers ils sont envisagés au point de vue de la race et du temps auxquels ils appartiennent. Barye a souci de l'histoire et de l'ethnographie aussi bien que des lois physiologiques : ce sont encore des données nouvelles, qui empruntent leur valeur à la science et viennent au secours de l'art.

Bien plus, l'anatomie comparée lui fournit des ressources et le parti qu'il en tire est un des mérites du groupe d'*Angélique et Roger* dont le motif est cependant purement poétique.

Il y avait de grandes difficultés à composer un pareil sujet; mais, préparé comme il l'était, Barye en triompha en maître. *Angélique et Roger* forment un groupe charmant sur le cheval fabuleux qui les emporte. Ceux qui ont vu ce bronze, ne peuvent oublier cet hippogriffe lancé au galop. C'est un cheval dont certaines parties sont fantastiques; mais elles ne sont pas purement imaginaires, leurs éléments sont pris dans la nature. La bouche et les ongles sont empruntés à d'autres animaux de races vivantes ou éteintes qui ont des affinités avec le cheval. On l'a remarqué : les ailes sont bien placées, et avec une telle vraisemblance qu'elles semblent capables de se mouvoir. Cependant on ne peut se dissimuler qu'il est difficile d'accoler à des omoplates, auxquelles sont attachées des jambes, une paire d'ailes par surcroît. Telle est pourtant la puissance d'harmonier dont l'artiste dispose, que l'hippogriffe ne nous choque point. Toute la composition est portée par un cétacé qui a la tête d'un dauphin et se termine en serpent. C'est encore l'œuvre d'une imagination qui, nourrie de la science du naturaliste, trouve moyen de créer un être hybride, impossible à la vérité, mais vivant en apparence. Quoique les personnages ne soient pas très grands, ils n'ont pas plus de 40 centimètres de proportion, la figure d'Angélique est une belle étude qui montre par son charme à quel point Barye, qui est un sculpteur de force, sait cependant, quand il le veut, atteindre à la grâce.

Mais nous arrivons à des œuvres d'un caractère encore plus élevé et qui sont parmi les plus importantes qu'un statuaire puisse traiter. Barye a fait plusieurs petites figures équestres, parmi lesquelles je citerai d'abord celles de Charles VII et de Gaston de Foix. Portées à de grandes dimensions et érigées en des places convenables, elles feraient, on peut le croire, un très grand effet. J'y songeais, il y a quelques années, en visitant, près de Ravenne, le lieu où s'est donnée la bataille dans laquelle Gaston de Foix a trouvé la mort ; je pensais qu'une statue colossale, qui ne serait autre que la statue de Barye amplifiée, produirait une impression profonde au sein du paysage mélancolique que j'avais sous les yeux.

C'est un redoutable problème de sculpture que la statue équestre. Il offre les plus grandes difficultés, et nous voyons les maîtres de notre temps travailler longuement et avec une passion scrupuleuse et délicate à en mener à bien la solution. Barye s'y était exercé dans des ouvrages de petites dimensions, et si vous examinez ses figurines, vous verrez combien elles sont parfaites. On lui a reproché de donner trop d'attention au cheval. Mais quoi ! la perfection d'une statue équestre consisterait-elle à ce que l'homme fût excellent et le cheval médiocre ? Non certes. L'essentiel est de se faire une idée de ce qu'est une statue équestre. Notre langue si logique et si claire la définit, ce me semble, par la manière dont elle la dénomme. C'est une statue portée par un cheval. L'homme en est le sujet : sa pensée et sa personne dominent tout l'ouvrage, le cheval est subordonné ; il y a là quelque chose de hiérarchique. Mais il faut bien penser aussi qu'il doit y avoir harmonie entre le cavalier et sa monture. Il faut que tous deux soient dans un parfait accord, dans une instantanéité de vie, d'action, de moment qui en fasse un tout indissoluble. L'exécution doit achever de donner à l'œuvre son unité. Cependant, si l'homme doit commander le cheval, celui-ci ne peut être indigne du cavalier. Barye l'a compris ; mais il sortait de l'habitude où l'on était de considérer volontiers le cheval comme un accessoire négligeable.

Cela posé, voyez avec quelle maîtrise l'œuvre est présentée ! Là encore, à une conception générale pleine de raison se joint la vérité historique. Elle réside dans la physionomie des personnages, dans leur costume, dans leur armement. Elle ne paraît pas moins dans le caractère de l'animal qui les porte et dans son harnais : et à tout cela le sentiment vient ajouter son expression.

Ce n'est pas sans préparation que Barye aborda à la fin de sa vie de grands travaux qui lui furent confiés, qu'il eut à faire, pour le guichet du Carrousel, un bas-relief représentant Napoléon III, et à traiter, dans un style héroïque, la statue de Napoléon Ier érigée à Ajaccio. Nous avions déjà de lui, outre les ouvrages que j'ai nommés, les statuettes équestres du *Général Bonaparte* et du *Duc d'Orléans*, le *Cavalier arabe qui tue un sanglier*, le *Cavalier africain surpris par un serpent*, le *Guerrier du Caucase*, qui sont pleines de caractère; et d'autres morceaux encore dans lesquels l'artiste a fait preuve d'une imagination bien informée et pleine de nouveauté. Dans ces figurines, on ne saurait assez admirer à quel point l'homme et l'animal sont, pour ainsi dire, compatriotes et contemporains; combien est parfaite la connaissance des costumes qui, loin de tourner au travestissement, sont ajustés avec un sentiment curieux de l'habitude. Ces petites figures du maître nous rendent difficiles pour ses œuvres plus considérables.

*

Entre les ouvrages qui ont mis le sceau à la réputation de Barye, et qui, aux yeux du plus grand nombre, ont particulièrement assuré sa gloire, sont ceux qu'il a exécutés sur des sujets empruntés à l'antiquité et à l'allégorie.

Le premier en date est le groupe qui représente *Thésée combattant le Minotaure* : il est de 1843. On a voulu le comparer à un ouvrage un peu plus ancien qui a été pendant longtemps dans le jardin des Tuileries, au *Thésée vainqueur du Minotaure* d'Étienne Ramey; aujourd'hui ce groupe est au Louvre, dans une salle du musée français. Le parallèle qu'on voulait établir alors entre ces deux sculptures avait un caractère polémique. En louant Barye, on prétendait démontrer que Ramey était un artiste sans talent : il appartenait à l'Académie. Or, il faut le dire, le groupe de Ramey diffère en tout point de celui de Barye; mais néanmoins il est fort beau.

Chez Barye, Thésée saisit le Minotaure qui est debout, et va le frapper mortellement de son épée; c'est le dénouement du duel. Les formes des deux combattants sont puissantes et larges; cependant, il y a une grande différence entre le personnage de Thésée, qui est calme, et celui du Minotaure, qui, doué d'une force matérielle plus grande peut-être, mais aveuglé et affaibli par sa brutalité même, est sur le point d'être vaincu. Le groupe de Ramey est tout différent. Le Minotaure renversé fait un dernier effort : il est déjà frappé et à moitié terrassé. Le héros, dans un mouvement où sa beauté se déploie, va l'achever d'un coup de massue à la tête. C'est un autre combat, ce sont d'autres armes et d'autres attitudes, ce sont d'autres formes.

Les proportions chez Ramey sont élancées, la tête du héros est petite, tandis que les figures de Barye sont de proportions plus courtes et avant tout vigoureuses. Au premier coup d'œil, on reconnaît qu'il y a entre le goût des deux artistes une grande différence. Elle vient de ce que l'un s'inspire d'une tradition érudite, et l'autre d'une science originale. Mais au fond le résultat est équivalent. Si l'on compare ces ouvrages à l'antique, on voit que le premier pourrait se référer à l'école attique, tandis que le second ne serait pas indigne d'un maître dorien.

De même, le groupe du *Lapithe et* du *Centaure* qui suivit, pourrait être signé par un artiste grec. Les anciens ont fait beaucoup de combats de centaures et il nous en reste de nombreux et célèbres exemples. Nous en voyons dans les frises du temple de Thésée et du temple d'Apollon Épicourios, et aussi dans les métopes du Parthénon. Il était donc assez hardi de choisir un pareil sujet, que tout le monde connaissait déjà par tant de documents. Barye n'hésita pas et il a fait, sur cette donnée antique, un chef-d'œuvre moderne. La composition en est très vive et la hardiesse de la donnée est extrême. Le héros, Thésée lui-même, s'est élancé sur son adversaire moitié cheval et moitié homme : il l'a saisi à la gorge et va lui briser le crâne avec sa massue. Le centaure se renverse et se défend avec une vigueur furieuse et désespérée. Les lignes générales, le mouvement et les formes, tout dans ce groupe présente une décision, une énergie, une beauté extraordinaires.

Il faut en avoir un instant le modèle à sa disposition, pouvoir en détacher un à un tous les membres, les tenir dans ses mains, les regarder sous tous les aspects et à tous les jours. Il est rare que la sculpture moderne supporte ce fractionnement et surtout cet examen du morceau. Mais ici la perfection de la construction, la vérité de la musculature, la logique des actions, permettent le contrôle. C'est une merveille à voir : c'est un ouvrage qui est non seulement fait d'ensemble, mais dont chaque détail est rendu avec savoir et avec amour. Il défie la critique.

Ce groupe peut-il se comparer à un ouvrage grec? Rien n'est plus facile que de s'en rendre compte. Que l'on mette à côté, par exemple, et je l'ai fait, quelqu'une des métopes du Parthénon. Ce sont des représentations d'un même sujet. L'une a été exécutée sous la direction de Phidias, l'autre par un statuaire parisien. Ces œuvres sont d'origine bien différente, et cependant elles se tiennent parfaitement l'une à côté de l'autre. L'antique ne fait aucun tort au moderne : les deux arts sont à la même hauteur.

d

Notre sentiment ne serait pas le même si nous rapprochions du chef-d'œuvre de Barye un groupe bien connu de Jean de Bologne, *Hercule et le Centaure Nessus*, grand marbre qui se trouve à Florence, sous la loge des Lanzi. Il y a là, en même temps qu'un manque absolu de caractère, une faiblesse dans l'action, et quelque chose de fastueux dans l'exécution qui n'est ni conforme à la tradition antique, ni inspiré de la nature. Si on voulait encore faire un autre parallèle, évoquer le groupe de Canova qui est à Vienne, le *Thésée tuant le Centaure*, il faudrait aussi reconnaître que cet ouvrage ne saurait supporter la comparaison ni avec la sculpture du Parthénon, ni avec celle de Barye. En résumé, celle-ci rappelle l'antique par sa valeur et non par l'apparence. C'est un ouvrage dans lequel l'antiquité est égalée par la profondeur savante de l'étude et par l'intensité du génie sculptural. L'œuvre est classique, grâce à l'ordre d'idées supérieur auquel elle se réfère et grâce à sa puissance.

Nous arrivons aux groupes du Louvre qui ont une si grande importance. On ne peut pas les étudier facilement : ils sont placés sur la façade des pavillons du centre, à la hauteur du premier étage. On les voit donc mal, et, cependant, l'architecte Lefuel a eu une bonne et généreuse pensée en les commandant à Barye : il rendait ainsi au maître le plus légitime hommage. Un jour, je l'espère, on les moulera et on les coulera en bronze pour les mettre sous nos yeux : et nous aurons alors un spectacle magnifique.

Ces groupes sont au nombre de quatre, se faisant pendant deux à deux : *la Guerre* et *la Paix ; la Force assurant le travail* et *l'Ordre protégeant les arts et l'industrie*. Telles sont ces allégories ; je relève ici les termes du programme.

L'allégorie est un genre ingrat, parce que, le plus souvent, les mots ont plus de sens que les choses. En disant : « l'Abondance », on éveille plus d'idées que n'en peut exprimer une statue qui d'une corne renversée répand largement des fleurs et des fruits, toutes sortes de richesses. Cependant le génie symbolique des anciens s'est appliqué à ces jeux de la raison, et l'art de tous les peuples nous en offre des exemples. Dans les groupes du Louvre, on ne voit aucun trait emprunté à l'antiquité. Les éléments nécessaires à l'intelligence du sujet, comme les formes elles-mêmes, sont tirés de la nature; la nature seule en a fait les frais. Avec quelle énergie et quel aspect imposant dans sa simplicité n'est-elle pas rendue! La voilà traduite sans emprunt ni réminiscence, sans autre appui que la connaissance que l'artiste en possède et la forte impression qu'elle lui a causée. Nous trouvons ici toute la science du maître. Je l'ai fait remarquer à propos du *Lion assis* : cette science, résumée dans une généralisation savante, est cependant exempte de toute affectation. On se demande ce que seraient devenus

de pareils sujets entre les mains d'artistes de la Renaissance et des temps qui
ont suivi. Lorsque l'on y songe, on voit tout de suite apparaître des compositions
théâtrales, une exécution redondante et vide. Mais en face des groupes du Louvre,
on est touché de la simplicité et de la sincérité avec lesquelles ils sont traités.
Là où la forme humaine eût été ramenée à une convention ornementale, Barye
l'a figurée dans des conditions essentiellement organiques; et cependant son
œuvre est hautement décorative.

Les petits modèles des groupes du Louvre existent en bronze et en plâtre;
ils sont la propriété de M. Barbedienne. Les bronzes portent certaines morsures
du burin et du rifloir qui sont des coups de maître. Sur les plâtres, on voit
partout l'empreinte de la main et de l'ébauchoir de Barye. Les touches que l'on
y observe, sont énergiques et personnelles. Elles nous montrent l'artiste mar-
quant, avec une décision rapide, l'impression qu'il reçoit de la nature, en son-
geant à son sujet. Elles sont profondément sincères et vivantes et par là donnent
à l'exécution un caractère qui relève un genre enclin à la banalité. En dépit
d'elle-même, l'allégorie nous rend ici pensifs et nous émeut.

Telle a été la marche ascendante suivie par Barye. Le développement de
son admirable carrière a été profondément logique. La science de l'art, l'étude
passionnée de la nature, le respect de la vérité, voilà le secret de sa force.

Avant d'aller plus loin, il importe de faire la part de ces éléments et d'établir, au risque de quelques redites, ce que Barye doit à l'éducation qu'il a reçue
et à celle qu'il s'est donnée.

*

Au sortir de l'École des beaux-arts, quelle pouvait être la somme de
talent acquise par le jeune sculpteur? Telle est la première question que nous
devons nous poser. Malheureusement, nous sommes réduits sur ce point à un
petit nombre de témoignages. Le *Caïn maudit,* qui obtint un second prix de Rome
n'existe plus; nous savons seulement que l'Académie avait ainsi motivé son
jugement : « La figure est parfaitement dans l'expression du sujet. La tête est
d'un beau caractère, et quoique la figure ne soit pas terminée, elle manifeste un
grand sentiment de force et de vérité qui donne les plus grandes espérances. »
Nous n'en savons pas davantage, mais cela n'est pas indifférent.

J'ai parlé d'une esquisse de Barye, d'une composition en bas-relief qui est
restée à l'École des beaux-arts. Certes il est impossible de trouver dans ce travail
fait en un jour, je ne dis pas du talent, mais l'indice même éloigné d'une

vocation originale. Cependant on y remarque une bonne entente de plans, entente qui est une partie importante de l'art et qu'il a possédée dans une admirable mesure. A cet égard, il suffit de citer un exemple : le *Lion* de la colonne de Juillet, œuvre superbe et, dans son originalité, toute pleine du style classique le plus pur. C'est à l'École des beaux-arts, alors très occupée des questions de théorie, que Barye a appris les lois du bas-relief.

Je dois remarquer encore que la note inscrite au procès-verbal de la séance où fut rendu le jugement de l'Académie est encourageante, et que si Barye éprouva l'injustice de ses rivaux, la bienveillance de ses maîtres du moins lui fut acquise. Cela n'est pas inutile à rappeler, car la carrière de Barye a eu des traverses cruelles, et il importe de dire que ses maîtres, à l'encontre de ce que l'on pourrait prétendre, ne l'ont pas entravée.

Quoi qu'il en soit, Barye quitta les concours. Plus d'une fois nous avons vu des jeunes gens, après de brillants débuts, arriver à un moment fatal où ils sont réduits à l'impuissance. C'est un mystère, et c'est aussi une extrême difficulté pour ceux qui enseignent de distinguer entre les véritables promesses du talent et de trompeuses annonces qui sont le signe de son avortement prochain. Ce n'était point le cas pour Barye. A tous risques, il tournait ailleurs son énergie. Peu à peu, il avait négligé la gymnastique des concours, et hardiment suivi son inclination. Mais il n'avait point perdu son temps à l'École des beaux-arts. Mis à l'étude de l'antique, il avait fait son choix parmi les chefs-d'œuvre; il était allé aux plus larges et aux plus puissants. Son attention s'était fortement portée sur la sculpture égyptienne que Champollion rangeait alors au Louvre. De la sorte il s'était initié aux conditions de son art les plus hautes et les plus nécessaires. Il avait appris ce qui constitue la sculpture et l'œuvre sculpturale, le style. Tel fut le profit qu'il tira de son stage académique et reconnaissons qu'il ne fut pas médiocre.

Quand il commença à modeler des animaux, la variété qu'offrait ce monde nouveau le conduisit à des études que personne n'avait faites avant lui. Dans l'ordre de sujets qu'il présentait, on devait renoncer à consulter l'antique, eût-on à sa disposition la galerie des animaux du Vatican. Il fallait absolument fonder ses études sur quelque autre chose que le souvenir, et c'est ainsi qu'il fut conduit à travailler directement d'après nature. Il comprit bien vite qu'il n'y avait qu'un moyen de représenter tant d'êtres divers et de s'en rendre maître : c'était de les étudier scientifiquement. Il l'a fait avec énergie et, après plusieurs années de constance, il a exposé le *Lion écrasant un serpent* dont j'ai déjà longuement parlé. Voilà ce qu'il avait appris à l'école de la nature. Mais entre les études clas-

siques et les études naturalistes il fallait établir un compromis. Malgré le succès
de l'œuvre, on trouva que l'artiste ne s'était pas tenu dans une juste mesure. Ses
admirateurs les plus éclairés estimèrent que si ce groupe était bien imaginé et
bien observé, que s'il présentait sous tous les aspects une belle silhouette, l'exécution
en certains endroits n'en était pas suffisamment sculpturale. L'anatomie leur en
parut un peu pauvre et point assez simplifiée. Certes, on pouvait répondre
que le *Lion au serpent* n'avait pas une destination monumentale, que c'était
un sorte de drame fait pour être mis sous les yeux, un sujet d'expression auquel
le marbre eût, peut-être, aussi bien convenu que le bronze...

Barye ne répondit point, connaissant trop bien son art, pour ne pas savoir
à quelle diversité d'interprétations il peut se prêter. Il montra qu'il était capable
d'agrandir sa manière et il fit paraître la belle figure du *Lion assis*. Là on put
constater à quelle haute interprétation du naturel s'était élevé le statuaire. Cet
ouvrage, par la grandeur du caractère, par la simplicité et la largeur des
formes, peut être placé à côté de ce que les arts de l'Orient ont produit de plus
imposant. Je l'ai dit et j'y appuie, parce que ce lion marque un des points
culminants de l'œuvre du maître et qu'il est un exemple. Ce qui le distingue,
c'est qu'en lui, sous une sorte de rigidité, on sent la vie cachée, la vie subor-
donnée, mais possible. Ce lion architectonique est cependant vivant. Si donc
son aspect est imposant, si, par l'accentuation des formes, il appartient à la
grande décoration, il reste néanmoins un ouvrage vu et étudié sur nature. Rien
n'y manque, et l'amplification sculpturale qui faisait défaut, disait-on, au *Lion
écrasant un serpent,* se trouve ici réalisée par une généralisation savante.

Dans ces conditions, Barye a résolu le problème dont la solution s'impose
aux modernes. L'art, on ne saurait se le dissimuler, n'a plus absolument son
point de départ idéal; il s'élève à l'idéal, en prenant pour base l'observation de
la nature et l'imitation. Notre grand statuaire, tout en restant vrai, atteint par
la force du sentiment et par son énergie plastique à une expression sculpturale
supérieure.

En dépit de ceux qui croyaient l'amoindrir en le traitant d'*animalier,* il
n'était pas inférieur quand il représentait la forme humaine. Il n'a cessé de
s'appliquer à la rendre avec tout son caractère et en toute vérité. Depuis ses
débuts au Salon, où il montra des bustes et un *saint Sébastien;* depuis les
cavaliers des *Chasses* du duc d'Orléans jusqu'au groupe charmant d'*Angélique et
Roger,* il a poursuivi sa tâche. Il a véritablement touché le but dans le groupe
de *Thésée combattant le Minotaure.* On pouvait être surpris que Barye, voué à
l'étude de la nature, appartenant à l'école romantique, et ayant abandonné de

son plein gré les études classiques, n'ait point hésité, pour donner la mesure de son talent, à recourir à des sujets empruntés à la mythologie. C'est que son esprit, par son étendue, déconcertait aussi bien ses admirateurs que ses contempteurs aveuglés. C'est qu'il était d'un pays, où la pensée et l'inspiration ont tant de sources grecques et latines que l'esprit y est naturellement ramené. Un pareil retour était comme un hommage au génie de notre race.

Volontaires ou non, ces ressouvenirs du passé lui portaient bonheur. *Le Lapithe et le Centaure* marque encore un plus grand progrès du maître : dans cet ouvrage plus que dans le précédent, l'antiquité est restituée dans sa puissance et dans sa beauté; il pourrait être grec. On y retrouve quelque chose de la proportion et de la carrure doriennes sans aucune visée archéologique; c'est conformité de génie. Mais, il faut bien le dire, le sens mythologique dont témoigne un si bel ouvrage ne naît pas en nous de lui-même. En cela, encore, l'influence des premières études reparaît. C'est grâce à elles que Barye a si bien figuré son Lapithe et si bien représenté l'héroïsme grec dans sa hauteur et sa moralité. Thésée, car c'est lui, combat avec toute l'énergie humaine, et cependant porte dans la lutte l'âme d'un dieu. Une pareille idée ne s'invente point.

Barye ne s'en est pas tenu là : il me semble s'être élevé plus haut encore dans les groupes du Louvre. Les petits modèles n'en donnent pas l'idée : la grande dimension y ajoute. Je les ai vus de près et, je le répète, un jour on devra les couler en bronze pour nous les montrer tels qu'ils sont. Jusqu'ici j'écarte autant que possible les descriptions. Mais je ne puis m'empêcher d'arrêter un instant la pensée sur la composition de ces beaux ouvrages. Voici *la Guerre* : un guerrier s'éveille au son de la trompette qu'embouche un jeune garçon. Il va saisir son épée et la tirer du fourreau; il est assis déjà sur son cheval de bataille; il sera bientôt debout. Voici *la Paix* : il faut remarquer le caractère de calme profond, la demi-somnolence du pâtre familièrement groupé avec le bœuf confié à sa garde et qui rêve doucement tandis que, près de lui, un enfant joue de la flûte. C'est une idylle magnifique; un sentiment pénétrant s'en dégage. *L'Ordre* nous montre un homme assis en maître sur un tigre rugissant. Enfin, *la Force* est représentée par un guerrier qui, dans un calme qui s'impose, paraît trôner sur un lion.

Tous ces personnages sont d'une puissante structure. Le caractère de leurs formes est exclusivement emprunté à la nature et inspiré d'elle. Ici encore, par la puissance du génie de l'artiste, ce naturalisme fondamental est élevé au caractère le plus héroïque, au style le plus haut, à une sorte de magnificence.

C'est dans ce sens que le génie de Barye a progressé dans son développement. Comme les plus illustres maîtres de la Renaissance, il s'est élevé à un idéal dont la nature lui avait fourni les éléments et son génie la mesure.

*

Il reste à examiner par quel enchaînement de faits, par quels moyens Barye est arrivé à un pareil résultat. Par là j'achèverai de traiter mon sujet.

L'École des beaux-arts avait été définitivement organisée en 1818, et un cours d'anatomie humaine y était professé par un savant chirurgien, Jean-Joseph Süe, le père d'Eugène Süe le romancier. Barye avait donc pu apprendre l'anatomie de l'homme. Mais comment connaître celle de tout le monde animal? Cela était plus difficile, car l'ensemble de cette science n'était pas compris dans l'enseignement classique. Sans doute, et assez facilement, il avait pu ajouter à ses premières études celle du cheval dont il y avait déjà beaucoup d'écorchés. C'était une indication, et il n'hésita pas un instant sur la voie qu'il devait suivre.

C'est alors qu'il se mit à fréquenter le Muséum d'histoire naturelle, sa ménagerie et ses galeries d'anatomie comparée. A la ménagerie, il observait les animaux, et dans la galerie il étudiait leur structure. Quand un animal venait à mourir, Barye trouvait le moyen d'en être averti. Il accourait, et alors il pouvait voir, dessiner de près et mesurer librement les animaux les plus féroces. Quelquefois même il obtenait d'en faire le moulage, soit dans l'état où ils étaient, soit après qu'ils avaient été disséqués. En même temps les cours du Muséum lui étaient ouverts. Je n'entends pas dire qu'il les suivit en vrai disciple de la science. Mais, à la manière des artistes, il saisissait les idées par leur généralité et les faits par leur physionomie. C'était l'époque des Cuvier; le temps où le plus jeune des deux, Frédéric, publiait l'*Histoire naturelle des mammifères* en collaboration avec Étienne Geoffroy Saint-Hilaire, ouvrage qui parut de 1818 à 1837. Frédéric Cuvier faisait aussi paraître ses recherches sur l'instinct et l'intelligence des animaux. Or c'était là pour Barye l'objet d'un travail incessant. Il les observait à tous les instants de leur vie. Mais, pour les fauves, le moment où on leur donne leur nourriture était celui qui attirait surtout son attention. L'étude qu'il en a faite lui a permis de saisir et de fixer des attitudes et des gestes qu'aucun artiste n'avait remarqués avant lui. Le premier aussi il sut démêler, au milieu des contraintes de la captivité, les libres allures des animaux et vraiment pénétrer leurs habitudes ingénues. D'un autre côté, Étienne Geoffroy Saint-Hilaire ne fut pas inutile. Ce savant professait sur l'anatomie des êtres organisés des idées qui avaient alors un grand retentissement. Il considérait l'unité de composition des êtres,

comme la loi première et suprême du règne animal entier. La théorie des analogues, théorie profonde, servait de base à ce système : toutes les recherches
d'anatomie étaient des recherches d'analogie. Ces conceptions, dans leur généralité,
frappaient Barye. Elles l'aidaient à créer, au besoin, des animaux fabuleux.
J'ai expliqué que l'hippogriffe qui porte Angélique et Roger est un être fantastique, mais d'un fantastique pour ainsi dire scientifique et rationnel : et c'est
en se fondant sur l'unité de composition et sur l'analogie, que l'artiste a donné
à ce cheval une tête et des extrémités qui sont en dehors de la nature, et cependant
tout à fait plausibles.

Mais celui qui dut rendre le plus de services à Barye fut Frédéric Cuvier,
nommé en 1804 Garde de la ménagerie. C'était à lui qu'il fallait s'adresser pour
obtenir l'autorisation de mouler et de mesurer les animaux, et quelquefois, quand
ils n'étaient pas féroces, d'entrer dans les compartiments qui leur étaient réservés.
Grâce à ce concours de circonstances et de relations, Barye se donna une éducation de naturaliste. Mais dans son travail il y avait deux choses : d'une part,
l'observation et les idées, et de l'autre un ensemble d'exercices pratiques. Le dessin
et le modelage y tenaient le premier rang, et Barye leur donnait un caractère
d'extrême précision : il faisait un usage incessant du compas. Le compas est un
instrument assez dédaigné par les artistes, mais qui cependant leur est indispensable et dont il faut qu'ils apprennent à se servir. Tout le monde ne sait
pas mesurer, et parfois, avec la meilleure volonté, on se trompe par inexpé-
rience, et aussi par quelque complaisance que l'on a pour soi-même. Barye
avait la science et la conscience du compas. Il prenait donc ses mesures, il les
inscrivait sur ses croquis et il fallait qu'elles se retrouvassent dans ses figures.
Il ne se lassait pas de refaire, jusqu'à ce que le squelette fût bien contenu dans les
formes et celles-ci bien établies sur les os. Personne n'a poussé plus loin le
respect de l'ordre naturel.

Voilà donc quelles étaient les études scientifiques de Barye. Géricault avait
pu en introduire le goût parmi les artistes; mais la théorie qui consiste à envisager l'anatomie comme base de l'art de représenter les formes était-elle bien
nouvelle alors? C'est ce que je voudrais examiner.

On ne doit pas oublier qu'en 1801 l'Institut national avait mis au
concours la question de savoir quelles ont été les causes de la perfection de
la sculpture antique. La classe compétente décerna le prix à un mémoire intitulé
Recherches sur l'art statuaire considéré chez les anciens et les modernes, dont
l'auteur était Émeric-David. On ne lit plus guère les livres de ce savant, et cela est
regrettable. Émeric-David était un esprit pénétrant, un érudit, et il a eu beau-

coup d'idées qui sont encore des nouveautés. Dans l'ouvrage couronné par l'Institut, il développe cette idée que les sculpteurs grecs exécutaient leurs statues d'après une méthode anatomique, procédant par le squelette et arrivant successivement aux muscles et à la peau. Voilà sa théorie, et il l'appuie sur des textes et aussi sur des monuments. Il invoque surtout le témoignage de pierres gravées antiques. Et, en effet, il en est plusieurs qui donnent à réfléchir. L'une d'elles représente *Prométhée modelant un squelette;* et c'est vraiment une indication curieuse; un autre *Prométhée vérifiant l'équilibre d'une figure au moyen du fil à plomb,* une troisième, enfin, nous montre le même *Prométhée pesant des membres humains dans une balance.* Telles sont les autorités figurées sur lesquelles Émeric-David s'appuyait pour dire que, traditionnellement dans leurs ouvrages, les sculpteurs anciens commençaient par établir l'ostéologie, appliquant ensuite sur les os les différentes couches de muscles et recouvrant enfin le tout de l'épiderme. Partant de là, il indique quelle marche doit suivre le sculpteur dans l'exécution de sa statue, et il résume ainsi sa pensée : « le dessous avant le dessus »; ce sont ses expressions. Comme moyen pratique, il estimait que, travaillant d'après nature, les Grecs la mesuraient pour la mieux rendre, ce qui les avait conduits à formuler des règles de proportion, et qu'en tout cas, pour mieux copier, ils faisaient, sans relâche, appel au compas.

D'une manière générale, il semblerait résulter de tout cela que les Grecs auraient débuté par copier des modèles vivants. Si telle était l'opinion d'Émeric-David, elle serait erronée. Une pareille doctrine serait absolument contraire à la conception de l'art telle qu'elle existait chez les Grecs. Bien au contraire, leur art, né de la poésie, est, bien qu'anthropomorphique, purement idéal. Leurs premières œuvres ne témoignent d'aucune complaisance ou naïveté naturalistes. Elles sont volontairement de proportions très élancées ou très massives; et les formes qu'elles présentent, divisées durement, y tendent à une sorte d'architecture.

Quoi qu'il en soit, l'ouvrage d'Émeric-David fit grand bruit. Il occupa l'opinion, sans cependant exercer beaucoup d'influence sur les artistes; un petit nombre entra dans ses vues. Cependant elles appartenaient pour une bonne part à quelqu'un d'entre eux; Émeric-David n'avait pas tiré cette théorie de son propre fonds. Dans une courte préface placée en tête de la première édition de son ouvrage, il déclare que les idées qu'il expose sont nées de son commerce avec le sculpteur Giraud.

Il y a eu deux Giraud, dont le nom est à peu près oublié, et qui, cependant, méritent d'avoir ici un souvenir. L'un, Jean-Baptiste Giraud, a vécu de 1752 à 1830; l'autre, Pierre-François-Grégoire Giraud, de 1783 à 1836. C'est Jean-

f

Baptiste qu'Émeric-David avait rencontré en Italie et avec qui il avait fait amitié. Les Giraud étaient-ils frères? Les dictionnaires biographiques nous le disent. Il y a cependant entre la naissance des deux un intervalle assez considérable : c'est un écart de trente et un ans. Partant de là, on en est venu à penser qu'ils n'étaient même point parents et que la conformité du nom et des goûts les aurait rapprochés. En tout cas, ils vivaient ensemble, professaient la même théorie et avaient la même manière de procéder. Ils eurent de grands talents. Il y a quelques années, il restait d'eux des modèles de statues et de bas-reliefs en cire et une belle collection de moulages qu'ils avaient légués à M. Vatinelle, graveur en médailles, le même qui avait concouru en 1819 avec Barye et remporté le prix. Qu'il me soit permis de dire quelques mots des ouvrages de ces excellents artistes. Dans le nombre, on pouvait admirer un *Faune* assis à terre et jouant de la flûte, statue entièrement achevée, et un *Homme qui bêche* encore à l'état d'écorché : ces modèles étaient de Jean-Baptiste Giraud. Grégoire Giraud avait fait le tombeau de sa femme, et un bas-relief, la *Mort d'Épaminondas,* conçu dans le goût de la frise du Parthénon. La méthode dont relèvent ces ouvrages est la méthode anatomique, et par le style ils appartiennent au grand art.

Barye a tenu quelque chose des Giraud, peut-être sans les avoir connus autrement que par ses entretiens avec son camarade Vatinelle, qui vivait auprès d'eux. En tout cas il a suivi la même voie; il est arrivé comme eux, par des moyens scientifiques, à des œuvres sculpturales du plus grand caractère. Détail curieux! il employa les mêmes moyens pratiques et se servit pour ainsi dire des mêmes instruments que ses devanciers. Les Giraud avaient créé tout un arsenal d'ébauchoirs dentelés pour travailler la cire : on voit sur les modèles de Barye la trace de ces mêmes outils dentelés.

Mais cela est de peu d'importance. La science avait plus d'autorité sur Barye que les personnes, la science seule le guidait. J'engage le lecteur à visiter un jour la galerie d'anatomie comparée, au Muséum. Elle est assez basse et peu de lumière y pénètre. En la parcourant, on éprouve un grand sentiment de respect : tous les squelettes qui sont là sont en quelque sorte historiques. Sur un grand nombre a travaillé Georges Cuvier, sur d'autres Geoffroy Saint-Hilaire et ses élèves; chacun a son souvenir et sa légende. Au fond de cette salle, un escalier communique avec l'étage supérieur où la collection se développe. C'est là que Barye a étudié, c'est là qu'il a mesuré tant de squelettes par pieds, par pouces et par lignes, comme en témoignent une foule de ses croquis.

En entrant de plus en plus dans la connaissance des conditions de l'être et de la vie, en approfondissant non seulement la loi d'unité de Geoffroy Saint-

Hilaire, mais encore celle de Georges Cuvier sur la corrélation des formes. Barye nourrissait son esprit par de nombreuses lectures. Il lisait avec passion les poètes anciens et modernes; les historiens de tous les temps, les ouvrages de mythologie et d'histoire naturelle.

Quand il commença le surtout du duc d'Orléans, le prince, qui l'aimait, lui prêta un grand nombre de livres de chasses, de combats et de voyages. Ce fut pour l'artiste une nouvelle source d'informations et de créations inattendues. En même temps qu'il savait davantage, son talent devenait plus riche, mais aussi son esprit plus difficile. On dit qu'il abandonna Buffon, dont il s'était longtemps nourri, trouvant que ses descriptions s'arrêtaient trop à la surface. Il avait besoin d'aller au fond des choses : les ouvrages des Cuvier et de Geoffroy Saint-Hilaire convenaient mieux à la nature de son esprit.

✳

L'histoire des applications scientifiques à l'art nous offre à ce moment un curieux épisode. Tandis que Barye se confiait décidément à la science, un sentiment tout différent se manifestait dans l'école française. Ingres, revenant d'Italie, exposait avec un brillant succès le *Vœu de Louis XIII* et ouvrait un atelier d'élèves. Ingres, à l'égal des plus grands artistes, aimait la nature et la rendait avec un caractère et une énergie admirables; ses dessins sont comparables à ce que les maîtres de la Renaissance ont produit de meilleur en ce genre. Il mettait la forme pour ainsi dire en mouvement sous les yeux du spectateur, tant il apportait de précision et de force à en exprimer les accents. C'est la vérité même, et avec quelle profondeur! Cependant il éprouvait pour l'anatomie une répugnance invincible. Au moment où Barye, encore inconnu, adoptait cette méthode anatomique qu'il a toujours suivie, la répugnance d'Ingres éclatait contre elle. Son antipathie était fondée sur un dégoût instinctif et aussi sur la crainte que la science de la forme ne portât préjudice à la sincérité, à la naïveté de l'artiste. Il est certain que si cette connaissance devait engendrer la manière, que si l'on devait, sous le prétexte que les choses existent réellement, les montrer telles que la dissection les met à découvert, et non avec leur variété, qui est infinie, il faudrait s'en défier. Mais, envisagée comme propre à rendre compte de l'organisme, elle est indispensable à qui veut représenter des êtres vivants. Il n'est pas inutile de bien comprendre ce que l'on voit et ce que l'on fait : cela n'est pas contraire à la naïveté, qu'il ne faut pas confondre avec l'ignorance.

La naïveté est assez délicate à définir : en tout cas, son caractère essentiel est d'être inconsciente. Une naïveté préméditée qui se bouche volontairement les yeux et les oreilles, qui se confesse à elle-même et se dit : « Je commence ici et je finis là, je dois savoir telle chose et négliger telle autre » ; — une pareille naïveté n'est plus dans les arts qu'une convention. Elle ne vaut pas mieux que la convention contraire qui consisterait à dire : « Je sais ce qui est ; je ne le vois pas, mais je le sais et je le fais ».

Les maîtres des xiii° et xiv° siècles ne pouvaient pas étudier comme nous, et je dirai même qu'ils n'en avaient pas l'idée. Sous le rapport du morceau, ils se bornaient à une apparence. Mais nous, qu'une civilisation avancée et une éducation savante ont conduits à connaître les formes, nous pouvons encore, en les voyant et en les rendant telles qu'elles sont, leur conserver l'aspect simple et non encore analysé qu'elles ont à première vue. En s'oubliant soi-même (ce qui ne veut pas dire qu'on oubliera ce qu'on sait), en ne cherchant point à se faire valoir ou à substituer quelque idole à ce qu'on a sous les yeux, on peut encore être naïf aujourd'hui. Ingres s'écriait : « Ah! si j'avais dû apprendre l'anatomie, je ne me serais jamais fait peintre ; c'est une science affreuse et une horrible chose. » Je suppose que, dans sa jeunesse, il s'était soumis à des études que plus tard il pouvait dédaigner, en ayant tiré tout le profit nécessaire. Et, en effet, il semble difficile de croire que ces nus, si admirables par l'intelligence de la construction et du mouvement, aient pu être dessinés par un homme absolument ignorant des dessous. Si bien doué que l'on soit, il y a des choses que l'on ne devine pas.

L'anatomie, science modeste, n'engendra point de bruyantes querelles. Celles qui, en 1825, divisaient les écoles à propos du dessin et de la couleur suffisaient à occuper les esprits. Les dissentiments ne sortirent point des ateliers. Et Barye continua des études qui lui semblaient logiques, son système répondant aux besoins de son esprit, qui ne voulait rien hasarder.

*

A ses débuts chez un graveur et chez un orfèvre, il n'avait été occupé que de sculpture en métal. Il continua à travailler dans les conditions que l'emploi des métaux exige, et plus particulièrement au point de vue du bronze.

La fonte des premiers ouvrages de Barye avait très bien réussi. Il s'était rencontré un fondeur habile nommé Honoré Gonon, qui, avec l'infatigable passion des chercheurs, avait entrepris de mouler en bronze les modèles que lui livraient les artistes, sans même en altérer l'épiderme. Pour cela il avait recours à la fonte à cire perdue, procédé qui présente de grandes garanties de fidélité, mais qui est d'un maniement difficile. Gonon, dans son genre, n'en a pas moins fait des chefs-d'œuvre. Non seulement il a fondu le *Lion écrasant un serpent*, mais aussi les chasses et, précédemment, un groupe qui se trouve au musée du Louvre, le *Tigre dévorant un gavial*. Il a écrit sur la plinthe de celui-ci : « Fondu par Gonon et ses fils. » On doit également à son industrie le *Danseur napolitain* de Duret : ce sont là ses meilleurs travaux. Mais, je le répète, le procédé est délicat et ne donne pas absolument ce que l'on en attend. On croirait que, sortant d'un moule qui est d'une seule pièce, l'œuvre pourra se passer de retouches. Mais ce moule doit avoir des évents qui, remplis par la matière en fusion, forment autour de l'objet fondu une sorte de broussaille. Il reste certaines branches de métal, des jets souvent assez forts, qu'il faut détacher de la pièce, et qui laissent des cicatrices qu'on doit absolument faire disparaître avec la lime et le ciseau. En définitive, la fonte, quelque procédé que l'on emploie pour l'obtenir, a toujours besoin que le sculpteur ou le ciseleur vienne lui donner la dernière main.

Quand Gonon mourut, ses deux fils étaient jeunes et encore sans situation personnelle. Barye eut alors l'idée de se faire fondeur et, en 1838, il s'associa avec un fabricant de bronzes. En cela, il ne pensa point déchoir. L'art et l'industrie, tels qu'il les entendait, étaient une même chose ; et certes il avait une autorité suffisante pour professer une pareille opinion. A tout prendre, il était artiste à la manière des anciens statuaires grecs et d'autres grands maîtres de la Renaissance, qui étaient, en même temps que sculpteurs, fondeurs et ciseleurs. Pour lui, en prenant la direction de la fonte, il en assura les résultats. Il employa aussi bien le procédé plus généralement répandu du moulage au sable que celui de la cire perdue. Quant aux retouches indispensables, elles se faisaient sous ses yeux et suivant le cas il s'en chargeait lui-même. L'ancien ouvrier de la maison Fourier n'y avait pas fait un vain apprentissage ; rien ne l'arrêtait dans les travaux les plus délicats de la ciselure. Chez lui, l'artiste était doublé d'un praticien hors ligne, l'artiste était complet. C'est un fait sur lequel j'appelle l'attention, parce qu'il est unique dans notre temps. Ce fut une des originalités de Barye, une de ces particularités qui comptent dans l'histoire d'un artiste.

*

Après cela, il me semble qu'on a besoin de se figurer le milieu dans lequel tant de choses étaient conçues, poursuivies, achevées. On voudrait connaître, en même temps que le sculpteur, ce qui l'entourait. En vérité, il faudrait que, pour l'histoire d'une pareille carrière, il existât des descriptions et des inventaires nous disant chaque année quels plâtres, quels dessins, quels livres, quels ouvrages se trouvaient dans l'atelier. Rien ne devait ressembler davantage à la *bottegha* d'un Florentin du xvᵉ siècle. On m'a parlé de celui qu'il avait occupé dans une maison de la Montagne Sainte-Geneviève. On peut s'en faire une idée : quartier silencieux, local plus que simple, selles couvertes de modèles en terre ou en cire, le poêle obligé, des sièges en petit nombre et une foule de moulages posés sur des tablettes ou pendus à la muraille; mais, au milieu de tout cela, point d'antiques, si je suis bien informé. Barye les admirait, les comprenait plus profondément que personne, en avait l'idée, mais ne les voulait point sous ses yeux.

Il travaillait à la fois à un grand nombre d'ouvrages. L'exposition faite après sa mort à l'École des beaux-arts a montré sa fécondité rare et de combien de sujets son esprit était occupé. J'ai relevé, dans le catalogue, la mention de cinquante esquisses en plâtre et en terre, cela indépendamment de compositions, achevées pour tout autre, mais qu'il retouchait encore avant de les signer. Il y avait ainsi seize sujets absolument inédits. En général, les modèles de Barye étaient de petite dimension. Mais, quand on entrait dans son atelier, il y avait toujours quelque ouvrage considérable en cours d'exécution. J'ai, à cet égard, le témoignage d'un artiste qui est lui-même, et de tout point, un sculpteur éminent, le témoignage de M. Frémiet. M. Frémiet, étant allé en 1846 visiter Barye, se trouva en présence du *Lion assis,* qui n'était encore qu'à l'état d'ébauche. Toutes les lignes en étaient arrêtées. La préparation était anatomique. Ce n'était pas, si l'on veut, le squelette lui-même avec tous ses détails, mais bien le crâne, la colonne vertébrale, la cage des côtes, les os des membres antérieurs et postérieurs mis en place et rigoureusement déterminés dans leurs conditions normales. Cette larve du lion, ce spectre vivant et décharné avait, paraît-il, quelque chose de fantastique et de souverainement imposant. M. Frémiet en a conservé un souvenir très vif, en est resté profondément frappé. En effet, bien que la forme n'existât pas encore, l'idée du lion était irrévocablement fixée rien que par les proportions et par l'ossature, indispensable support du reste.

L'artiste était toujours au travail et toujours debout. Près de lui, on peut se figurer la digne compagne qui lui a survécu, Mᵐᵉ Barye, lui faisant la lecture. Elle me l'a raconté : par moments, il l'interrompait; il avait besoin de n'être pas distrait de sa pensée ou des idées que le livre lui suggérait. Il interrogeait, quelque observation brève sortait de sa bouche, son regard s'éclairait. Puis il priait de continuer, revenant ainsi à ce qu'il avait désiré qu'on lui lût ce jour-là.

Telle était la physionomie morale de cet intérieur, telles étaient les personnes qui contribuaient à la lui donner. Puis, si l'on considérait les objets dont elles étaient entourées, on pouvait voir, à côté de l'artiste et servant directement à son œuvre, des plâtres qu'il consultait ou quelques dessins qu'il tirait d'un carton. Après sa mort, j'ai fait acheter un grand nombre de ces dessins pour l'École des beaux-arts : il y en a plus de deux cents. Ils ne sont pas de ceux que l'on destine à être montrés; ce sont des renseignements que l'artiste préparait pour lui-même, des relevés de squelettes cotés en chiffres comme je l'ai dit, et mesurés avec un soin extrême. Ils servaient au contrôle perpétuel que Barye exerçait sur ses ouvrages. J'ai été surpris de trouver, au milieu de ces documents empruntés à la nature morte, le *Discobole*, attribué à Naucydès, relevé par les mêmes procédés rigoureux. Cela m'a rendu curieux de savoir si je retrouverais les proportions de cette statue appliquées soit au *Thésée*, soit au *Lapithe combattant le Centaure*. Il y a, en effet, quelques rapports dans les longueurs et de l'analogie entre les têtes. Mais l'admiration, je pense, avait surtout porté le sculpteur à accomplir ce travail. Le *Discobole* était une des statues antiques qu'il préférait, et il l'avait mesuré pour l'amour de l'art.

Et maintenant que nous connaissons les procédés du grand artiste, voyons-le à l'œuvre et suivons-le dans l'exécution d'un de ses ouvrages les plus justement célèbres. Ce sera mon dernier développement.

Prenons pour exemple le *Jaguar dévorant un lièvre*. Quelle férocité originale! Comme l'animal en dévorant sa proie se traîne sur le ventre, et quelle sorte de volupté il trouve à assouvir son instinct! Remarquez le mouvement des épaules; comme l'omoplate droite est appliquée contre les côtes, tandis que l'autre fait saillie! C'est la vie, c'est la nature même saisie dans ses habitudes les plus particulières et dans ses formes.

Comment Barye s'y est-il pris pour arriver à ce résultat saisissant? Avec une simplicité qui est vraiment démonstrative. D'abord il avait conçu son sujet à la ménagerie en regardant un jaguar prendre sa nourriture; puis il était allé dans la galerie d'anatomie mesurer un squelette. Mais quelque liberté qu'il y eût, il y rencontrait cependant des impossibilités. Les squelettes étant montés sur des supports rigides et soutenus par des armatures en fer, il ne pouvait pas les plier comme il l'eût fallu pour se rendre compte du mouvement du corps et du jeu des membres. Pour parer à cet empêchement, voici ce qu'il avait imaginé. Il prenait un chat mort, le mettait dans la position qu'il souhaitait et profitait de la rigidité cadavérique pour le faire mouler. Avec cette donnée misérable, il était maître de son sujet. Et, en effet, le document existe; il est conservé à l'École des beaux-arts. Quand on le place à côté du beau bronze du *Jaguar,* on est frappé de la ressemblance comme de la différence qu'il y a entre eux. Sur l'œuvre d'art on retrouve le mouvement et jusqu'aux plis de la peau présentés par le moulage : rien n'en a été négligé. Mais l'artiste y a mis sa marque : la puissance et la vie. A côté de son pauvre congénère, le Jaguar qui, avec un singulier déploiement de férocité, brise une proie qui ne lui offre aucune résistance, et, en quelque sorte, en triomphe comme d'un ennemi digne de lui, est un animal terrible et magnifique. L'importance du document s'oublie. Le bronze est un chef-d'œuvre et le plâtre un je ne sais quoi.

Au milieu de ses créations, Barye devait s'interrompre pour veiller sur l'atelier où l'on exécutait ses bronzes. Il y portait un scrupule extrême. Quand une pièce n'était pas bien venue, il la renvoyait au creuset, et, quand la retouche avait de l'importance, il revêtait le tablier vert du ciseleur, mettait la pièce à l'étau et, avec son habileté à travailler le métal, il avait raison des imperfections de la fonte, ou réparait la maladresse d'un ouvrier. Dans plus d'une pièce, on reconnaît sa main. C'était aussi avec un sentiment de l'art extraordinaire qu'il donnait la patine à ses bronzes, recherchant cette couleur verte qu'on admire dans les antiques, y atteignant et sachant la varier sans que l'unité de l'œuvre eût à en souffrir. Enfin il ne sortait rien de chez lui qui ne le satisfît complètement. La conscience entrait dans sa théorie.

Barye, armé d'une méthode aussi excellente, eût été, il faut le reconnaître, un professeur incomparable : mais il n'eut pas à proprement parler d'élèves autour de lui, travaillant à ses ouvrages, vivant de sa vie. Néanmoins il a fait une école brillante et durable. Il n'avait point à l'établir au Muséum d'histoire naturelle quand il y fut nommé professeur de dessin. Les personnes qui se rencontraient là, il les voyait seulement à l'heure de son cours et il ne pouvait exercer sur elles l'influence d'un maître. On sait d'ailleurs pour quel objet ce cours a été créé : on a voulu former des dessinateurs pour l'histoire naturelle. L'enseignement de Barye au Muséum était ce qu'il devait être; au point de vue de l'art, il ne pouvait porter des fruits. Mais, au dehors, le maître faisait des prosélytes par l'exemple et par la raison. Sa méthode était connue ; des chefs-d'œuvre en témoignaient. Ce qu'il eût pu dire à des élèves, il le pratiquait sans mystère. J'ai suffisamment expliqué quels étaient ses procédés ; ils étaient à la portée de tous. Quelques artistes les ont adoptés à leur grand profit et au nôtre. Il a eu des imitateurs. Mais on peut appliquer sa théorie sans lui ressembler. Elle porte en elle de quoi soutenir les écoles de l'avenir.

*

Il nous reste maintenant à résumer ce qui précède et à en tirer la conclusion. Nous avons exposé la méthode du maître et décrit ses procédés. Nous
avons consulté ses critiques pour les suivre ou pour redresser leurs jugements.
Nous devons examiner, pour conclure, si sa doctrine est conforme à une saine
théorie de la sculpture.

Je n'hésite pas à le dire, l'art de Barye est de tout point conforme à cette
théorie. Si le caractère de la sculpture est de représenter l'élément fixe, essentiel et constitutif des êtres, il faut avouer que le grand artiste a pris le plus
sûr moyen de satisfaire à ce principe. Rien de plus certain, en effet, pour
arriver à déterminer les conditions de cet élément permanent et immuable, que
l'information scientifique. Aussi chaque animal que figure le maître est-il, avant
tout, le représentant d'un genre, d'une espèce et d'un instinct.

Le sculpteur a-t-il obéi à cette grande loi de son art qui veut que l'artiste
ne prenne pour objet de ses représentations que ce qui est dans l'esprit de son
sujet, que ce qui se laisse parfaitement exprimer par l'enveloppe extérieure,
par la forme corporelle ?

La réponse n'est pas douteuse. On ne pourrait rien relever, fût-ce dans la
moindre de ses esquisses, même dans celles qui nous laissent incertains de
savoir s'il voulait les abandonner ou s'il avait l'intention de les reprendre et
de les développer, rien qui soit un manquement à cette règle de raison. Aucune
mise en scène, aucune complaisance pour un faux pathétique. L'art de Barye
a cela de commun avec l'antique, que, renfermée sous ses traits invariables,
la vie des êtres reste concentrée en elle-même et que chacun d'eux vit pour
ainsi dire en soi, et comme absorbé dans son individualité ; et que si c'est
un animal, il accomplit sa fin sans se dérober à la fatalité qui le régit. Si Barye
n'a jamais abaissé et jamais avili son sujet ; jamais il ne l'a, non plus, tiré
de la sphère qui lui était propre. Il n'a donné à aucun de ses modèles une
autre expression que celle que la nature leur a départie. Personne n'a mieux
distingué que lui entre l'instinct qui s'exerce en aveugle et la vie réfléchie qui
délibère et se conduit.

Si nous considérons en elle-même la doctrine de Barye, tout d'abord nous
serons tentés de dire qu'elle est un pur naturalisme. Mais en voyant ses effets
et ce que l'artiste en a tiré, nous en aurons une opinion plus juste : nous
penserons que si la nature sert de base à son travail, ses œuvres sont idéales.

L'étude de la nature est le fond des arts d'imitation ; mais il y a bien des

h

manières de l'aborder et d'en tirer parti. Dans un temps comme le nôtre, on a
peu de chances de voir la réalité telle qu'elle est, c'est-à-dire affranchie des traditions
et des idées héréditaires. On peut au moins s'efforcer de la connaître dans son
intégralité ; et c'est ce que Barye a fait avec une conscience infatigable. Ensuite,
et sans qu'il s'inquiétât du comment, sa personnalité s'ajoutait aux données acquises.
Ses matériaux étant scrupuleusement rassemblés, son génie faisait le reste.

J'ai assez appuyé sur le caractère qu'il a donné aux animaux. S'éloignant
également du symbolisme oriental et de l'idée qui avait inspiré aux Grecs de
subordonner à l'homme ce genre de représentation, Barye a fait de la sculpture
antique avec le goût et le savoir d'un moderne. Et en cela il a si bien réussi
qu'il ne craint aucun rapprochement et que si, d'un autre côté, l'on décrivait
d'après ses sculptures les espèces qu'il a figurées, on ferait un livre de zoologie
parfait.

Je suis encore plus frappé de la manière dont Barye a traité la figure de
l'homme. Il l'a rendue d'une façon extraordinaire dans sa puissance physique :
chaque personnage a une vigueur immense. A cet état supérieur répond le calme
idéal, la sûreté de soi que ses héros gardent jusque dans leurs actions les plus
violentes. Et ce calme gagne le spectateur et le laisse dans une admiration qu'aucune inquiétude ne vient troubler. C'est par là que Barye est un grand statuaire : chez lui, la vie physique décèle une vie morale élevée, intense, soutenue
par un développement corporel imposant. Ces deux énergies, il les a toujours
intimement associées l'une à l'autre. Il a tendu toute sa vie à une généralisation
des formes et à une identification de celles-ci avec l'idée qui sont les conditions
fondamentales de la sculpture.

Aussi ne trouverait-on rien dans ses sujets, si petites que soient leurs dimensions, qui pût les faire considérer comme des ouvrages de genre. Sa manière
d'envisager la sculpture comme devant avoir un caractère très général était telle
qu'à partir de sa maturité il n'a jamais fait de portraits. Avec son esprit très
vif et le don qu'il avait de bien observer, il eût saisi à merveille le trait carac-
téristique des visages et des physionomies. Mais consacrer par la sculpture le
désordre relatif que les formes individuelles présentent, cela ne le tentait point.
Il restait fidèle à son idée de généralisation. Que de personnes cependant eussent
été désireuses d'avoir leur portrait de sa main !

Après avoir reconnu que Barye a satisfait aux grandes lois de son art, qu'il
en a rempli les conditions les plus hautes, demandons-nous encore s'il en a
bien entendu la technique.

Observons d'abord que les sujets qu'il a traités ne comportent pas l'ex-

pression des passions : il n'y a là ni joie ni tristesse. Les héros combattent
impassiblement, les animaux satisfont fatalement leurs instincts. Or, étant donné
qu'il voulait rendre avant tout des sujets de mouvement, il a choisi la matière la
plus propre à les traduire : il a employé le métal. En effet, ceux-ci ne conviennent pas bien au marbre. Pour en assurer la solidité, on est obligé de recourir
à des supports purement artificiels qui troublent la représentation et l'embar-
rassent. Dans les animaux reproduits en bronze, au contraire, l'équilibre de
l'œuvre n'est pas en question, parce que le métal a une ténacité qui permet
aux parties faibles de porter les parties fortes et que partout le sujet est à
jour et se découpe nettement.

Cela étant donné, on ne peut contester que le caractère essentiel de ce genre
de sculpture ne réside dans le dessin. Or les ouvrages de Barye sont admirablement dessinés. Il était né dessinateur, et remarquons que dans son enfance
le premier signe qu'il donna de sa vocation fut de découper avec du papier noir
des silhouettes d'animaux. Le bronze, de couleur foncée, ne s'éclaire point par
de délicates dégradations de clair-obscur, mais par de brusques éclats de lumière
et par des taches sombres. Il n'est pas dans les conditions du marbre ; les
formes s'accusent surtout par les contours. Semblable en cela aux plus anciens
statuaires grecs, Barye dessinait, ce me semble, encore mieux qu'il ne modelait ;
il avait plus de souci des lignes que des surfaces. Celles-ci sont d'une fermeté
singulière. Tout y est analysé et résumé par de larges méplats. Mais la construction
y ressort avec plus de force que le modelé, c'est un art d'architecture. Aussi
observe-t-on dans certains de ses ouvrages une puissance un peu rude et une
simplicité violente qui leur donnent un air archaïque. Cette impression d'antiquité que nous ressentons devant eux les recule en quelque sorte dans le temps
et leur a prêté, dès leur apparition, une autorité que, d'ordinaire, un travail dans
sa nouveauté ne possède pas.

En dernière analyse, la théorie de Barye repose sur l'union de l'art et de
la science : une pareille association est-elle possible ? Nous pourrions nous dispenser
de répondre, l'œuvre que nous venons d'analyser se chargeant de parler pour
nous. Mais cette question se rattache à l'un des plus grands problèmes qui se
posent aujourd'hui. A entendre d'éminents esprits, les deux éléments, loin de
pouvoir s'accorder, seraient, en principe, dans un antagonisme irrémédiable. Bien
plus, l'art devrait disparaître un jour et la science occuper tout le domaine du
sentiment : la poésie toucherait à sa fin. Que la science prenne dans l'avenir
une place toujours plus considérable, cela n'est pas douteux. Que notre besoin
de connaître trouve de plus en plus à se satisfaire, cela est conforme à l'idée de

progrès. Mais, à cause de cela, la faculté d'éprouver les profondes émotions qui naissent du rapprochement de notre âme avec la nature cessera-t-elle d'exister, et n'éprouverons-nous plus ces impressions particulières que nous avons besoin de traduire au moyen des formes? On ne saurait l'admettre. Pour en arriver là, il faudrait que la science eût le pouvoir de supprimer une partie de l'homme.

Pour rentrer dans mon sujet, je dirai d'abord que les facultés de sentir et de connaître que l'analyse philosophique isole, sont inséparables dans nos esprits; que le sentiment n'exclut pas le savoir et que savoir n'empêche pas d'être ému. Loin de là, les deux facultés se pénètrent et s'entr'aident. Le savant imagine le sujet de ses recherches. Pourquoi l'artiste ne pourrait-il pas créer en sachant? En tout cas, la science l'aidera toujours à introduire dans ses ouvrages l'ordre, qui est une des conditions de la beauté.

Au fond, l'art et la science ont pour objet la vérité. Ils ont pour but suprême d'isoler les faits généraux de la multitude des détails et des accidents, pour faire apparaître cette vérité dans toute sa splendeur. Il faut donc reconnaître qu'ils ne sont pas divisés en principe et qu'ils ne s'excluent pas. Ils s'appliquent à deux côtés des choses qui sont nécessaires aussi bien que distincts. A tout prendre, chaque fiction de l'art se présente à nous comme vraie et elle a, tout au moins, besoin d'être plausible. Or ne sera-t-elle pas d'autant plus vraisemblable qu'elle contiendra une plus grande somme de vérité?

Ces idées nous sont suggérées par Barye. Ses ouvrages, du fait de sa théorie, sont destinés à durer; ils sont placés à la fois au-dessus de la critique de l'artiste et de celle du savant. Nous pouvons les présenter à la postérité avec la conviction que nos jugements sont déjà ceux de l'histoire. En même temps ils restent pour nous tous comme une leçon féconde.

N'est-ce pas en définitive à faire profiter l'art des sûretés de la science que l'enseignement doit s'appliquer?

EUGÈNE GUILLAUME.

L'ŒUVRE DE BARYE

LES CARACTÈRES DOMINANTS

I

LAPIN LES OREILLES COUCHÉES.

Je suppose que les œuvres de Barye subissent un jour le sort des antiques de Pompéi : c'est-à-dire qu'après un enfouissement de plusieurs siècles le sol les rende à la lumière ; les hommes d'alors, les prédestinés en qui résideront encore le goût et l'amour de l'art, devant ces beautés inattendues, à la lecture de ce nom révélé, ne s'écrieront-ils pas : « Quelle était donc la génération qui vit naître et se développer l'œuvre de Barye, et négligea d'entourer l'artiste d'une célébrité capable de lui survivre ? »

Ce reproche serait fondé. Quatorze ans se sont écoulés depuis la mort du grand sculpteur, et voyez dans quel abandon est laissée sa mémoire. Certes, l'oubli n'est pas fait encore ; mais, peu à peu, on a relégué Barye au nombre de ceux qu'on honore à l'occasion. Quand on rencontre un de ses ouvrages, lorsque son nom vient aux lèvres, on laisse échapper l'éloge et l'on passe. D'ordinaire, l'admiration qu'on lui concède est si muette ou tellement silencieuse, qu'elle a les dehors de l'estime. Je sais bien que, suivant une loi éternelle, les vivants remplacent les morts et étendent leur réputation aux dépens de la renommée de ceux qui ne

1

sont plus, — il est des morts dont la gloire doit, à tous les âges, demeurer contemporaine.

Qu'on y songe : à notre époque, où, à propos de ce qu'on appelle le naturalisme, il se dépense des mots et des idées, — moins d'idées que de mots, à vrai dire; — alors que, véritablement, il y a dans l'art comme un grand mouvement unanime vers l'expression sincère et vraie des choses; alors qu'on se détourne des interprétations conventionnelles et des conceptions fictives, pour se complaire dans l'exactitude, Barye avait le droit de dominer de son autorité, et, en quelque sorte, de planer de tout son souvenir, lui qui, au grand étonnement et malgré les dédains de son temps, a si superbement étreint la vérité et s'est voué à l'étude de la nature avec une persistance acharnée, faite d'amour pieux et de respectueuse ardeur.

Il y a tout un enseignement dans l'incomparable sûreté de son savoir. Une école entière peut mettre à profit ses recherches, qui sont des découvertes, puiser dans le répertoire considérable des lois qu'il a fixées, et s'abriter derrière son expérience. Là où a passé son ébauchoir, le dilettante et le praticien n'ont qu'à venir voir : ils sont assurés, l'un et l'autre, de trouver leur part de plaisir et d'étude.

Barye n'a pas seulement exécuté une longue suite d'œuvres remarquables, dans le sens le plus expressif du mot. Il a laissé un œuvre, c'est-à-dire un ensemble de créations diverses, liées entre elles par des rapports communs de conception. Or, tout œuvre d'artiste a comme un esprit qui l'anime, et qui est une force aussi bien qu'une raison d'être? Je me propose, dans ces premières pages, d'évoquer cet esprit, si je puis; de le dégager de l'ensemble de ses caractères dominants; par la suite, je me réserve d'en étudier les manifestations, les incarnations successives qui sont les ouvrages différents du sculpteur. Entre-temps viendront les renseignements recueillis sur cette existence laborieuse qui n'a pas eu d'histoire et que bien peu d'épisodes ont traversée. Puis, avant de parler des procédés de la technique du maître, nous passerons en revue ses peintures et ses aquarelles, dont l'originalité puissante révèle moins peut-être un talent d'un autre ordre qu'elle ne donne une formule nouvelle de son génie d'artiste.

II

Il suffit de prononcer le nom de Barye pour éveiller dans l'esprit l'image de ce monde d'animaux, petits ou grands, de toute race et de toute espèce, dont il a fixé le type et le caractère dans le bronze. Est-ce à dire pour cela qu'il se soit enfermé étroitement dans une spécialité, résolu à n'en pas sortir? Non point; ainsi que nous le verrons, il a vaillamment parcouru tout le domaine de la sculpture; mais le choix des sujets traités par lui d'une manière suivie et constante prouve qu'il avait une prédilection pour les formes de l'animal; son champ favori d'observation l'attirait d'autant plus qu'il était presque inexploré avant lui.

A ce propos, il convient de méditer sur ceci : c'est que Barye a atteint les plus hautes expressions de l'art en se consacrant à un genre que tout autre eût été incapable d'aborder, sous peine de s'amoindrir ou de déchoir. Le dédain et le mépris qu'inspirent les bêtes en général risquaient de compromettre le sculpteur qui les avait prises pour modèles. Mis en parallèle avec les talents uniquement inspirés par la figure humaine, le sien eût pu mériter un rang secondaire : il n'en a rien été. Barye triomphe par la plastique pure, il en exalte la beauté et la force; il n'est donc plus répréhensible de s'être complu à la représentation des êtres dits inférieurs.

Sortis de son atelier, le fauve qui rugit, l'oiseau qui prend son essor, le reptile qui s'enroule et rampe, n'éveillent pas en nous que la seule et simple image d'un animal quelconque : c'est la nature animée, frémissante, en pleine intensité de vie, qui nous apparaît dans une de ses manifestations particulières, et ce spectacle d'un membre tendu comme un ressort, d'une poitrine développée, d'une croupe impatiente, a tant de puissance et d'éloquente grandeur, que la forme humaine n'aurait pas évoqué d'une manière plus complète le sentiment de la beauté.

En raison de leurs dimensions restreintes, et quelquefois même du pittoresque de leurs allures, certains de ses ouvrages semblaient être de ceux que le commerce pouvait accaparer. Il y avait là toute une série de tentations auxquelles plus d'un aurait succombé. Barye devait faire mieux que d'y échapper, il ne devait même pas les connaître. C'est en vain que, dans les demeures des bourgeois aisés, ses petits bronzes trouvèrent leur place sur la cheminée, entre les candélabres, devant ou sur la pendule; c'est en vain qu'on les vit et qu'on les voit encore errer sur les bureaux, condamnés au rôle utile de *serre-papiers*, ils gardèrent, gardent et garderont toujours comme une noblesse leur caractère intime de chefs-d'œuvre.

Non, Barye n'a jamais été à l'industrie, c'est elle qui est montée jusqu'à lui; il l'a honorée en substituant à des productions ordinaires ses magistrales créations. Si, au grand bénéfice et à l'honneur du goût public, il leur a parfois donné une destination pratique, il a pu l'essayer sans les faire descendre de la hauteur où, du premier coup, sa main d'artiste les avait mises.

Pas plus que les figurines en terre cuite de Tanagra, ces animaux de bronze n'appartiennent à l'art dit industriel; elles relèvent de cet art qui réside au front des grandes statues, et impressionne par la majesté dont elles sont empreintes.

III

C'est commettre la plus grave erreur et offenser la mémoire de Barye que de dire, ou même de laisser croire, qu'il a été surtout un sculpteur de genre. Parcourez des yeux ses œuvres, les grandes et les petites, les sévères, les terribles et les spirituelles, et voyez comme en toutes le style s'affirme et domine. Sans cesse Barye a cherché l'harmonie de la forme; il l'a trouvée sans cesse, et il en a fait la raison d'être de son génie, le moyen premier de son expression.

Sous sa main, la ligne est précise en même temps qu'éloquente, et la silhouette, qui enveloppe le groupe ou la figure, se détache sur l'espace avec ampleur et plénitude. Quand il représente un être quelconque de la création, il en accuse si expressément les caractères primordiaux, il en résume si bien les traits essentiels, il dégage si complètement la beauté de l'espèce des déformations accidentelles de l'individu que l'animal, pris dans son allure particulière, semble être le type de sa race.

A quelque endroit que l'on se place vis-à-vis d'un de ses ouvrages ou de quelque sens qu'on le tourne, non seulement l'espèce du modèle est toujours reconnaissable à première vue, mais encore on peut se convaincre du soin jaloux avec lequel il surveille ses lignes pour qu'elles restent belles et sculpturales, en dépit des formes étranges et pour ainsi dire nouvelles qu'elles ont à circonscrire. Parfois, il procède par une élimination des détails qui assure l'unité et la largeur de l'ensemble. Aussi, les dimensions réelles disparaissent-elles.

Un bronze grand comme la main vous saisit par son apparence de grandeur ; un éléphant de quelques centimètres semble un colosse... microscopique ; l'impression produite est la même devant un lion auquel Barye a donné sa taille véritable et celui dont quelques livres de métal ont suffi pour reproduire l'image : c'est qu'avec un art infini il concentre, principalement dans les fauves, l'attention du spectateur sur les parties dominantes, sur les membres vigoureux, sur les muscles solides et saillants qui font de larges méplats sous la peau. Et puis, il importe d'admirer la merveilleuse exactitude et la force de pénétration souveraine avec laquelle il établissait les rapports de longueurs. La science des proportions a été un des secrets de sa puissance. Aucun artiste au monde ne l'a mieux étudiée pour en faire une application plus triomphante. Il en avait fixé les lois et établi pour lui les règles définitives. A cette fin, poursuivant sans trêve un minutieux et pénible labeur, il allait au Jardin des plantes. Là, penché sur le cadavre des animaux, il mesurait leurs membres un à un. Ce travail de mathématique d'art est d'un intérêt si supérieur qu'il conviendra d'y revenir.

Barye le premier a contraint le bronze à reproduire certains animaux dont le ciseau ne s'était jamais occupé ; le bronze a dû se soumettre, et, de fait, n'a pas été déshonoré pour avoir pris la forme d'un lapin, d'un pélican d'un singe. Avec ces bêtes pour modèles, aussi bien avec un éléphant au trot qu'avec un ours en humeur de gambades, Barye a fait œuvre de style, et de haut style ; c'est-à-dire qu'il a disposé leurs silhouettes particulières suivant des lignes témoignant d'une dignité noble ou gracieuse ; tant il est vrai qu'il n'y a rien dans la nature de si laid, ou de réputé tel, que l'art ne puisse figurer, pourvu que — en dépit de Boileau — il transfigure. Les animaux de Barye sont des animaux sacrés, comme ceux qu'adorait l'antique Égypte. A les voir pétris de son pouce tantôt si majestueux et si épiques, tantôt si souples et si fins, mais beaux toujours, on comprend le culte dont ils étaient les vivantes idoles.

Non, Barye n'est pas plus un sculpteur de genre qu'il n'est, comme on l'a dit avec dédain, un animalier. Il lui a plu de ne pas prendre l'homme comme

2

modèle unique; il a porté ailleurs son point de vue, il a contemplé les bêtes, et à elles aussi il a érigé des statues, ce statuaire de lions.

IV

A cette faculté d'élever la réalité et d'ennoblir la forme vue, ajoutez le pouvoir de rendre la vie dans son intensité, et vous connaîtrez sinon tout son génie encore, du moins ses deux qualités maîtresses. Étant donnée l'immobilité de la matière, Barye s'est avancé aussi loin qu'on peut aller dans l'expression du mouvement. Voyez ce tigre aplati, ramassé, prêt à se lancer dans un bond terrible. Ce hibou vient de se poser sur une branche d'arbre, et ses grandes ailes étendues planent encore. Ce cheval passe au plein galop de sa course, ou piaffe en hennissant. Cauteleux et félin, ce jaguar marche à petits pas. Puis, dans sa gravité un peu bête, voici le dromadaire qui porte un Arabe entre ses bosses, balançant sur son long cou sa tête busquée.

Et ce sont des batailles héroïques auxquelles prennent part tour à tour les fauves, les reptiles et les grands oiseaux carnassiers. Un lion va écraser de sa patte formidable un serpent qui l'effraye malgré la petitesse. Un tigre a surpris une antilope, s'est élancé sur elle, la mord à la nuque, et la tient sous lui résistante encore, mais vaincue. Un aigle, debout sur son aire, fouille de son bec un malheureux héron qui expire et dont les longues pattes retombent inertes. Un boa a saisi un crocodile, l'enserre dans ses anneaux et l'étouffe; celui-ci ouvre sa gueule démesurément, se débat et se tord. Sa queue aux larges écailles est broyée dans les replis du serpent, qui s'enroule comme un câble noué. Partout, dans ces combats, la fureur est à son comble, la rage touche au paroxysme : il s'en échappe des hurlements féroces et des cris de douleur. Les muscles se déchirent, les chairs frémissent. Tout cela est agité, violent, effrayant, tragique; et cependant n'oubliez pas que les grandes lignes restent toujours telles que peut l'exiger l'art le plus rigoureux du sculpteur.

Mais Barye ne s'est pas uniquement complu dans l'expression du mouvement, dans les attitudes vives. Les animaux immobiles ou au repos font contraste. C'est un cerf qui, droit sur un rocher, écoute au milieu de la solitude, l'oreille tendue au moindre bruit ; c'est un lion pacifique comme un souverain confiant, ou une biche étendue morte, ou un lapin ramassé en boule qui grignote paisiblement. C'est enfin un héron, philosophe mélancolique, qui dort sur une patte, le bec sous les plumes. Barye a ainsi parcouru la création tout entière, et, en réhabilitant ses types les plus méprisés, il ne lui a pas rendu un vulgaire hommage.

De plus, il a suivi la nature jusque dans son inépuisable variété. Doué d'un pénétrant esprit d'analyse, il a étudié les signes distinctifs de chaque race, noté les caractères particuliers de chaque espèce, et comparé les différences existantes. Aussi est-il arrivé à savoir, comme par cœur, le secret de leur structure, et à pouvoir les reproduire en toute liberté. Il n'est pas deux de ses animaux qui se ressemblent. Chacun a son allure, sa pose, sa façon d'être qui lui est propre, son individualité pour ainsi dire. Une panthère de Tunis se distingue de celle qui est originaire de l'Inde. Il n'a garde de confondre un cerf du Gange avec un cerf de France, et un sportsman, à la première inspection, reconnaîtrait non seulement si tel cheval appartient à une race ou à une autre, mais encore s'il est de sang ou de demi-sang.

Il est à remarquer que son savoir n'a pas gêné sa puissance. Ses animaux ne sont ni guindés ni emprisonnés dans leur forme de bronze. Leur immobilité ne semble que la conséquence d'une suspension momentanée de leur être : qu'une baguette de fée vienne à les toucher, et ils s'avanceront, marcheront, continueront le mouvement commencé. En outre, ils n'ont jamais connu la tristesse morne du séjour déshonorant de la cage ; ils sont de ceux qui ont sans cesse vécu au grand air, dans le fond des forêts lointaines, ou sur les cimes escarpées et sauvages : ils jouissent superbement du plein développement de leurs forces naturelles.

Partant, il faut voir comme ils sont toujours dans le mouvement de leur action ; il y a une corrélation étroite entre leurs attitudes et la fonction qu'ils remplissent. L'expression n'est pas localisée ou rendue à l'aide de sous-entendus et d'artifices ingénieux ; elle sort pour ainsi dire, et ressort avec une clarté lumineuse de l'allure tout entière. Un lion rugissant rugira de tous ses membres, depuis la crinière qui se hérisse jusqu'à la queue qui bat l'air à grands coups. Un chien en arrêt aura dans tous ses muscles cette fixité qui précède d'une seconde la détente soudaine et le saut instantané. Brisez en morceaux un de ces bronzes, apportez-en un fragment quelconque à un disciple de Cuvier : il devra reconstituer exactement l'animal, son maintien et sa pose.

D'autre part, Barye ne s'est pas contenté des formes extérieures et des attitudes physiques. Il a tout dit, l'instinct, le caractère et le tempérament; il a pénétré jusqu'aux habitudes, jusqu'aux passions intimes de la race. Voyez avec quelle jouissance bestiale ce tigre se délecte dans le sang qui mouille les crocs de sa mâchoire! Malgré sa taille colossale, cet éléphant n'est-il pas doux et débonnaire? et ce cheval, qui arrondit son encolure en piétinant en cadence, n'est-il pas fier de sa légèreté et de son élégance?

On a cru devoir remarquer que Barye avait comme un penchant pour les scènes de meurtre, et qu'il avait traité avec une complaisance particulière les sujets de bataille et de massacre. J'estime que c'est le comprendre mal que de penser ainsi. Quand il nous propose en spectacle des exterminations sanglantes, il n'obéit pas le moins du monde à un goût étrange de cruauté, il se sert seulement du moyen qui lui semble le plus propre à mettre en évidence les appétits féroces de la bête qu'il représente.

J'admets que la manière d'être de son génie l'attirait plutôt du côté de la force et de la puissance nerveuse; mais si la nature lui faisait voir la grâce, ou si sa fantaisie le conduisait vers elle, il savait la saisir au passage. Sa faculté d'assimilation ne l'abandonne jamais. A-t-il été terrible et tragique en montrant un tigre furieux de rage, il va se faire l'interprète charmant d'une gazelle svelte et légère. Tantôt, cédant à son humour, il donne spirituellement à une tortue un héron pour cavalier : il sculpte alors comme Granville dessine. Tantôt il monte à l'épopée; il devient le Michel-Ange des fauves.

V

Barye consomma une révolution dans son temps ; avant lui, non seulement certains animaux étaient réputés indignes de tenter raisonnablement l'ébauchoir, mais encore, ainsi que nous le verrons plus tard, ceux qui passaient pour nobles, comme le lion et le cheval, avaient toujours été considérés aux époques modernes comme d'ordre secondaire, comme parties accessoires dans un groupe ; et cela par les statuaires éminents. A la convention, à l'afféterie, à l'à peu près, Barye substitua l'exactitude et la vérité. Ce coursier consacré dont le type est à la place des Victoires ne pouvait trouver grâce devant lui : il prit comme modèle le vrai cheval, le cheval vivant qu'il voyait ; et trouvant bien ridicules, à juste titre, ces lions affublés de perruques grimaçant une expression humaine, il eut une idée simple qu'il réalisa, quoiqu'elle parût monstrueuse à l'époque : il alla étudier à la ménagerie.

Était-il donc réaliste, ce novateur ? Avant de répondre à cette question, il convient de s'entendre sur le sens de cette épithète devenue si équivoque, dont les uns se parent comme d'un titre, que les autres laissent tomber de leurs lèvres comme un blâme. Si le réalisme est l'observation fidèle, consciencieuse, pénétrante de la nature vue dans sa force et sa dignité, rendue sans irrévérence, interprétée avec loyauté ; si, ayant la passion de la vérité, il en conserve le respect, oui, il peut compter Barye parmi ses partisans et en tirer gloire. Si, au contraire, il n'est que l'assujettissement aux manifestations de la nature quelles qu'elles soient ; s'il s'asservit sans choix à la copie du réel, si son goût pour le vrai le détourne de la recherche du caractère,... oh! alors Barye n'a jamais été un réaliste.

Il mettait à nu la charpente des animaux, il relevait les dimensions de chaque os, il interrogeait curieusement leurs cadavres ; mais, mieux que personne, il connaissait le point juste où l'anatomie finit, où l'art commence. Nulle part, il ne fit étalage de son érudition, ou abus des détails techniques.

Examinez ses formes avec un soin scrupuleux : elles défient le scalpel. Il y a là une contradiction apparente qu'il importe de faire cesser, et un point obscur qui doit être éclairci. En effet, il existe deux sortes de vérités, quoi qu'on dise : la vérité anatomique, et la vérité artistique. L'une est positive, brutale, n'ayant pas de ménagements à prendre. L'autre montre les choses suivant les lois du goût, et fait prévaloir l'ordre et l'harmonie. Barye les a également possédées toutes deux, mais il ne s'est servi de la première que pour disposer plus sûrement de la seconde. Il supprime, non, il sous-entend les parties secondaires, les détails encombrants du système musculaire, pour développer les grandes masses que réclame la sculpture. Il procède par larges plans de modelé qui sont si justes et correspondent si précisément aux divisions principales de la charpente osseuse que l'expression du mouvement n'en souffre pas, et que l'art y gagne.

Voici, par exemple, une jambe fortement arc-boutée sur le sol : la dissection révèle non seulement la présence des os et des articulations maîtresses, mais encore celle des tendons, des muscles et des fibres qui se ramifient et s'entre-croisent. Rendre tel quel tout cet assemblage, ce serait s'exposer à éparpiller l'attention, à rompre l'unité de la ligne, et en outre à mettre en lumière inutilement ce que la nature, bien avisée, a dissimulé sous l'organisme et soustrait aux regards. Qu'a fait Barye?

3

Il a accusé d'un pouce vigoureux et sûr les inclinaisons dominantes qui, à l'aide de
méplats successifs, donnent au membre sa tension normale et mettent en évidence
sa direction, ainsi que la raison finale de ses efforts. Ce faisant, il atteint un double
but : il a dégagé cette simplicité qui est grandeur d'aspect, et cette clarté où l'œil et
l'esprit se complaisent tout ensemble : tant il est vrai qu'en esthétique la vérité est
toujours plus vraie que la réalité même. On pouvait craindre que les conceptions
de Barye n'eussent à souffrir de la précision de ses connaissances techniques, et
que le grand nombre d'indications qu'il avait recueillies ne le rendît circonspect
à l'heure des éliminations nécessaires : il n'en a rien été. L'artiste en lui a toujours
dominé le naturaliste; le premier concevait et ordonnait, le second s'empressait
d'obéir et d'exécuter. Nulle part le couteau à dissection n'a asservi l'ébauchoir.

VI

Le moment est venu maintenant de faire justice de cette opinion irréfléchie
d'après laquelle Barye n'aurait marqué que dans la sculpture d'animaux. Lui-
même un jour, par une spirituelle boutade, il avait tancé ceux qui voulaient l'enfermer
dans une spécialité : « Mes contemporains, dit-il, en me reléguant chez les bêtes,
pour se débarrasser de moi, se sont mis au-dessous d'elles. »

Le mot est vif : il sent le mouvement de mauvaise humeur auquel on s'a-
bandonne dans l'intimité; mais qui pourrait en faire un grief à l'artiste légitime-
ment impatienté? Quand on connaît l'étendue de sa science, les ressources variées
de sa pratique, la hauteur de son style, comment admettre que son génie eût été
incapable de s'appliquer à telle représentation qu'il lui eût convenu de choisir?
La pierre et le bronze sont là pour dissiper tous les doutes. Si dans cette étude
sur l'ensemble de l'œuvre je n'ai envisagé jusqu'ici Barye que comme sculpteur
d'animaux, c'est que je voulais rester dans le domaine qui est à lui, et à lui seul,
qu'il s'est ouvert, qu'il a étendu et parcouru le premier. Or, dès qu'il prenait la
figure humaine pour modèle, il est évident qu'il entrait dans le champ commun
à tous les statuaires depuis l'antiquité la plus haute.

Phénomène étrange! Barye, qui dans l'animal dégage puissamment l'impression du mouvement et de la vie, semble obéir à une préoccupation tout autre dès qu'il représente l'homme. Aux allures remuantes et vives, à la mise en relief du jeu des musculatures, il substitue les attitudes calmes et tranquilles empreintes d'une dignité grave. La force corporelle de ses modèles humains s'étale sous la quiétude inaltérable qu'ils respirent : par ce trait Barye fait songer à la Grèce. Avec moins de sérénité, et à un degré inférieur d'élévation dans l'idéal, ses statues comme celles de l'antiquité sont de beaux corps florissants. Une âme pensante n'y habite pas. Elles ne participent pas à la vie de l'esprit; elles n'ont point pour tâche d'exprimer une joie, une souffrance, une action morale quelconque, mais bien de faire triompher l'harmonie des perfections plastiques. Donner en spectacle le charme placide de formes pures, de lignes qui se profilent sans violences, voilà leur mission tout entière.

C'est ainsi que Barye, se rapprochant des maîtres grecs, chaque fois qu'il s'est adressé à la figure humaine, a représenté non un homme, mais l'homme pris dans la grande abstraction de l'espèce. Par un vaste effacement de l'individualité, il s'est élevé jusqu'au type : et sur ce dernier point le statuaire et l'animalier étaient d'accord.

VII

Barye a-t-il eu des ancêtres? En vérité, on peut répondre qu'il n'en eut pas. Le point de comparaison signalé plus haut mis à part, il ne faut pas songer à pousser plus loin le parallèle entre le style des Grecs et le sien. Sous tous les autres rapports, il en diffère d'une manière complète, principalement dans ses figurines d'animaux. Il a fait en quelque sorte palpiter la vie avec une insistance et une vigueur d'expression que n'a ni recherchées, ni même connues l'antiquité éprise avant tout de la manifestation idéale de la beauté calme.

Cependant, la poésie a rendu légendaire la vache du sculpteur Myron. Tout le monde a en mémoire ces vers de l'*Anthologie* écrits sur le socle de l'œuvre fameuse :

« Berger, conduis plus loin ton troupeau, car la vache de Myron pourrait se mêler avec tes génisses. »

Et encore :

« Myron ne l'a pas moulée : le temps l'avait changée en métal, et Myron a fait croire qu'elle était son ouvrage. »

Ces citations doivent-elles donner à penser qu'il a existé en Grèce une école spéciale qui s'attachait à produire l'illusion de la vie? Malheureusement les ouvrages de ce genre ne nous sont point parvenus : le contrôle n'est donc pas possible. D'ailleurs, il faut faire la part de l'exagération et de l'hyperbole permise à la langue figurée du poète. Ces éloges ne peuvent être que jeux d'esprit. Il serait téméraire de les prendre à la lettre et d'en tirer une conclusion que dément d'une façon constante l'esprit même du génie grec.

On a voulu établir une parenté, à vrai dire lointaine, entre le caractère de la sculpture égyptienne et le style de Barye. Dans la silhouette générale des formes, dans l'enveloppement des lignes, il y a peut-être identité de noblesse; mais l'art de l'Égypte s'il atteint le colossal, s'il est plus solennel, plus majestueux, plus grandiose, n'a ni chaleur, ni intimité, ni vie : il se tient dans l'immobilité monumentale et contemplative, il se complaît aux symboles, et le sublime qui est le sien, reste inanimé toujours. Quel contraste entre un sphinx accroupi pour l'éternité, et un tigre de Barye qui tressaille, frémit, ou mord avec frénésie!

Il serait plus exact de chercher des points de contact avec les vestiges que nous possédons de l'art assyrien. Mais il faut s'empresser de remarquer que Barye n'a pu subir aucune influence, qu'il échappe à tout soupçon même de réminiscence involontaire. L'analogie ici n'est que fortuite. Le génie d'un homme et le génie d'une race disparue se sont rencontrés à travers les siècles, sans que l'un ait évoqué l'autre. En doute-t-on, consultez les dates, et vous verrez que Barye avait affirmé l'esprit de son œuvre dix ans avant que les bas-reliefs de Khorsabad n'eussent révélé en France l'art puissant de Ninive.

Les Assyriens, moins hiératiques que les Égyptiens, ont eu, contrairement à leurs devanciers, la préoccupation, je dirai même l'obsession du mouvement. Sur des grandes tables de granit, ils ont fait courir des chars, galoper des chevaux, bondir des lions. Il est d'un intérêt suprême de comparer avec un bronze quelconque de Barye le petit lion assyrien du Louvre qui porte un anneau sur son dos, ou les admirables bas-reliefs du British Museum palpitants de la fureur des combats.

Chasse à l'homme, luttes contre les fauves, c'est le même caractère de grandeur sauvage, de férocité épique, de frénésie bestiale. Le parti d'art est identique. On croit reconnaître la façon d'indiquer les divisions principales, de disposer les plans du modelé; de faire si bien que, pour ainsi dire, la forme crie le mouvement.

Toutefois la bête assyrienne est d'une rudesse plus tragique; on sent qu'elle est mise en œuvre par une poésie âpre où il entre, sinon les visions d'une sorte de cauchemar terrifiant et superbe, du moins les déchaînements d'un lyrisme farouche. Elle appartient encore au rite et à la légende. Issue d'un mythe sacré, elle a saisi la nature pour s'en faire une enveloppe sensible; et elle s'est si bien revêtue de celle-ci, que la signification symbolique disparaît.

Mais le symbole perce le voile, si l'on met en regard un ouvrage de Barye. L'animal du maître français est plus près de la vérité, ou mieux il est dans la vérité même : il participe de la vie ordinaire et simple, il est de ceux qui passent dans les plaines, sur les monts, à travers les forêts. Il n'éveille d'autres idées que celles qui sont strictement inhérentes à son être. Ici s'accuse une différence profonde entre l'art de Barye et celui de Ninive.

Dans son ensemble l'art assyrien, de même que l'art de l'Égypte, joue le rôle d'un gigantesque registre des faits de l'histoire. Nomenclature fidèle des actions brillantes d'une époque ou d'un règne, on doit le regarder comme on lirait dans un livre immense. Chaque œuvre à l'invariable uniformité d'une formule, elle est la partie d'un grand tout : il semble qu'elle ne soit qu'une lettre de cette écriture sur pierre. Jamais l'antiquité primitive n'a eu la conception de l'art proprement dit, et n'a cherché dans le corps d'un animal une combinaison de formes capable par elle-même d'éveiller le sentiment du beau.

Comment dès lors découvrir la filiation du génie de Barye? où trouver les influences maîtresses sous lesquelles inconsciemment s'est formé son œuvre? Il serait bien simple et il est on ne peut plus juste de reconnaître en lui un génie français et très français. Non, il n'a pas connu ces grands élans d'idéal, ces échappées d'imagination, ces aspirations vers l'au delà, auxquels, à la bienheureuse époque de la Renaissance, l'art italien s'abandonna pour sa plus grande gloire. Indépendamment des qualités propres à son génie, il a la sagesse, la mesure, le sens pratique, le goût réglé, la puissance du savoir, la clarté dans l'expres-

4

sion, la lucidité dans la conception qui sont les dons naturels de l'École française.

Comme conséquence de tout cela, le domaine des conceptions transcendantes et abstraites lui est resté fermé. Il n'a pas même eu la pensée d'y pénétrer : il a sagement fait ; il s'y fût senti mal à l'aise, il y eût erré à l'aventure. Son art n'est un art ni de sentiment, ni d'émotion, mais un art de forme et de force, et si l'on prétendait découvrir un poète en lui, la tentative aboutirait à un mécompte.

A l'époque où il entra en scène, la querelle était ardente entre les classiques et les romantiques. Mémorable querelle, dont semblaient dépendre les destinées de l'art, qui ne devait finir que par l'écrasement d'un parti, et qui s'est éteinte d'elle-même, comme tant d'autres, dans cet incessant renouvellement de l'activité spirituelle des hommes !

Barye fut-il, à proprement parler, un romantique ? Comme tel il fut dénoncé et persécuté par de puissants adversaires. Mais en vérité on s'abusait. Les partisans des idées nouvelles le proclamèrent à grand bruit des leurs, parce qu'il répugna à une mise en œuvre consacrée, parce qu'il se débarrassa des formules apprises et des attitudes conservées au nom de la discipline. Mais ce ne fut pas par système qu'il agit ainsi : il suivait son tempérament. Oublie-t-on d'ailleurs qu'avec une inébranlable fidélité il garda le culte des principes sans lesquels ne va pas la dignité de la statuaire, que jamais il ne laissa l'expression briser la ligne ni outrager la forme, et que c'est par le style que son génie s'est fait ? Classique, il n'avait point à songer à l'être ; romantique, il n'avait que faire de le devenir. Ces deux termes, dépourvus maintenant de leur signification militante, ne peuvent le résumer ni l'un ni l'autre. Il a dit dans son temps ce qu'il avait à dire, voilà tout, et sa voix mâle, forte, a fait entendre des accents inconnus d'une plénitude et d'une énergie superbes.

LAPIN LES OREILLES LEVÉES.

LA VIE ET LES ŒUVRES

VIII

Sans avoir l'intention d'émettre une observation sinon malveillante, du moins irrévérencieuse, ne peut-on pas dire que la critique d'art contemporaine serait volontiers, si elle n'y prenait pas garde, disposée à quitter le domaine de l'esthétique pour s'aventurer à travers la curiosité pure? Dans un ouvrage consacré à l'œuvre d'un artiste, on considère comme très important d'accumuler les détails précis sur son existence particulière. Les renseignements donnés sur la manière dont il comprenait son art, dont il échauffait son talent, ne suffisent guère, et semblent avoir moins d'attraits que les révélations indiscrètes relatives à ses habitudes quotidiennes, ou à sa manière d'agir dans les circonstances ordinaires de la vie. Je sais bien que l'idée première d'une création plastique est parfois la conséquence d'un fait privé ou accidentel sans importance par lui-même. Je reconnais que l'existence de l'homme peut influer d'une façon directe sur la carrière de l'artiste; mais il est mauvais que l'accessoire vienne à masquer le principal; il ne faut pas que le biographe, à propos d'une date incertaine, prolonge ses dissertations au préjudice du dilettante.

D'ailleurs, Barye, quelque souci que l'on en ait, ne donnera jamais que fort peu de chose aux chercheurs d'épisodes. Enfermé dans son atelier, il s'est tenu en dehors des événements de son temps, politiques et autres. Il n'a pas laissé de mémoires, et n'écrivait pas même de ces lettres familières où l'individu s'abandonne et se dévoile sous un jour nouveau.

CHIEN EN ARRÊT.

On peut dire qu'il a vécu les mains dans la glaise ou dans la cire, l'esprit absorbé par l'étude de ses modèles, dont la beauté plastique le prenait tout entier. Il semble que la vie quotidienne avec ses circonstances monotones ou mesquines, ses tracas et ses frivolités, lui ait été indifférente. Aussi l'a-t-il laissée couler sans y prendre garde, l'abandonnant à son cours banal et régulier, lui le créateur de génie, ainsi qu'un bourgeois paisible eût pu le faire. Personne n'a le droit de s'en plaindre, et celui qui consacre ces pages à la mémoire de Barye doit s'en réjouir; car, grâce à Dieu, il lui reste un œuvre puissant à parcourir de son admiration, un œuvre grand et nombreux qu'un volume suffira à peine à analyser et à décrire en détail. Il est d'ordre naturel d'ailleurs que l'homme disparaisse derrière la gloire de l'artiste.

IX

Ce fut à Paris, le 15 septembre 1796, que naquit Antoine-Louis Barye. De son enfance je ne retiens que ce détail d'ailleurs peu extraordinaire pour l'époque, qu'à l'âge de douze ans il ne savait pas lire encore. Son père, Lyonnais d'origine, exerçait à Paris le métier d'orfèvre, et avait épousé une demoiselle Claparède : ceci soit dit pour les amateurs de documents exacts. Quant à ces premiers essais où, d'ordinaire, l'on veut découvrir l'indice d'une vocation qui sommeille, je considère qu'il y aurait puérilité à leur donner de l'importance.

Que le jeune Barye se soit plu à découper avec des ciseaux des silhouettes d'animaux sur le papier, ou à barbouiller de brique écrasée dans de l'eau les murs de la maison paternelle, ce n'était là, j'imagine, que les innocentes distractions d'un enfant qui s'amusait sans tapage. Combien ont débuté ainsi en jouant avec un crayon ou des couleurs, qui ont vécu dans le commerce ou dans la banque! Quand un homme a illustré son pays par les œuvres de son ciseau, est-il bien nécessaire de scruter sa vie, pour déterminer quand même la minute précise où ses dispositions ont dû se faire pressentir pour la première fois? On arriverait ainsi à déclarer très sérieusement que dans la manière dont le baby jouait avec de la mie de pain on devinait déjà le pouce du sculpteur.

Ce qu'il importe de signaler, c'est que, privé de toute éducation, Barye parvint à s'instruire, par la force naturelle de son intelligence et de sa volonté. Ses études techniques relatives à son art démontrent qu'il pénétra assez avant dans le domaine des sciences naturelles. Ses connaissances en histoire, en géographie, en archéologie même, devinrent peu à peu complètes, et restèrent plus sûres que celles de nombre d'hommes dont la jeunesse, gardée à vue par des professeurs, est restée enfermée plusieurs années dans un collège. Son grand moyen d'instruction fut la lecture; je note ici deux qualités natives que toute sa vie il conserva, et qui furent comme des parties intégrantes de son génie : une précieuse fidélité de mémoire et une pénétrante puissance d'observation.

A l'âge de treize ans, il entra comme apprenti chez un graveur sur acier nommé Fourrier, qui avait obtenu l'entreprise des matrices estampées pour toute la partie métallique des costumes ou des équipements militaires. Barye enfant collabora donc pour sa part à la fabrication des boutons d'habits, des plaques de ceinturons, des aigles, des casques, des hausse-cols et des croix d'honneur nécessaires à l'armée française. Bien qu'il eût été ainsi exercé de bonne heure à manier le burin, il faut convenir que ses occupations d'alors n'avaient rien de commun avec l'art proprement dit : il ne se faisait que la main. Toutefois le milieu où il grandissait n'était pas exclusivement industriel. L'artisan Fourrier, artiste à ses heures, exécutait, à la commande de l'orfèvre Biennais, — dont le magasin portait cette enseigne étrange : *Au Singe violet,* — des repoussés pour la décoration de tabatières d'or que Napoléon Iᵉʳ envoyait en présent aux souverains.

Or il ne s'agissait pas de simples arabesques, ni d'ornements en guirlande, mais bien de petits bas-reliefs composés, représentant des scènes historiques. Et Th. Silvestre rapporte que Barye lui dit un jour : « Je me souviens d'avoir vu faire cinq ou six de ces bas-reliefs, dont l'un, notamment, représentait l'entrevue des deux empereurs Napoléon et Alexandre. » Cette fois, sans exagérer les conséquences, il est permis de supposer que ces travaux, dont l'apprenti était le témoin, ont dû, en tenant son intérêt en éveil, confirmer son goût et développer ce qui n'était encore qu'une heureuse tendance.

Cependant, en 1812, le canon grondait dans toute l'Europe. A la France, il fallait des hommes, et des hommes encore. Quand on en manqua, on prit de tout jeunes gens. L'élève de Fourrier, à l'âge de seize ans et demi, dut endosser l'uniforme et partir... Involontairement on songe à ceci : qu'il n'eût fallu qu'un fragment de mitraille ou qu'une parcelle de plomb pour que le nommé Barye fût couché, comme tant d'autres, dans un grand trou sous la terre.

5

Heureusement, la fée bienfaisante de l'art français veillait sur Barye : il fut attaché à la brigade topographique du génie. Son service consistait à modeler des plans en relief sur lesquels l'empereur indiquait les places à fortifier. A tout prendre, c'était encore une bonne fortune pour le soldat que cette sorte de sculpture militaire. Néanmoins, je l'indique en passant, cette participation à des travaux topographiques a été révoquée en doute, mais je m'appuie ici sur l'autorité de Th. Silvestre, qui mentionne ce souvenir, rappelé par Barye en ces termes : « J'ai travaillé nuit et jour aux reliefs du mont Cenis, de Cherbourg et de Coblentz, probablement conservés encore dans les archives de la guerre. »

Quoi qu'il en soit, il fut incorporé, quelques mois après, dans le deuxième bataillon des sapeurs du génie : « Un soir, a dit encore Barye au même écrivain, c'était le 30 mars 1814, comme je revenais très fatigué d'une longue promenade à travers les champs de Montrouge, le portier du dépôt militaire me cria par le guichet : — « l'armée est partie, allez bien vite la rejoindre sur les bords de la « Loire. » Comme je n'avais pas un sou pour entreprendre moi-même cette retraite devenue si célèbre, je regagnai la maison de mon père. Licencié après la capitulation de Paris, je repris ma profession de ciseleur, mais j'étais vivement tourmenté par ma vocation pour la statuaire. Je m'appliquais infiniment au dessin et au modelé, mais comme je n'étais pas remuant, je ne savais ni comment trouver un maître, ni comment faire pour vivre en étudiant[1]. »

Il se connaissait bien : remuant, il ne le fut jamais. Personne moins que lui ne sut se faire valoir ou se mettre en lumière. Il n'alla pas courtiser le succès. C'est le succès qui vint à lui, amené par ses œuvres.

X

En décembre 1816, Barye devint l'élève du sculpteur Bosio. Mais ses inquiétudes relatives au choix d'un maître n'étaient vraisemblablement pas calmées encore, car, quelques mois après, en mars 1817, pris du désir de pousser plus

1. Th. Silvestre, *Artistes vivants*, BARYE.

avant ses études de dessin, il entra à l'atelier de Gros, le célèbre peintre des *Pestiférés de Jaffa.*

Quelles ont été les conséquences de ces deux enseignements? Lequel des deux maîtres eut le plus d'influence? Ces questions ne me paraissent pas mériter l'importance qu'on leur prête généralement. Est-on bien sûr, d'abord, à un point de vue de principe, que les préceptes donnés par un artiste puissent exercer sur l'esprit de celui qui les reçoit une action assez déterminante pour modifier des façons personnelles de voir et de sentir? On peut en douter. Quelle que soit la méthode qu'on leur propose ou qu'on leur inflige, les tempéraments entiers et forts s'y soustraient vite, et leur originalité s'élance comme d'elle-même, laissant tomber à terre, dénouées ou rompues, les lisières dont on voulait l'entraver. Est-ce que les figures de l'*École d'Athènes* ont un air de famille avec les Madones du Perugin? Malgré la despotique autorité de David, Gros n'a-t-il pas émancipé son génie dans cette *Bataille d'Aboukir,* par exemple, qu'il sera toujours facile d'opposer au tableau des *Sabines?* Qu'on en soit convaincu : les talents qui conservent l'empreinte profonde de l'éducation première ne vont jamais au delà d'une estimable médiocrité. Condamnés au second ou au troisième plan, ils disparaissent peu à peu dans l'effacement des perspectives lointaines.

Pour Barye, artiste individuel s'il en fut jamais, Bosio et Gros furent plutôt des instructeurs que des maîtres dans le sens même large du mot. Il vint à eux afin d'en obtenir les secrets d'une pratique que son métier de ciseleur ne lui faisait qu'imparfaitement connaître; il voulut apprendre à modeler avec le premier, à dessiner, à tenir un pinceau avec le second. Quant à une réelle influence d'art, elle n'exista point, et c'est pour cela que les écrivains qui ont consacré à Barye des articles ou des notices, ont fait pauvre besogne en s'en prenant à la mémoire de Bosio.

L'un d'eux n'a pas hésité à dire : « Nous devons nous estimer heureux que le maître n'ait point gâté l'élève. » L'autre, et c'est Gustave Planche, a rendu du haut de son froid parti pris ce jugement singulier : « Au bout de quelques semaines, M. Barye savait comme il ne fallait pas faire. C'était après avoir eu sous les yeux l'afféterie, la manière, la convention, qu'il s'est épris d'un violent amour pour le naturel, la franchise, la vérité. La contradiction lui a si bien réussi, que je suis tenté de voir, dans la contradiction même, une des sources les plus fécondes de son talent. C'est peut-être à la méthode incertaine et timide de Bosio que nous devons la hardiesse qui éclate dans toutes les œuvres de M. Barye. »

La manière est étrange de sophistiquer ainsi pour rendre hommage au talent que l'on admire. Quelle erreur de croire qu'un tempérament d'artiste puisse se former par la contradiction ! D'autre part, il n'est pas nécessaire, pour mieux vanter un homme, de dénigrer de parti pris ceux qui ont eu avant lui des conceptions différentes, sinon contraires. Malheureusement, le procédé est employé à l'envi : au début d'un ouvrage sur David, il est convenu qu'on parlera avec mépris des fadeurs de Boucher; mais Boucher est un vrai peintre, et un maître : pourquoi l'immoler au premier génie — par ordre de date, s'entend — du XIX⁰ siècle ? Croit-on que sa gloire en sera grandie ? Certes, je n'ai pas l'intention d'entreprendre un plaidoyer en faveur de Bosio, mais je voudrais qu'on respectât tous ceux qui marquent une date et représentent une époque. Passons avec calme devant le *Louis XIV* de la place des Victoires. Si la mode a abandonné les œuvres de Bosio, est-ce sa faute à lui seul ? Et ses contemporains qui l'ont soutenu, loué, admiré, n'y sont-ils pour rien ?

Pauvre Bosio ! puisque c'est dans des lauriers jaunis que sa mémoire repose, il est préférable de ne pas les effeuiller.

XI

Barye cependant continuait à vivre de son métier de graveur, tout en s'abandonnant avec enthousiasme à sa vocation d'artiste.

Autant qu'il est permis d'en conjecturer, il fréquentait alternativement l'atelier de Gros et de Bosio, et il n'y a pas à s'étonner que, né pour être sculpteur, il ait voulu néanmoins travailler chez un peintre. On sait, et nous le verrons plus loin, que son pinceau devait nous laisser — à l'aquarelle surtout — des œuvres admirables; mais un autre motif qu'une double disposition naturelle explique la détermination qu'il avait prise. Lui qui, en raison de son tempérament même, n'était pas attiré par les aspects d'une statuaire immobile et calme, lui qui se sentait aimer les attitudes mouvementées, les silhouettes agiles, et devait faire remuer le bronze, il trouva presque instinctivement dans les pratiques d'un art plus libre et plus dégagé comme la peinture de quoi satisfaire ses tendances naturelles.

A cette époque, la sculpture se complaisait dans une dignité solennelle, qui, vraisemblablement, lui paraissait un peu froide. L'école de David régnait partout et en despote. Quel contraste entre la rigoureuse doctrine imposée alors et la belle indépendance qui, quelques années plus tard, allait se donner carrière ! David tenait tout dans sa main ; il incarnait en lui seul l'unique principe d'art qui eût de ce temps droit à l'existence. Mais il ne pouvait empêcher de s'accomplir l'œuvre de la transformation éternelle ; dans certains ateliers des ferments se développaient.

Gros, avec la mise en scène de ses batailles tumultueuses, de ses chevaux cabrés, de ses cavaliers aux longs panaches flottant au vent, était déjà un novateur. L'énergie relative de ce peintre frappa l'esprit de Barye, et s'imposa à son imagination en quête de hardiesse et d'expressions vives. Puis, comme l'a si excellemment dit M. Eugène Guillaume[1], « Barye débutait au milieu d'une passion de renouvellement qui commençait à entraîner l'École française. L'étude de l'histoire et la connaissance des littératures étrangères élargissaient le champ de l'inspiration. Mais ce qui donnait au romantisme le caractère d'une autre Renaissance, c'est que, chez plusieurs artistes, il se signalait par un retour à la nature et à la science. A ce point de vue, Géricault doit être considéré comme un exemple. Il allait au fond des choses : ses dessins anatomiques sont restés célèbres. Il étudiait avec ardeur les chevaux et les bêtes féroces. Il modelait ; on a de lui un *Cheval écorché*, un *Bœuf terrassé par un tigre*, l'esquisse d'une *Statue équestre*, un *Homme et un cheval* en bas-relief. Il pensait que l'artiste, en dehors de toute tradition d'école, doit se former par un travail personnel. En 1819, il avait exposé son *Naufrage de la Méduse*, et dans son amour de la vérité, il l'avait peint souvent entouré de cadavres. Il jouissait d'un singulier prestige, et, on peut le dire, son influence sur Barye a été considérable. »

Or le *Naufrage de la Méduse* était le premier manifeste d'une révolution qu'Eugène Delacroix se préparait, dans le recueillement du travail, à transformer en régime nouveau, Delacroix qui allait tant admirer Barye, et que Barye était destiné à si bien comprendre.

1. *Notice du Catalogue des œuvres de Barye exposées à l'École des beaux-arts en 1889*, par M. Eugène Guillaume, membre de l'Institut.

XII

Quand on porte en soi le bienheureux tourment de la vocation, il n'est pas de progrès qu'on ne puisse rapidement réaliser, il n'est pas de labeur continu capable d'épuiser la force qui vous mène. En 1819, décidé à essayer son talent, Barye concourut pour le prix de Rome de gravure en médaille. Le programme du concours nous semble maintenant avoir été une galanterie du sort; qui sait s'il ne fut pas plutôt une révélation pour Barye? Il s'agissait de représenter *Milon de Crotone dévoré par un lion*. Les effets les plus graves ont souvent des causes accidentelles, et il suffit parfois d'une seconde pour que l'homme aperçoive, comme dans un éclair, la voie qui s'ouvre. Sans excéder les droits de l'hypothèse, on peut admettre que Barye, se trouvant pour la première fois à même de modeler un lion, ait été frappé tant des ressources qu'offrait à la sculpture la vigoureuse beauté des formes de l'animal que du mépris injuste où on les avait tenues jusque-là.

On aimerait en effet à se figurer dans l'œuvre de Barye le groupe de l'athlète s'efforçant d'arracher ses mains du tronc de l'arbre, et du fauve labourant de ses griffes sa victime rendue impuissante. L'imagination complaisante voit là tout de suite une œuvre de même famille que le fameux *Thésée luttant contre le Minotaure;* et le sujet semble si bien fait pour Barye que cette pensée n'est que très naturelle.

Aussi, lisez l'opinion de Gustave Planche : « J'ai sous les yeux, écrit-il, cette œuvre de 1819, la première qui marque dans la vie de M. Barye, la première qui ait laissé une trace durable, et je crois pouvoir affirmer qu'elle se recommande par toutes les qualités qui ont assuré plus tard la popularité de son talent. Le sujet traité au xviie siècle par Pierre Puget avec tant de verve et d'énergie a été compris par l'élève de Fourrier avec une merveilleuse précision. Le lion qui mord la cuisse de l'athlète est rendu avec une habileté qui se rencontre bien rarement parmi les élèves de l'Académie. La tête et l'attitude du Milon expriment éloquemment la lutte du courage contre la souffrance. »

La phrase est belle en vérité; mais est-elle bien ici en place? J'incline à penser le contraire. Ceux qui ont vu cette médaille, dont une reproduction est donnée ici, avoueront qu'elle ne mérite pas un éloge lyrique. Elle ne contient même pas en germe le génie de Barye. L'exécution, précise, un peu sèche, délicatement minutieuse, n'est point du tout celle à laquelle s'arrêtera le maître. Dans cette œuvre

MILON DE CROTONE.
(Médaille.)

de concours, on ne sent pas encore cet élan, ces tentatives audacieuses, cette impatience des formules d'école, qui annoncent le tempérament d'un novateur. De plus — détail intéressant à noter — l'animal dans le groupe n'occupe qu'une place secondaire; il se profile derrière le Milon modelé en premier plan. Les lignes de la silhouette, de cette silhouette qui devait plus tard être si expressive, si agitée, si parlante, sont rompues par celles de la figure humaine. Que ce bas-relief, tel qu'il était, eût été préférable à celui de M. Vatinelle, qui obtint le grand prix, je n'y contredis point, mais je persiste à croire que l'admiration accordée à ce lion, honorable essai de jeunesse, n'est que la conséquence de l'effet rétroactif.

L'année suivante, Barye fut reçu en loge, mais cette fois comme sculpteur. *Caïn maudit de Dieu après le meurtre d'Abel,* tel était le sujet proposé. « Bien qu'il eût produit par sa figure de Caïn une impression profonde et générale », dit

Théophile Silvestre, il n'obtint que le second prix et ce fut M. Jacquot qui partit pour Rome.

En 1821, Barye ne fut pas inspiré par le programme donné : *Alexandre assié-geant la ville des Oxydraques ;* et le concurrent heureux devait être M. Lemaire, l'auteur de la décoration du fronton de la Madeleine.

Le sujet de l'année 1822 fut : *la Robe de Joseph rapportée à Jacob par ses frères :* M. Seurre jeune l'emporta.

Les deux années suivantes, Barye non découragé affronta encore le concours : En 1823, le prix n'est pas même décerné : il s'agissait de représenter *Jason enle-vant la toison d'or.* La mortification allait être plus grande encore en 1824 pour Barye qui ne fut pas même reçu en loge. Cette fois, il renonçait pour toujours à un espoir qui lui avait réservé de si cruels mécomptes, et quittait l'école.

XIII

Ainsi donc Barye ne fut pas pensionnaire de la villa Médicis. Si l'on prêtait l'oreille aux propos irréfléchis pour le moins, qui ont cours à l'heure actuelle, si l'on tenait compte des jugements formulés par les écrivains qui se sont occupés de Barye, on inclinerait à penser que son insuccès fut pour lui une bonne fortune : « Ce perfide laurier, s'écrie Théophile Silvestre, en éloignant l'artiste des faveurs officielles sauvait en même temps son beau talent des études routinières de l'École de Rome. » Je fais grâce au lecteur de la pesante dissertation de Gustave Planche, mais je suis, je l'avoue, un peu étonné de l'opinion hésitante du regretté Charles Blanc. Pris d'incertitude au moment de se prononcer sur le cas particulier, ce critique délicat et éminent, après avoir essayé un moment de réagir contre l'opi-nion vulgaire, émet finalement ce doute : « Peut-être aussi est-il permis de croire que Barye aurait perdu à Rome une partie de cette originalité puissante, de cet air peuple, mais robuste, passionné et fier, qui ont fait de lui le Géricault de la sculpture. »

L'assimilation est singulière. Oublie-t-on que Géricault a été à Rome, qu'il a habité cette ville, qu'il l'a aimée, et que son génie d'artiste y a grandi? Mais sans s'arrêter à cette considération, peut-on être bien sûr que le séjour en Italie aurait été funeste à Barye ?

Oui il tira de son fonds propre, et trouva dans son tempérament même ces qualités qui, en se développant, constituèrent sa puissance. Quoiqu'il aimât la nature avec ardeur, qu'il l'étudiât avec passion jusque dans ses parties intimes, il n'en divulgua jamais la réalité, il en dégagea la noblesse. Mais il ne fut intéressé et préoccupé que par la forme. Il ne vit et ne comprit qu'elle seule. Elle s'imposa à lui, elle le domina, et cela d'une façon si absolue et si complète, qu'il ne tenta point de lui confier l'expression d'un sentiment moral, ou d'une idée philosophique. La vue de lignes belles par elles-mêmes, l'image d'un corps faisant valoir la force ou la souplesse de ses membres, le captivaient tout entier et suffisaient à mettre en travail ses facultés de créateur. Il resta étranger à ce domaine de l'art où la pensée règne, servie par la forme.

On objectera qu'il n'avait guère besoin de pénétrer dans ce domaine pour modeler ses bêtes et faire marcher ses lions. Mais ses figures humaines, elles aussi, ne sont que des animaux superbes : leur vie morale n'est pas ce qui le préoccupe. Un commerce suivi avec les sculpteurs du xve siècle l'eût amené à donner plus de place dans ses œuvres à l'être méditant et vivant de l'esprit. L'ardente poétique de la Renaissance, si elle n'avait pas enflammé son imagination, ne l'eût pas dévoyée. Il eût subi le charme de ces Italiens, les premiers créateurs d'art du monde, qui ont mis en activité le cerveau de l'humanité, mêlé leur âme à l'âme éparse des générations, et donné la fête de l'esprit alors que tant d'autres ne devaient donner que la fête des yeux. En tout cas, il eût conservé ses énergies de facture, ses vigueurs d'expression, ses éloquents mouvements de silhouette. Et si Rome et Florence ont fait du mal à quelqu'un, Barye était de ceux qui n'avaient rien à en craindre.

XIV

Rebuté dans ses espérances, Barye ne se laissa pas aller au découragement. Cette pension de l'État qu'il avait espérée faisant défaut, il fallait lutter pour la vie, il lutta. Il prit le parti conseillé par la sagesse et commandé par la nécessité.

7

Il mit son talent au service d'un nommé Fauconnier, orfèvre de Mme la duchesse de Berry. Il se résigna, producteur anonyme, à travailler pour le compte d'un patron. Ce Fauconnier, grâce à l'habileté des artisans qu'il employait, s'était fait une véritable réputation. Sa maison, soutenue par la faveur de la cour royale, avait alors la vogue.

Ce temps d'épreuve et d'abnégation dura jusqu'à 1831, peut-être plus tard. Que furent pendant cette période les ouvrages de Barye? Certainement il pratiqua l'art de la ciselure, mais il reste peu d'œuvres qui permettent d'apprécier le mérite de son ciselet. On s'accorde à dire qu'il exécutait des modèles de

TIGRE TÊTE BAISSÉE.

bijoux, de colliers, de breloques et de pendants d'oreilles. Les écrivains qui parlent de ces objets avouent ne pas les avoir vus, mais en font de grands éloges. Je n'ai pas l'intention de les contredire, ce qui serait injuste, n'ayant pas davantage le droit de parler en connaissance de cause. Toutefois, il ne me semble pas que le génie de Barye, même à ses débuts, surtout à ses débuts, ait jamais pu se prêter aux frivolités délicates, aux jolies mièvreries, aux fines élégances de l'orfèvre ou du joaillier. L'opinion peut sembler hasardée; mais en faisant cette réserve, je crois indiquer par là un des caractères de l'œuvre de Barye, qui est l'absence de l'artificiel même dans la grâce.

A cette époque on peut attribuer l'*Hercule tuant un sanglier*, vraisemblablement le sanglier d'Érymanthe; œuvre sans titre, peu connue, et qui n'a jamais figuré dans les catalogues de vente de Barye, œuvre intéressante par son caractère primitif dans l'ensemble, déjà libre de mouvement, trop serrée d'exécution et qui est encore de la même main que le *Milon de Crotone* du concours : l'Hercule brandit le sanglier comme une masse qu'on veut briser.

En outre, il est certain qu'alors Barye modelait déjà des petits animaux qui, exécutés en orfèvrerie, vendus comme serre-papiers ou ornements d'étagères, donnaient à son patron gloire et profit. Parmi les morceaux que lui commandait Fauconnier, on cite un cerf destiné à une soupière. Or c'était la première fois que Barye avait à modeler des animaux en ronde bosse. Il alla naïvement étudier le cerf d'après nature au Jardin des plantes. Mais ce cerf de soupière semble n'avoir été très goûté ni du public ni du patron lui-même. On le trouva *trop nature*, pas assez noble.

Toutefois, on relève ces lignes dans le rapport officiel du jury sur l'exposition industrielle de 1823 : « *On doit à M. Fauconnier une collection de bons modèles pour l'imitation de divers animaux.* » Ils devaient être *bons*, en effet, les modèles ; mais ce n'était pas à M. Fauconnier qu'on les devait.

TIGRE TÊTE LEVÉE

Il paraît que plus tard, quand il fut devenu Barye, l'auteur de ces figurines charmantes consentit à les signer de son nom, sur les demandes pressantes des héritiers de Fauconnier, et à dénoncer ainsi une paternité dont l'affirmation devait être lucrative pour d'autres. Certes, on est en droit de chercher à savoir quels étaient ces ouvrages de début ; malheureusement on entre ici dans les tribulations et les incertitudes que va causer tout essai de classification. Comment se reconnaître dans l'innombrable série, dans la file interminable de ces petits bronzes grands comme la main, ou hauts de deux doigts ? Par suite d'une regrettable négligence, les dates manquent partout sur les bases.

Pour les groupes importants, on a des points de repère soit dans les articles de journaux ou de revues, soit dans les livrets de Salons ; et il n'y a que les catalogues particuliers de ses magasins qui puissent renseigner, quoique bien vaguement, sur l'époque des œuvres différentes. La difficulté de retrouver un ordre chronologique s'explique d'autant mieux que Barye travaillait souvent comme à l'aventure. Un jour, au gré de sa disposition, il enlevait, ainsi que nous le verrons, une ébauche suffisante à fixer l'idée, puis il la reléguait sur une planche de l'atelier où elle séjournait des mois dans la poussière ; alors il

la reprenait, l'abandonnait à nouveau pour d'autres, et ne la terminait souvent
qu'après avoir donné de nombreux tours de faveur à des esquisses moins
anciennes.

Une telle façon d'opérer, naturelle d'ailleurs chez un artiste, ne laisse pas que
d'être embarrassante pour celui qui se propose de passer en revue une œuvre dont
la fécondité étonne. On comprendra que je ne négligerai rien pour ne pas m'égarer
à travers les hypothèses ; mais quand je ne verrai plus ma route, je ne m'attarderai
pas à vouloir la tracer quand même toute droite devant moi. Je prendrai, autour
de l'obstacle, des sentiers de traverse qui me remettront en bon chemin, et si
la promenade est ennuyeuse avec les points de vue qui vont s'offrir à nous, en
vérité ce ne sera pas la faute du lecteur.

XV

L'époque pendant laquelle Barye travailla pour Fauconnier marque le plus
grand labeur de sa vie. Marié et père de famille, il dut songer aux siens, satisfaire
aux besoins d'ordre matériel sans s'y absorber, et sa situation était précaire.
Il n'eut qu'une pensée : faire tourner au profit de l'art ses études quotidiennes. Ce qui eût été pour d'autres une sorte de profession supérieure, un
métier relevé d'artisan habile, susceptible de satisfaire des ambitions modérées,
ne fut envisagé par lui que comme une préparation à des destinées plus hautes.
Là où beaucoup eussent vu un terme et un but atteint, il ne voulut, lui, voir
qu'un acheminement et qu'un prélude.

Ainsi mises à profit, qui sait, après tout, si ces huit années de besogne sans
gloire, étant donnée la force de volonté maintenue en réserve, ne furent pas salu-
taires comme des années de recueillement et de méditation? Lentement, mais
sûrement, l'artiste se développait sous l'artisan. Des recherches patientes, dont
bénéficiaient ces petits modèles livrés à l'orfèvrerie, agrandissaient l'étendue de
son savoir. Il ne négligea rien de ce qu'il pouvait apprendre : son esprit faisait
provision de connaissances dont il savait devoir user un jour ; mais loin de se

prodiguer il se concentrait, ou pour mieux dire il s'ensemençait lui-même, comptant bien que le moment de la récolte viendrait tôt ou tard.

Il n'est pas bon que l'artiste produise, alors que son éducation n'est pas terminée. Malheureusement, il n'en est que trop souvent ainsi. La vocation est une grande téméraire, toujours pressée de se faire voir, et qui pousse son homme en avant au risque de compromettre, par une hâte trop grande, un talent non encore parvenu à sa maturité. Il est sage de lui résister et, pour échapper à ses instances,

HERCULE TERRASSANT UN SANGLIER.

de se réfugier dans l'étude. Par les circonstances mêmes, Barye fut préservé du péril, et quand il affronta le public, c'est-à-dire quand il parut au Salon, il était prêt. Il n'avait plus qu'à mettre ses facultés en œuvre, qu'à ouvrir comme un trésor tout un ordre de conceptions nouvelles qui, dans le mystère fécond d'une gestation commune, s'étaient développées, avaient grandi, n'attendant plus qu'une forme définitive. Dès son entrée en lice, il était armé de pied en cap pour la lutte avec le succès.

Et ces armes, il les avait forgées lui-même à sa mesure. Les quelques loisirs que lui laissaient les travaux de son patron devenaient des heures de travail persistant. Dès qu'il était libre, il courait au Jardin des plantes, et le public qui venait là promener sa curiosité pouvait le voir tantôt absorbé dans son observation, tantôt dessinant ou prenant des notes.

Le Jardin des plantes! qui devait plus le connaître et l'aimer? On peut dire qu'il y a vécu ; que de fois n'en fit-il pas le chemin! C'est là que s'éveillèrent son goût, sa passion des belles formes vivantes ; c'est là qu'il travailla dans l'ardeur de la première jeunesse ; c'est là qu'il devait revenir toujours, même dans la vieillesse, découragé, mais célèbre.

Au Jardin, ainsi que l'on disait tout court, il avait tant de souvenirs ! Il y avait rencontré le *vieux père Rousseau,* ce type de brave et d'honnête homme, ce gardien des animaux féroces, qui aimait ses bêtes comme ses enfants et qui était respecté d'elles. Le père Rousseau fut — mon Dieu, oui ! — disons-le, pour réjouir sa mémoire, le protecteur de Barye et même... son nourrisseur. En été, il lui ouvrait chaque jour très régulièrement les portes de la ménagerie à cinq heures du matin, et quand il le voyait tirer de sa poche quelques mauvaises croûtes de pain dur, il lui passait de belles tartines de pain tendre, prises sur la pitance quotidienne des ours, et les ours ne faisaient pas attention pour si peu.

Le bonhomme vécut assez longtemps pour jouir de la grande célébrité de son *protégé.* Il contait aux jeunes artistes encouragés par l'exemple du maître, qui venaient travailler comme lui au Jardin, l'infatigable ardeur de ce « maigre et grand jeune homme, toujours silencieux, qui, le premier, trouva dignes d'être reproduites les bêtes du père Rousseau. »

Il était fier ; il avait eu dans sa vie deux gloires : celle d'avoir *formé* Barye, et d'avoir promené dans la ménagerie, en 1815, l'empereur Alexandre. Que de gens en ce monde sont vaniteux pour moins [1]!

En réalité, le Jardin ne fut pas seulement le témoin des débuts de Barye, de ses succès et de ses peines ; il fut aussi son laboratoire, son répertoire de modèles, son champ d'étude et d'inspiration. Il y emplissait ses yeux d'images de toutes les attitudes et de toutes les postures ; il se familiarisait avec le caractère physique et plastique des animaux qui dans leurs cages posaient devant lui sans contrainte.

Il se pénétrait de leurs silhouettes, apprenait leur structure, et fixait pour lui-même la déterminante des caractères particuliers de chaque espèce. S'il était permis de tenter un rapprochement qui pourra étonner tout d'abord, je dirais volontiers qu'en ce qui concerne les animaux Barye dut soumettre son esprit à une suite d'impressions, d'empreintes analogues à celles que subissaient les Grecs, qui, dans les jeux, les courses, les combats d'athlètes, ayant sans cesse sous les yeux

1. Je tiens ces renseignements de M. Jacquemart, l'éminent statuaire qui travailla dans l'intimité et sur les conseils de Barye.

des corps sains et florissants, des nudités admirables, s'assimilaient la beauté physique au point de la savoir par cœur. Mais le champ d'étude que Barye avait à parcourir était essentiellement divers et comme morcelé par la différence des genres, il fut entraîné à remonter aux lois premières qui règlent les classifications. Dès lors, l'observation, même constante, du corps de l'animal, de sa charpente extérieure, de son enveloppe, ne suffisait plus. Barye se fit anatomiste, et il le resta toute sa vie.

Parvenu à la réputation, en pleine possession de sa science technique, il ne se crut jamais dispensé de recourir à ces réconfortantes enquêtes. Un gibier devenait pour lui une pièce anatomique; il l'étudiait comme l'étymologiste étudie un mot et fouille le dictionnaire pour en déterminer la racine.

Des renseignements intimes nous ont révélé de piquants détails. S'agissait-il d'un lièvre, par exemple, il l'empruntait à la cuisinière soi-disant pour une heure ou deux, et l'emportait comme une proie dans son antre de sculpteur. Justement, il avait ce jour-là un détail à voir, une attache à vérifier. Mais, la chose faite, ce n'était point fini. Il avait besoin de mouler une patte, de modeler la tête sur nature. Le lendemain seulement il rendrait la bête. Or il arrivait souvent que, détenue plus longtemps qu'il ne fallait, elle n'était plus bonne pour la casserole. L'atelier l'avait bel et bien ravie à la cuisine. Il ne fallait plus penser au rôti, force était de renoncer au civet; mais le lièvre n'avait pas été perdu pour l'artiste.

C'était bien autre chose quand un animal d'espèce rare tombait malade au Jardin des plantes. Barye connaissait les pensionnaires; il était tenu au courant de leur santé. Il allait prendre de leurs nouvelles avec la sollicitude inquiète d'un héritier. Et le décès prévu survenait-il, un gardien envoyé par le père Rousseau, accourait prévenir Barye, qui, sans perdre une minute, quittait tout, quelle que fût l'heure ou le moment, pour se précipiter vers la cage du défunt. Là, sur la dépouille encore chaude, il procédait à son investigation. Il reconstituait la vie. On le voit d'ici, promenant ses mains sur la bête inerte, palpant les os, mesurant les articulations, faisant jouer les muscles, s'arrêtant pour tracer, en guise de notes, des croquis rapides avec mention des longueurs, calme, absorbé, passionné en silence pour la diversité puissante de cette nature qu'il explorait en savant et en artiste.

XVI

En 1827[1], pour la première fois, le nom de Barye figure au Salon du Musée royal des arts. Ce début d'ailleurs ne fut pas remarqué ; ce n'étaient que des bustes inscrits sous le même numéro, qui durent passer inaperçus et ne méritèrent que des éloges rétrospectifs.

En 1831, travaillant encore chez Fauconnier, passage Sainte-Marie, il exposa un *Martyre de saint Sébastien* en plâtre, mais, je me hâte de l'écrire, avec d'autres œuvres qui d'un seul coup fixent l'entrée de la voie que son génie va suivre. Cette figure — où l'on peut voir, en raison du sujet même, une dernière influence du goût de l'école, ou même une concession à celle-ci dans l'intérêt de ses autres ouvrages — reçut un bienveillant accueil. Ambroise Tardieu quelque peu sévère pour Barye, ainsi que nous allons le voir, s'exprime ainsi : « Dans une figure en plâtre, le *Martyre de saint Sébastien*, M. Barye a montré plus de talent intrinsèque que dans ses groupes d'animaux (*sic!*) ; ce n'est « pas une statue irréprochable, mais le naturel de l'attitude, le savoir déployé dans les détails, en font une étude remarquable. »

L'Artiste, sous la signature A***, émet ce jugement : « Bien qu'ayant à traiter un sujet d'un ordre supérieur — le critique venait de parler des premiers animaux de Barye — dans le *Martyre de saint Sébastien*, M. Barye ne s'est pas élevé si haut que dans le groupe dont nous venons de parler. Cependant cet ouvrage, quoique moins fortement conçu, n'en est pas moins fort remarquable. La pose est pleine de simplicité et de naturel, et, *n'eût-il exposé que cette statue, M. Barye n'en tiendrait pas moins une des premières places du Salon.* »

Or, cette statue ne devait pas nous parvenir. Le modèle en fut détruit à la parfaite indifférence de son auteur, s'il faut en croire ce que nous raconte M. Émile Lamé dans la *Revue de Paris* de 1856 :

« Ce plâtre eut une bien triste fin : l'auteur, qui travaillait dès lors pour

1. (Livret du Musée royal de 1827.)

        M. BARYE, rue du Bac, 58.
1055. — *Plusieurs Bustes, même numéro.*

les orfèvres, s'inquiéta de la place que devait tenir, dans son petit atelier, une aussi grande *machine*. Il pria l'Administration des beaux-arts de la garder au Louvre. L'Administration y consentit, mais elle signifia à M. Barye qu'il eût à rendre son reçu, car on ne répondait de rien. On *n'a en effet répondu de rien*,

BUSTE DE FEMME.

car le *Martyre de saint Sébastien* n'existe plus aujourd'hui. Les morceaux en ont été balayés avec bien d'autres dans un nettoyage général. L'auteur ne semble pas avoir pleuré sa perte ; comme tous les artistes féconds, M. Barye aime à revenir sur certaines de ses compositions et à les refaire à nouveau avec des changements ; il a fait et refait son *Lion assis* des Tuileries et son *Charles VI* ; il n'a jamais essayé de rendre à la postérité son *Sébastien* détruit. »

Cette année-là il envoie, outre la statue infortunée et successivement, ainsi que les suppléments du livret en font foi, *un Ours, esquisse*, et un *Groupe d'animaux en plâtre*. De plus, il est représenté, à la peinture, par un *portrait* et par des études d'animaux divers.

Mais l'œuvre saillante, celle qui date le point de départ, c'est *le Tigre et le Crocodile* que le catalogue de 1831, ami de la phrase, désigne ainsi : *Un Tigre*

9

ayant surpris un jeune crocodile, le dévore[1]. Ce groupe, dont la grandeur était de demi-nature, fut exposé en plâtre, et Barye l'avait recouvert d'un ton. Ce patinage lui valut, après des éloges non ménagés d'ailleurs, une semonce de Jal dans les *Ébauches critiques* du Salon de 1831[2] : « Ce n'est pas avec de tels enfantillages qu'on fait illusion aux gens qui s'y connaissent; les restaurations et la vieillesse factice ne me rendent pas respectable une statue badigeonnée l'année dernière. »

En dépit de cette boutade, l'œuvre fit une impression grande. Le classique Delécluze, l'élève de David, après avoir loué le modelé du *Saint Sébastien*, « fort remarquable par le naturel de son attitude et la vérité des détails, termine ainsi son jugement dans le *Journal des Débats* : « Quoique les êtres représentés dans ce morceau de sculpture semblent en rendre le genre moins élevé, moins important, cependant la vie est rendue avec tant de force et de passion dans ces deux animaux, que nous ne balançons pas à regarder le groupe qu'ils forment comme l'œuvre de sculpture la plus forte et la meilleure du Salon. »

Gustave Planche, qui allait devenir un des plus enthousiastes partisans de Barye, émet quelques réserves assez justes sur lesquelles je reviendrai tout à l'heure, mais dit que « toutefois et malgré ces critiques, le groupe de M. Barye est admirable : personne peut-être ne pourrait faire aussi bien, et l'auteur seul peut faire mieux[3]. »

M. Ch. Lenormant, dans une première étude d'ensemble sur ce Salon, s'écrie : « La vérité de ce morceau est telle qu'on se sent poursuivi, après l'avoir vu, par une odeur de ménagerie! » Puis, revenant à l'examen en détail des œuvres exposées, il glisse, parmi ses louanges, cette critique curieuse et toute particulière à l'époque : « Je ne ferai qu'un bien léger reproche à M. Barye : c'est d'avoir choisi pour son crocodile une espèce à nez bossu dont le caractère n'est peut-être pas assez régulier (*sic!*) Il faut laisser, je crois, à la nature ces jeux bizarres de forme

---

1. (Livret du Musée royal de 1831).

M. BARYE, 58, RUE DU BAC, PASSAGE SAINTE-MARIE.

    Peinture.

          90. — *Un portrait.*
          91. — *Études d'animaux : dessins.*

    Sculpture.

          2176. — *Martyre de saint Sébastien, figure d'étude.*
          2177. — *Un Tigre ayant surpris un jeune crocodile, le dévore.*

    Sculpture (2ᵉ supplément au livret).

          2887. — *Un Ours, esquisse.*

    Sculpture (4ᵉ supplément).

          3042. — *Groupe d'animaux en plâtre.*

2. « Salon de 1831 ». *Ébauches critiques*, par A. Jal, pages 268 et 269.

3. « Salon de 1831 ». *Études sur l'École française*, par Gustave Planche, p. 60.

Tigre dévorant un Gavial

dont *elle abuse si souvent;* ce qui fait la joie du zoologue ne doit pas être recherché de même par le sculpteur [1]. »

N'est-il pas bien amusant ce reproche naïf peut-être, mais certainement sincère? comme il reflète l'esprit du moment! Que penser de « ces bizarres jeux de forme dont abuse la nature? » Mieux que toutes les formules admiratives, de telles phrases éclairent la portée de l'œuvre du novateur. Le romantisme n'avait pas triomphé des prud'hommes de l'esthétique! Or, il est bon de remarquer que ce crocodile était un gavial. Par là s'explique cette remarque de Charles

CHIEN BASSET DEBOUT.

Lenormant qui s'étonne de « son nez bossu ». Le livret avait eu beau écrire crocodile, dans tous ses catalogues de vente Barye a eu soin de mentionner : *Tigre dévorant un gavial (crocodile du Gange).*

Il faut lire encore les lignes tombées de la plume d'Ambroise Tardieu [2] :

« M. Barye a su mettre à profit cette observation si vraie par rapport à la France :

Qu'il nous faut du nouveau, n'en fût-il plus au monde.

« Il est assez difficile d'en faire en sculpture en prenant la nature pour guide; M. Barye a trouvé plus simple d'en inventer. Ainsi les voyageurs les plus célèbres, les naturalistes les plus savants, n'ont jamais vu, ni dit que le tigre guettât le crocodile pour le dévorer, ni que le crocodile attaquât jamais le tigre; néanmoins, l'artiste a pensé que la multitude le croirait sur parole et s'extasierait sur le naturel et la vérité

1. *Les Artistes contemporains,* « Salon de 1831 ». Tome I, page 41.
2. *Annales du Musée et de l'École moderne des beaux-arts.* « Salon de 1831 ». *Recueil de pièces choisies parmi les ouvrages de peinture et de sculpture exposés pour la 1re fois au Louvre le premier mai 1831,* par Ambroise Tardieu, *pour servir de suite et de complément aux Salons Landon,* page 257.

d'une scène que personne ne serait tenté d'aller vérifier, non plus que l'exactitude anatomique de ses acteurs qu'on examine rarement de fort près. Ce qu'il
avait prévu est arrivé; grand bruit a été fait de la belle et naïve fureur de ce
tigre qui, le premier parmi ses pareils, dévore un crocodile avec un appétit très
dramatiquement exprimé; mais les savants ont trouvé que le sculpteur s'en allait
chassant sur leurs terres : ils ont examiné, et leur avis est que le tigre de
M. Barye n'est point un tigre, mais un jaguar auquel il a, fort au rebours du vrai,

CERF-COUCHANT.

donné les bandes qui n'appartiennent qu'au tigre. L'épine dorsale forme une
bosse impossible d'après la structure ostéologique; la queue, qui se termine en
pointe comme celle d'un rat, est d'une forme fausse, les pattes de devant sont
beaucoup trop grosses par rapport à celles de derrière, les oreilles sont mal
placées, le museau n'a pas le caractère propre à cette famille de quadrupèdes.
Il est donc constant, aux yeux des savants, que c'est d'après un jaguar mal empaillé
que M. Barye a moulé son tigre; que devient alors cette imitation si extraordinaire de la nature, tant *vantée par ceux qui, comme moi, ne se sont pas éclairés
avant de se prononcer?*

« ... Ces réflexions, dont les conséquences sont toutes positives, enlèvent à
l'œuvre de M. Barye une partie de son mérite. Ce n'est plus, comme un
aveugle enthousiasme l'a proclamé, un chef-d'œuvre de vérité, et le meilleur
ouvrage de l'exposition, mais seulement un morceau très estimable qui, sans
commander l'admiration, excite une sensation d'effroi et de pitié qui surprend
au premier abord et captive fortement l'attention.

« La souffrance du crocodile, la voracité du tigre, sont exprimées avec énergie : l'*émotion est neuve*. Rien dans la salle des sculpteurs n'en fait naître une pareille, il est vrai : est-ce une raison pour qu'il y ait chef-d'œuvre, et que le bon public doive admirer? Ce n'est pas mon avis. »

Constatons tout d'abord que dans ce morceau la malveillance du parti pris académique est traversée et, au fond, comme mitigée de restrictions quelque peu contradictoires dont le pauvre écrivain n'a pu se défendre. On sent que c'est par lambeaux qu'il arrache la vérité de sa conscience, qu'il se violente pour confesser qu'il y avait là : une émotion neuve. Mais quelle histoire il nous conte, quand il accuse Barye d'inventer dans la nature !

Le trait n'est-il pas joli à cette époque où les Héro et les Léandre sont en vogue, où les jolis garçons de la mythologie portent le toupet à la Louis-Philippe, où l'auteur lui-même vante l'exactitude parfaite des types et de la mise en scène dans le tableau du *Moïse enfant, présenté à Pharaon*, exactitude, j'imagine, qu'il n'avait pu contrôler que de fort loin? Puis enfin que penser de la leçon d'anatomie et d'ostéologie donnée à Barye? Le statuaire grave et concentré d'ordinaire en a certainement ri, surtout plus tard; mais il a dû être plus touché, j'imagine, de l'appréciation dans *l'Artiste* de M. Victor Schœlcher, un des rares survivants de cette époque à l'heure où paraît ce livre : « De quel génie ne faut-il pas être doué pour animer à ce point deux ou trois sacs de plâtre ! »

Ce n'est pas sans raison que j'ai rappelé les critiques de 1831. Il est toujours intéressant de voir comment a été accueillie l'entrée en scène d'un artiste qui se présentait seul, en dehors de tout groupe et dans des attitudes absolument nouvelles. Dès ses premiers pas, il devait surprendre, étonner, troubler des manières de voir, heurter des traditions : ce qui devait arriver, arriva. Et cependant, il convient de le retenir, tout de suite des applaudissements se firent entendre se dégageant de la surprise générale. Il vint à lui des admirateurs dont le nombre allait grossir sans cesse. Quant aux griefs qu'il encourut, on remarquera qu'ils sont restés les mêmes, et qu'ils s'attachèrent à lui sous la même forme qu'au premier jour : c'étaient ceux d'une époque, d'une école, d'un préjugé. Il fallait que l'époque passât, que l'école disparût, que le préjugé fût convaincu d'inanité ; son génie pouvait attendre : l'avenir était à lui.

10

XVII

Et maintenant examinons pour nous-mêmes cette œuvre de début. Voyons-la de nos yeux d'hommes qui connaissent celles qui ont suivi et donné à l'ensemble sa valeur totale. Il est évident que Barye est là, qu'il est manifesté. Nous n'avons pas encore devant nous le maître, le Barye puissant et fort qu'il va devenir bientôt. Pour le moment il sait trop, il a vu de trop près ; l'anatomie exacte et précise le gêne. Il a besoin d'élaguer les connaissances techniques inutiles à l'œuvre d'art. Gustave Planche a raison quand il lui reproche « d'étouffer la vie de ses animaux sous une multitude de détails reproduits trop petitement ». Plus tard, les détails seront moins nombreux, mais plus fortement accusés. Barye sera alors en possession de sa belle facture large. Il évitera tout semblant de dureté et de sécheresse ; il saura faire les sacrifices nécessaires, et simplifier plus pour exprimer mieux. Mais, quoi qu'il advienne, il aura avec le *Tigre dévorant un crocodile* formulé sa plastique et, de toutes parts, constitué son esthétique. L'action dramatique est déjà intense. Elle restera sa visée principale, et ses moyens seront le développement superbe des formes de l'animal, ainsi que la mise en relief du caractère moral par le dégagement de la dominante du caractère physique. Dès 1831, il avait trouvé une sculpture dans la sculpture.

A cette époque, le règlement de l'exposition, plus paternel que celui de nos jours, autorisait l'envoi successif au Louvre d'œuvres après l'ouverture. C'est ainsi que le quatrième supplément du catalogue mentionne, sans les désigner malheureusement, des *groupes d'animaux en plâtre*. La presse les signale, les loue, mais ne les décrit pas. Faut-il croire que Gustave Planche y fait allusion lorsqu'il dit : « Nous avons vu de lui (de Barye) des modèles en plâtre de cerfs, de chiens et de chevaux, empreints du même talent et blâmables sous les mêmes rapports.» Cela peut être, mais à ce propos je ne résiste pas au désir de rapporter ce passage du compte rendu de M. Victor Schœlcher dans *l'Artiste*. Le sénateur de 1889 se souvient-il de ces lignes empreintes d'une philosophie qui unit la politique à l'esthétique ?

« M. Barye vient d'envoyer depuis, au Louvre, deux nouveaux groupes d'animaux peut-être encore supérieurs au premier. Il nous montre sans cesse le fort qui déchire le faible. Je veux convenir qu'il nous montre ce qui est vrai, et le peuple est là pour l'attester ; mais, outre qu'une telle moralité est assez désespérante, on peut justement l'accuser de rendre toujours ainsi la même pensée, défendre toujours la même sensation. M. Barye n'a peut-être pas songé à cela. Il suffira de le lui faire observer pour qu'il ne retombe pas dans la même faute. Comme si cet habile sculpteur voulait acquérir tous les genres de gloire, il a exposé aussi un *Martyre de saint Sébastien* auquel on ne reproche que de la lourdeur ; mais le sentiment de la vie qui s'éteint et l'affaissement du corps sous la souffrance, si bien exprimés dans cette grande figure, en font un ouvrage de premier ordre. Pauvre saint Sébastien ! est-ce la mort qui penche déjà sa belle tête, ou la honte qu'il éprouve de se voir ainsi exposé tout nu aux yeux des passants ? Si M. Barye excelle à peindre la nature souffrante, M. Duret a des qualités opposées qui ne sont pas moins dignes d'éloges,... etc. » N'insistons pas sur ce rapprochement de noms qu'il faut mettre sur le compte de la transition nécessaire et chère aux critiques d'art de tous les temps.

Le 16 août de cette année-là, Barye recevait, des mains du roi, une médaille de deuxième classe votée par la commission des récompenses, alors que Duret, Gatteaux et Dumont, entre autres, obtenaient une première médaille, ainsi que Champartin, Court et Dubufe pour la peinture, Hittorf et Caristie pour l'architecture. A la même séance Léopold Robert était décoré de la croix de la Légion d'honneur.

Et Gustave Planche fulminait aussi, en post-scriptum de son Salon : « La plume nous tombe des mains, M. Paul Huet n'est pas même nommé ! Ignorance, folie et pitié ! De l'indignation ou du mépris, que choisir ? Pauvres arts, pauvre France ! inutile et impuissante critique ! Puissent la solitude et le recueillement consoler les vrais et les grands artistes ! »

Cependant l'austère démocrate qui avait rendu compte du Salon dans *l'Artiste*, M. Victor Schœlcher disait avec sévérité :

« Si l'ordre de la Légion d'honneur a encore quelque importance dans ce siècle désillusionné et assez fort pour mépriser de pareilles distinctions, il faut se réjouir des trois croix qui viennent d'être données. Dupré (graveur en médailles,) Léopold Robert et Dupont (graveur) sont décorés. Ceux-là du moins en étaient dignes, et, quoique nous regrettions que le statuaire Barye n'ait pas partagé cet honneur, puisque honneur il y a, les artistes doivent s'enorgueillir qu'on ne l'ait trop respectés pour leur prodiguer scandaleusement des croix comme à la garde nationale ! »

XVIII

En somme, cette première année de Salon avait été bonne pour Barye. Il ne pouvait se plaindre ; il n'avait pas de raison de partager les lyriques indignations de Gustave Planche, et les théories égalitaires de M. Schœlcher ne pouvaient le toucher qu'agréablement par leur conclusion. Les jugements louangeurs ou acerbes qu'il provoqua l'avaient tiré, en quelques mois et pour toujours, de cette masse d'indifférence lourde contre laquelle se débattent tant de prédestinés. Il n'était peut-être pas devenu populaire auprès du « bon public » lent à comprendre. Mais tout ce qu'il y avait de connaisseurs, d'intéressés d'arts, avaient été attirés à lui par la nouveauté de son talent.

La preuve manifeste de son succès, on la trouve dans la commande qu'il reçut du portrait du roi. J'extrais cette note parue dans le journal *l'Artiste* : « M. Barye est chargé du buste du roi, M. Antoine Moine de celui de la reine. Ces deux ouvrages feront partie de l'exposition de 1832. »

Jusqu'alors les expositions n'étaient pas régulièrement annuelles. Louis-Philippe, à la séance de la distribution des récompenses de 1831, avait fait des promesses formelles pour modifier cet état de choses.

« Le roi a ensuite pris la parole, dit un document officiel, et annoncé qu'animé constamment du désir de favoriser les arts et de contribuer à soutenir la gloire de l'École française, il avait ordonné que, dorénavant, l'exposition publique des objets d'arts au Musée aurait lieu tous les ans.

« A peine S. M. avait proféré ces paroles que les cris de *Vive le roi !* se sont fait entendre dans toutes les parties de la salle. Le roi s'est retiré au milieu des acclamations réitérées des artistes et de toute l'assemblée [1]. »

---

1. En conséquence de cet ordre du roi, M. le directeur général des Musées, dans un avis inséré au *Moniteur* du 20 août 1831, a prévenu MM. les artistes que l'exposition publique de leurs productions aurait lieu désormais tous les ans dans le palais du Louvre, à l'époque du 1ᵉʳ avril.

Les ouvrages sans aucune exception devront être déposés à la direction du Musée du 20 février au 1ᵉʳ mars.

Il n'en sera admis aucun pendant le cours de l'exposition, dont la durée sera de deux mois. (*Annales du Musée des beaux-arts* et *Landon*.) La mesure était nouvelle : elle ne devait pas être appliquée encore en 1833.

On sait ce qui arriva : le Salon de 1832 ne devait pas s'ouvrir. La faute en fut à l'épidémie du choléra qui sévissait alors. Le 15 avril, malgré une protestation d'une partie de la presse, une note du directeur des musées royaux informait « le public et MM. les artistes que l'exposition annoncée pour le 1er mai était ajournée. »

Mais une autre exposition organisée par « M. Paillet au profit des indi-

CERF TERRASSÉ.

gents et des malades atteints du choléra » fut en même temps annoncée et s'ouvrit le 6 mai. Le local choisi était la galerie Colbert, rue Vivienne. « Un grand nombre d'artistes ont déjà promis leur concours, disait la circulaire, pour cette bonne œuvre. M. Paillet recommande de joindre aux ouvrages la note explicative pour être insérée au livret. On reçoit chaque jour les envois à la galerie Colbert, de dix à cinq heures. Rien ne sera négligé pour l'assainissement de la salle. *Des fleurs étrangères y répandront, dit-on, des parfums anticholériques.* »

Je m'en voudrais d'insister sur cette réclame d'hygiène ; mais je note en passant, pour l'honneur des artistes de 1832, que déjà, à cette époque, ils n'hésitaient pas à prendre part à des expositions à bénéfice.

Or, bien que « la sculpture ne fût pas en majorité » à la galerie Colbert, le nom de Barye figure parmi ceux des exposants cités.

11

Cet intervalle d'un an semble, d'ailleurs, avoir été mis à profit par Barye d'une manière qui fera date dans son existence d'artiste. L'année 1833 va être non plus une affirmation, mais une consécration définitive. Par le nombre, l'importance et la variété, la série de ses œuvres exposées est considérable.

L'exposition commença le 1er mars; il y figure comme peintre avec six aquarelles, et comme sculpteur avec onze ouvrages [1].

Nous n'y voyons point paraître le buste du roi, mais celui du duc d'Orléans, qui lui fut commandé, comme le mentionne l'abréviation (C. et T. P.) [2], abréviation expliquée ainsi à la première page du Catalogue : *Ceux ordonnés par le ministre du Commerce et des Travaux publics.*

« Si, après le peintre d'animaux, vous voulez connaître l'artiste imitant la nature humaine, écrit Jal dans les *Causeries du Louvre*, voyez le buste du duc d'Orléans, gravement traité et élégant sans manière. »

Mais le portrait officiel, tout remarquable qu'il ait pu être, n'était pas ce qui devait attirer et retenir l'attention. Dans la presse, le succès fut éclatant qui s'affirma autour des animaux de Barye. La diversité de son exposition révèle au public, encore un peu étonné, l'immensité du champ qui vient d'être ouvert. Et l'on remarquera avec quel soin, je dirai presque avec quelle coquetterie — quoique appliqué à lui le mot jure — Barye précise au catalogue les différences de race : Ours *de Russie* et ours *des Alpes.* Ours *de*

---

1. (Livret du Musée royal de 1833.)

                        M. BARYE, 16, QUAI DES ORFÈVRES.

    Peinture.

          94. *Deux jaguars du Pérou* (aquarelle).
          95. *Tigre dévorant un cheval* (id.).
          96. *Panthère des Indes* (id.).
          97. *Panthère du Maroc* (id.).
          98. *Deux jeunes lions du Cap* (id.).
          99. *Deux tigres du Bengale* (id.).

    Sculpture.

         2458. *Un lion :* modèle en plâtre.

2. (Supplément du Livret.)

    Sculpture.

       3233. *Buste du duc d'Orléans,* plâtre.
       3234. *Cerf terrassé par deux lévriers de grande race.* (C. et T. P.)**
       3235. *Cheval renversé par un lion.*
       3236. *Charles VI, dans la forêt du Mans.*
       3237. *Cavalier du XVe siècle.*
       3238. *Ours de Russie.*
       3239. *Ours des Alpes.*
       3240. *Lutte de deux ours : l'un de l'Amérique septentrionale, l'autre des Indes.*
       3241. *Éléphant d'Asie.*
       3242. *Gazelle morte,* étude.
       3243. *Cadre de médaillon.*

CHARLES VII VICTORIEUX

l'Amérique septentrionale et ours *des Indes*. L'éléphant qu'il nous montre vient d'Asie, et non point d'un autre pays. L'artiste ici tient à affirmer son exactitude; il veut qu'on sache qu'il s'attache au type vrai, particulier, existant de toutes pièces dans la série des êtres créés par la nature.

Cette fois les détracteurs se turent, et la critique conquise alla jusqu'au dithyrambe : « La vie est là, s'écrie le rédacteur anonyme de *l'Artiste*[1], on resterait des heures à analyser de tels chefs-d'œuvre, parce que les détails d'une création d'art qui reproduit la vie avec cette perfection sont infinis

OURS DANS SON AUGE.

comme le sentiment qu'ils font naître. » Et plus loin : « Ni l'obscurité ni la misère, ni l'ignorance des académies, n'ont rebuté Barye; il a entendu la voix magique de l'art qui l'appelait, et il a marché toujours. » Jules Janin, dans le même journal, l'appelle « ce sublime faiseur de lions, ce charmant faiseur de petits ours, Barye, notre fierté et notre admiration à tous! »

La description des œuvres est intéressante; elle dénote cette sentimentalité, ce besoin de trouver un sujet quand même, *de faire le roman,* qui sont bien de 1830, mais elle est juste, et a le mérite d'avoir été dictée par l'émotion première, par la chose vue : « Vous avez contemplé ce lion colossal et vivant; regardez maintenant cette petite gazelle étendue sur le flanc, morte. L'art admirable avec lequel ce sujet est traité prouve que l'artiste, doué d'un sentiment vrai et profond, sait toujours exécuter avec la même vérité et la même profondeur. En face de cette charmante gazelle, vous êtes ému comme

1. *L'Artiste.* « Salon de 1833 ». Vol. V, p. 143 et passim.

si vous l'aviez connue, vous l'aviez nourrie et soignée. Barye vous la fait aimer.
Vous pouvez analyser ces formes amaigries, cet œil éteint, ces jambes effilées;
vous reconnaîtrez que Barye a sculpté la mort avec la même perfection que la
vie dans le lion colossal. La vue de cette gazelle morte m'émeut comme ces

GASTON DE FOIX.

touchantes élégies des Arabes sur la mort de leurs coursiers bien-aimés. Ce
n'est pas tout. Barye est grand et sublime dans le lion, tendre et touchant dans
la gazelle; le voilà naïf et spirituel dans ses ours, un ours accroupi qui mange,
un ours dressé sur ses pattes, deux ours qui luttent. C'est toujours dans les
plus petits détails la même vérité d'exécution; ces ours vous font rire malgré
vous, comme au Jardin des plantes, par leurs gestes si plaisants, leurs allures
de paysan malin. Je rappelle encore l'*Éléphant d'Asie*, le *Cerf terrassé par deux
lévriers de grande race*, le *Cheval renversé par un lion*. Admirez comme le
lion s'étale sur le cheval. N'oubliez pas *Charles VI dans la forêt du Mans* : le
roi est remarquable par sa pose pleine d'effroi. »

En effet elle est d'une étonnante justesse d'expression, l'attitude de
Charles VI surpris par la vision subite qui lui fit perdre la raison. Malheureuse-

Photogravure et Imp. Goupil & C.ie

GUERRIER TARTARE

ment, il ne nous est possible d'en parler que par le vu d'un dessin de Jules
Laure, paru dans le *Magasin pittoresque* de 1833. « Le plâtre de Charles VI a
été brisé, écrit en 1867, M. Paul Mantz[1]; mais il en reste, dans l'atelier de
M. Barye, une petite maquette que des déménagements successifs ont quelque
peu compromise. » Ce groupe semble avoir préoccupé Barye qui en remania

CERF DIX CORS TERRASSÉ PAR DEUX LÉVRIERS DE GRANDE RACE.

plusieurs fois la composition. Un article de la *Revue de Paris* de 1856 nous
donne d'autre part une description plus complète que toute autre, avec des
appréciations que je reproduis sans commentaires[2] : « Nous ne partageons pas le
même enthousiasme pour une de ses compositions les plus citées, *Charles VI
dans la forêt du Mans*. Le cheval seul est fort beau et trébuche bien. C'est
bien là un de ces chevaux tenant à la fois du cheval de brasseur et du cheval
héroïque dont on cultivait avec soin l'espèce au temps des grands coups de
lance et des armures de fer. Le mouvement de Charles, qui étend le bras, a plus
de noblesse que de vérité. Il convient mieux à un évêque de Liège qu'au jeune
roi qui, dans sa folie, va bientôt sabrer ses gentilshommes. Enfin, le vieux men-

1. *Gazette des Beaux-Arts*, tome XXII, année 1867, « M. Barye », par Paul Mantz.
2. *Revue de Paris*, tome XXX, année 1856, « les Sculpteurs d'animaux », par Émile Lamé.

12

diant, couché sur le dos et les jambes levées, est bien petit pour causer tant de
trouble. Que le cavalier abaisse son bras étendu et reprenne la bride, un seul
coup de sabot du robuste destrier le délivrera de toute crainte. M. Barye est
revenu souvent sur cette composition, il l'a exécutée avec des modifications
diverses, dont plusieurs sont très heureuses. »

Quoi qu'il en soit, par cette œuvre, ainsi que par le *Cavalier du* XVe *siècle*,

CERF TERRASSÉ.

autrement dit *Charles VII le Victorieux*, si beau d'allure, d'un type si fortement accusé, Barye préludait à cette suite de statuettes équestres, *le Général
Bonaparte, le Duc d'Orléans,* antérieures à 1847, *Gaston de Foix, Guerrier tartare arrêtant son cheval, Amazone, costume moderne,* postérieures à cette date,
Piqueur costume Louis XV, plus récente encore : statuettes d'un charme imposant
que les proportions dimensionnelles empêchent seules d'appeler des statues, mais
qui en ont tout le caractère et le sentiment.

Le caractère, en effet, éclate dans ces petits bronzes. Aucune des figures
n'a la physionomie d'un contemporain travesti. Le cavalier tartare sous son
armure est sauvage d'impression. Chaque personnage est strictement de son
époque, et reste sculptural, aussi bien sous le costume du XVIe siècle que sous
l'uniforme du général Bonaparte, l'habit militaire du duc d'Orléans, ou la robe
tombante de l'Amazone de 1830. Ces deux dernières figures, malgré la diffé-

ÉLÉPHANT DU SÉNÉGAL

rence d'une mode abandonnée, mais assez proche de nous pour que le changement nous soit plus appréciable, ne paraissent nullement ridicules. Groupez-les, ces petits cavaliers, de loin, de près, sur une table, de profil, de face ou de dos, les uns à côté des autres, au hasard, vous reconnaîtrez de suite les types historiques et les époques particulières.

L'*Éléphant d'Asie* de cette année-là est une merveille. Il ne faut pas le confondre avec l'*Éléphant de Cochinchine* qui est un chef-d'œuvre de grâce, de légèreté et d'esprit; oui, dans cette énorme masse vivante, Barye a su montrer ces trois qualités réunies sans mentir à la réalité de l'animal. Ne se prend-on pas à dire qu'il est joli, cet éléphant agile et lourd, entraîné par la course, qui déplace l'air en trottinant, et dont les larges oreilles plates se soulèvent dans l'espace? Il est bien l'« éléphant qui suit les femmes », comme on l'a spirituellement appelé.

Le modèle exposé en 1833 marche et ne court pas. Son attitude est plus calme. C'est la pesanteur du pachyderme qui est accusée et mise en relief. Quant au *Cerf terrassé par deux lévriers*, appelé plus tard par lui dans ses catalogues : *Cerf dix cors terrassé par deux lévriers d'Écosse,* il nous fait assister au plus bel hallali qui puisse se voir. Quelle scène au fond des bois, pendant que chante le cor ! et quelle merveille de plastique dans cette furie!

XIX

Jusqu'alors Barye s'en était tenu aux petites proportions. Mais cette année-là, avec le *Lion écrasant un serpent,* que le livret désigne simplement : *un Lion,* il s'attaque aux formes de grandeur naturelle. L'effet produit fut immense. Certains esprits, embarrassés par le respect de la tradition, crurent bien devoir faire leurs plus expresses réserves et affecter, au nom des principes, une attitude scandalisée. Les petits groupes, « les serre-papiers », comme on les nommait dédaigneusement, passaient encore; mais faire à la bête d'une ménagerie les honneurs de la statue, n'était-ce pas aller trop loin? N'y avait-il pas là un danger? Pour un peu on eût crié à la profanation.

Néanmoins, et en dépit de ces résistances, le courant d'admiration fut le plus fort. « Plus je revoyais le *Combat du lion et du serpent,* et plus l'impression augmentait, écrit M. Ch. Lenormant[1]; il m'a semblé d'abord que le lion remuait : hier je l'entendais rugir. »

« Voici un lion colossal qui se défend contre un serpent. Que de force et de naturel dans cette pose! Comme la ligne qui va de la tête à la queue de l'animal est courbée avec grâce et facilité ! L'expression de cette tête est tout à la fois de l'effroi et de la colère. Il appuie sa patte, en écartant ses griffes, sur le serpent et vous vous attendez à le voir remuer au plus léger mouvement du reptile. » (Extrait de *l'Artiste*[2].)

Mais il est une remarque très juste que formule la critique ; elle a beau avoir été reprise depuis par tous les écrivains qui se sont occupés de Barye, elle n'en appartient pas moins en propre aux témoins de l'heure première. On fut émerveillé de la nouveauté du lion de Barye. On apprécia du même coup et la différence qui le séparait des productions précédentes et l'importance du parti de cette innovation[3] : « Ce lion, qui combat un serpent, croyez-vous qu'il ressemble en rien à ces lions qu'on nous fait classiquement depuis une huitaine d'années, et qui, sous lourdes crinières, ont le malheur de ressembler à des baillis d'opéra-comique ? »

C'est Jal qui parle ainsi. Or, trente-trois ans plus tard, Théophile Gautier[4] à propos de cette œuvre reprenait la même thèse en se servant de la même idée, mais qu'il habillait de ce style brillant et imagé, qui fut la raison de sa puissance de critique. Parlant des lions d'avant Barye, il écrivait :

« Ils ont des perruques de marbre à la Louis XIV, de celles qu'on appelait in-folio, dont les boucles correctement frisées leur descendent jusqu'à l'échine. Leurs faces débonnaires, aux traits presque humains, ressemblent à des masques de pères nobles dans la vieille comédie; leur corps flasque, arrondi, sans os, sans nerfs et comme bourré de son, n'a ni souplesse, ni vigueur, et leur patte soulevée s'appuie sur une boule, geste peu léonin, il faut l'avouer. »

Dans *l'Artiste* du temps, je relève encore cette intéressante comparaison :

« A propos de ce naturel répandu dans les compositions de Barye, qu'on nous permette de relater ici un souvenir de Rome qui rendra notre pensée plus sensible. Casanova, dans son beau monument de Pie VI, a associé deux lions à son groupe principal, et pour les harmoniser avec l'action du moment, il leur a

1. Ch. Lenormant. *Les Artistes contemporains*, « Salon de 1833 », page 76.
2. *L'Artiste*, « Salon de 1833 », article sans signature.
3. A. Jal. *Causeries du Louvre*, « Salon de 1833 », page 139.
4. Théophile Gautier. *L'Illustration*, année 1866, « Barye ».

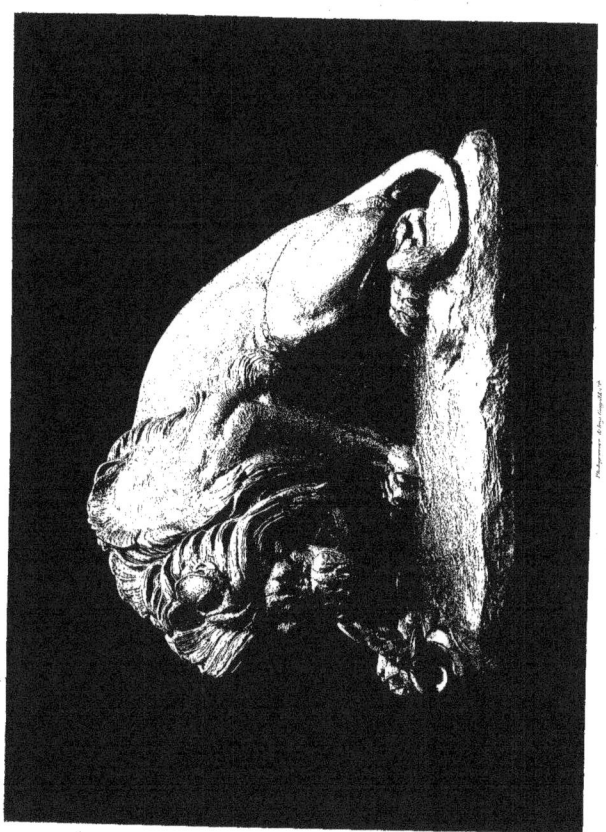

LION AU SERPENT

donné la douleur de l'homme ; l'un d'eux pleure à grands cris, et l'autre, la tête penchée, gémit silencieusement. Cela est à effet, bien exécuté sans doute, mais cela n'est pas vrai : le cuir de la face a été plissé par la fantaisie du sculpteur et non par la volonté de la nature ; l'artiste a fait mentir les muscles à la charpente qui est au-dessous. Cette expression *morale,* si je puis m'exprimer ainsi, ne

LION LA PATTE LEVÉE SUR UN SERPENT.
Esquisse variante du lion de 1833.

peut être exacte que sur la figure de l'homme, et pourtant Casanova n'a point fait cette faute tout seul. Le grand peintre de la *Communion de saint Jérôme* l'avait devancée avec presque la même pensée, qui ne peut avoir d'excuse que l'allégorie. Le lion de cette sublime page de peinture est un mortel comme nous ; il s'associe de cœur et d'esprit à l'action solennelle qu'il a sous les yeux. Ce lion est un moine moins le froc, plus la crinière ; le roi de l'*Atlas* comprend trop l'Eucharistie. »

Ce judicieux passage détermine bien le caractère de la figuration de l'animal avant Barye, et, soit dit en passant, il prouve que le sculpteur n'a pas été, à ses débuts, aussi méconnu qu'on voudrait le faire croire. La portée de son œuvre avait été saisie, dès les premières manifestations, par la critique clairvoyante.

Mais Barye nous a laissé une variante précieuse de cette œuvre. Elle a les dimensions de l'esquisse, et méritait, ainsi qu'elle l'a été, d'être fondue en bronze. Dans cette première pensée, le lion a la patte gauche levée et écartée comme

13

pour donner un coup de griffe de travers. C'est là un mouvement de félin, ou mieux de chat, et ce mouvement suffit à donner une impression d'intimité, je dirais presque de mutinerie, qui n'exclut pas le charme, mais enlève du caractère au drame, et du terrible à l'action.

Tel qu'il est aux Tuileries, ce lion de 1833 marque-t-il un des points culminants dans la carrière de Barye ? Je serais tenté de répondre plus exactement qu'il est le chef-d'œuvre de sa première manière, mais que la seconde devait laisser au-dessous d'elle la première.

Quoiqu'il soit devenu plus épique, déjà, et d'une intensité d'expression plus pénétrante, il ne se soustrait pas encore aux reproches qu'avait mérités le *Tigre dévorant un crocodile*. Sa facture reste d'une exactitude, d'une précision très accentuées. Il a voulu tout dire. Elle est extraordinaire, l'exécution de la crinière, de la peau qu'on sent sous le poil qui la recouvre ; mais l'admirable multiplicité des choses sensibles à l'œil du spectateur, placé tout contre l'ouvrage, porte préjudice à l'ensemble que de loin veut et doit embrasser le regard.

Ces derniers mots appellent une explication, peut-être même une justification.

On sait qu'au mois de juin 1836, cette œuvre, fondue en bronze à cire perdue par Honoré Gonon et ses deux fils, fut placée au jardin des Tuileries, où elle est encore, ce qui même fit dire à un artiste, convaincu d'académisme irréconciliable, et dont on ne cite pas le nom, par bienveillance pour sa mémoire : « Depuis quand les Tuileries sont-elles une ménagerie ? »

Or, Charles Blanc à propos du *Lion* de 1833 s'exprime ainsi[1] : « C'est une loi de la sculpture, que tous ses motifs doivent se débrouiller facilement et ne laisser, de loin comme de près, aucune incertitude sur leur signification. Barye n'avait pas observé cette loi dans le modèle du lion qui est maintenant placé aux Tuileries ; à quelque distance l'animal ne se distingue pas, on ne sait si c'est un être vivant que l'on aperçoit ou un rocher... Il est probable que Barye sentit lui-même que son *Lion* se débrouillait mal pour qui le regardait d'un peu loin, car il ne tomba plus dans ce défaut. »

Tout est-il bien juste dans cette critique ? Le défaut existe, c'est convenu ; le groupe se silhouette malaisément, mais il n'avait pas été exécuté pour l'emplacement qu'on lui attribua après coup et qui, à vrai dire, est défavorable.

J'imagine qu'encouragé par ses premiers succès de 1831 Barye a prétendu démontrer qu'il n'était pas fait seulement pour les petits animaux. Il voulut

---

1. Charles Blanc. *Les Artistes de mon temps*, « Barye », pages 385 et 386.

s'affirmer par un grand ouvrage. Il l'entreprit, l'exécuta sans préoccupation particulièrement décorative. Le groupe terminé, ce ne fut qu'un cri pour demander que le
jeune maître fût admis à l'exposer devant tous, dans les promenades publiques.

Lisez plutôt cette mise en demeure parue dans l'Artiste avant la distribution
des récompenses du Salon, et la proposition des commandes à faire :

« Voici Barye qui se montre avec une incontestable supériorité de sculpteur !
Eh bien, il n'y a pas de criailleries d'éplucheurs du budget qui doivent empêcher
le gouvernement de lui donner des marbres pour tailler des lions, des ours, des
tigres destinés à embellir nos jardins. »

Barye, honoré de l'acquisition et de la commande de l'État, ne pouvait qu'être
très heureux de voir son œuvre figurer aux Tuileries ; il dut accueillir avec trans-
port le projet officiel. Si la place ne convenait pas au groupe parce qu'elle en accu-
sait la seule imperfection, parce qu'elle montrait dans le vide de l'espace, dans le
lointain d'une perspective, une œuvre plutôt faite pour un musée, la faute n'en
est pas à Barye.

Mais il est certain qu'il tira profit d'une remarque qu'avant tout autre il
avait dû faire. Cette vérité s'imposa à lui : à savoir que, pour arriver à un
effet décoratif, il est indispensable, surtout en plein air, de procéder par masses
simples, par plans larges.

Et cette vérité, il ne l'oubliera plus ; elle sera la formule souveraine de son
génie dans les œuvres monumentales qu'il va nous donner soit au pied de la
colonne de Juillet, soit au guichet du Louvre.

XX

Il est pour les arts des années heureuses : l'année 1833 a été de celles-là.

A la fin de l'exposition, Barye recevait la croix de chevalier de la Légion
d'honneur. L'ordonnance royale du 30 avril, rendue sur le rapport de M. le
Ministre du Commerce et des Travaux publics, lui conférait cette distinction, en
même temps qu'à Boilly, Alfred Johannot, Rude, Duret, Ludovic Vitet, Édouard
Bertin, Alfred de Vigny, Jal, Henri Didot.

Ingres et Granet étaient faits officiers. La promotion était belle : pas un nom qui ne devait être illustre.

Cette année-là, la liste civile commandait à Barye « l'exécution en marbre de son beau groupe *le Lion et le Serpent* ». Ce ne fut que plus tard, en 1834, que la fonte en fut décidée, et vraisemblablement sur la demande de Barye, car, en réalité, l'œuvre appartenait au bronze.

Cette année-là, date de naissance de deux des chefs-d'œuvre du siècle, Eugène Delacroix était chargé de toutes les peintures de la bibliothèque de la Chambre des députés ; et le bruit courait « que l'exécution des quatre trophées qui devaient occuper la base de l'arc de triomphe de l'Étoile, était définitivement confiée à M. Rude. » Un seul devait lui être donné ; et il s'agissait de la *Marseillaise!*

De plus, la note suivante paraissait dans la presse : « Il paraît certain que M. Barye est chargé par le Ministre des Travaux publics de l'exécution des quatre groupes qui doivent être placés sur les piédestaux en retour de chaque côté du pont de la Concorde. »

Cette commande fut malheureusement abandonnée, mais l'annonce, qui en fut faite, permet de mesurer le degré de réputation où était arrivé Barye. La Cour lui témoignait sa bienveillance et son admiration. « Diverses petites figures d'animaux ont été achetées au prix de 1,000 francs à M. Barye par des personnes de la famille royale », annonçait *l'Artiste.*

L'Artiste, qui publia cette nouvelle, faisait paraître, dans le même numéro, un très beau portrait lithographié de Barye par Gigoux.

Le jeune maître déjà célèbre a 37 ans. L'âge n'a pas encore épaissi les formes comme dans le portrait que l'on voit au commencement de ce volume. Les cheveux noirs, bien plantés autour d'un front large, retombent sur les côtés en boucles drues et bouffantes, et se relèvent sur le sommet en mèches arrondies. La tête légèrement infléchie, les yeux grands, rêveurs et intelligents, vifs sans éclat, mais bien ouverts, reflétant une certaine mélancolie, donnent à la figure la physionomie de l'homme qui examine, observe, médite, scrute, puis se détermine, et a l'énergie de sa décision. Il porte une moustache qu'il a supprimée depuis, courte, droite, n'entamant pas les joues. Le nez, insensiblement relevé à la pointe par un méplat saillant à peine, indique l'esprit tenu en réserve. Le corps est bien pris dans une redingote ouverte, à large jupe, mais serrée à la taille, surmontée d'un grand collet abattu contre la cravate haute, qui ne laisse passer qu'une bande blanche du col. C'est la mise soignée des dandys de 1830. Barye, un dandy! Quelle étrange image! Je donne ici l'impression fidèle

BARYE

D'APRÈS UNE LITHOGRAPHIE DE J. GIGOUX

Publiée par l'*Artiste* (1833).

du portrait de Gigoux, et j'ajouterai en note que l'ensemble avait une vague ressemblance avec Eugène Delacroix. J'en suis désolé pour les incrédules qui d'ailleurs n'ont qu'à regarder le portrait donné ici.

Une notice biographique signée P. accompagnait le portrait de Barye. S'il était tenu en rigueur par les chefs du clan dont il démolissait les vieux errements sans y prendre garde, par contre il avait des partisans fanatiques, qu'exaltait la froideur de certains. Je cite des passages de cette notice :

« Croyez-vous que celui dont nous vous donnons le portrait aujourd'hui, dont vous avez admiré les œuvres, croyez-vous que Barye que voilà a été inconnu quinze ans! que cet homme d'une si grande puissance, d'une si grande vérité de talent qu'il n'a eu qu'à apprendre pour devenir populaire, se consumait dans son génie, faute de trouver une main amie et puissante qui le soutînt! qu'il ne pouvait étudier faute de modèles !... Misère, insouciance, obscurité, ignorance, préjugés, préventions, montagnes qui pesez sur l'artiste de cœur, pesez encore ! il vous soulèvera : « marchez! » dit la foi. Barye a marché, marché toujours. La conviction et la gloire l'ont saisi à temps. Le voici, celui qui a su se faire une muse de son malheur et nous a prouvé, à nous de ce siècle incrédule et insouciant, qu'il appartient au génie de féconder même l'infortune... Il est question pour lui de nous montrer tout ce qu'il y a en lui dans une autre phase de son talent, et nous ne doutons pas de son succès, nous; il y a trop de pensée, trop de profondeur dans ses productions, pour que ce qui est un fait ne soit pas une garantie qu'il saura rendre la forme humaine d'une manière aussi supérieure que cette autre nature qu'on l'a forcé d'aller étudier au Jardin des plantes, faute d'avoir de quoi payer d'autres modèles !

« Qu'on lui donne du marbre et de l'homme à faire! Peut-on douter du succès?... »

Qui veut trop prouver ne prouve guère. Cet hyperbolisme romantique ne fut pas, je gage, apprécié par le calme et modeste Barye : il dut surtout hausser les épaules à cette assertion malavisée, suivant laquelle, il aurait, faute de mieux, été chercher ses modèles au Jardin des plantes. Non, c'était son tempérament d'artiste créateur, et la destinée même de son génie qui devait avec les fauves rugissants le mettre face à face.

XXI

Au mois de janvier 1834, il fut officiellement annoncé que le duc d'Orléans venait de charger MM. Aimé Chenavard et Barye d'un travail des plus importants. Il s'agissait d'un surtout de table en orfèvrerie, dont le sujet et les moyens d'exécution avaient été laissés entièrement au goût des deux artistes.

« D'après les premières données du programme qui est approuvé, dit l'Artiste, ce surtout aura 21 pieds de longueur sur 5 de large, et se composera de quinze groupes principaux formés de figures, et d'un grand nombre d'animaux. La presque totalité des pièces sera fondue en or et en argent, à cire perdue. Les parties plates seront chargées de dessins niellés à la manière florentine, et enrichis par des incrustations d'une grande quantité de pierres fines des couleurs les plus vives. Le plateau sera formé dans toute sa longueur par une mosaïque de malachite, de lapis-lazzuli et d'autres marbres précieux. »

On sait que ce vaste ensemble décoratif, ne fut jamais terminé. L'ornemaniste Chenavard, jaloux de faire briller les ressources de son imagination, composa un système d'architecture exubérante comprenant des tours, des temples, des arcades, des colonnades, entre et sous lesquels les groupes de Barye devaient figurer. Il en résulta qu'il eût fallu faire étayer une table dans une salle construite spécialement pour supporter ce surtout qui ne devait pas peser moins de neuf mille kilogrammes. Voici d'ailleurs de curieuses révélations sur les aventures de ce surtout légendaire [1] :

« Les princes de la maison d'Orléans ont tous eu non pas le goût des arts (triste manie chez les princes ainsi que le prouvent certaines galeries de Versailles et la salle aux assiettes du château de Fontainebleau), mais du goût dans les arts. Le duc d'Orléans sympathisait avec le talent si nouveau de M. Barye, et le protégea toujours dans ses petits moyens de prince royal constitutionnel. Un jour qu'il était peu en fonds, comme à son ordinaire, il lui avait

---

1. *Revue de Paris*. Tome XXX, année 1856.

commandé un surtout bien simple, bien petit, destiné à servir tous les jours, et ne dépassant pas comme prix de revient le luxe que peut se permettre un bourgeois aisé.

Au bout de deux mois, M. Barye, achevait ces modèles, à savoir : les cinq chasses, quatre groupes d'animaux de plus petite taille, et douze candélabres formant vingt et une pièces séparées, lorsqu'un personnage influent au château et attaché au prince, recommanda à l'artiste un certain Chenavard, dessinateur d'ornements qu'il le priait d'employer. M. Barye répondit : « A quoi bon? je n'ai pas d'ornements à dessiner, et n'ai « besoin de personne. » Mais le haut protecteur revenait sans cesse à la charge. M. Barye, avec cette bonhomie qui le caractérise et dont je viens d'abuser pour visiter du haut en bas ses deux ateliers, finit par consentir à entourer la plinthe de ses groupes de quelques arabesques, et M. Chenavard s'installa.

« Au bout de huit jours, les journaux annonçaient que « M. Chenavard, ce dessinateur d'un talent hors ligne, auteur *de ceci* et *de cela*, venait d'être chargé, par S. A. R. le duc d'Orléans, de la composition et de l'exécution d'un magnifique surtout dont nos premiers artistes devaient faire les groupes. Le choix de M. Chenavard pour la direction de cet important travail était au-dessus de tout éloge. » Le prince apprit avec inquiétude sa belle action involontaire ; mais il avait été élevé, comme il convient à un futur roi constitutionnel, dans la crainte de Dieu et des journaux.

« Le prince avait raison d'être inquiet, M. Chenavard n'était pas homme à se contenter d'un surtout de tous les jours tout de suite achevé ; il se promit à lui-même d'étonner la ville et la cour par un surtout comme on en voit peu, par un surtout comme on n'en avait jamais vu ; des arceaux, des colonnes, des tours devaient entourer les groupes, et relier les diverses pièces en une seule. Ces pièces n'étaient pas assez nombreuses, M. Chenavard en commanda d'autres; toutes les fleurs, tous les fruits, tous les oiseaux de la création durent figurer dans l'œuvre immense. M. Chenavard, qui ne s'était jamais occupé de fonderie, résolut de diriger lui-même les moulages, et pour première idée lumineuse, il voulut éviter les raccordements trop nombreux d'ordinaire à son gré en fondant des pièces de bronze de mille kilogrammes. Quand la première pièce fut achevée, il fallut une machine construite exprès pour la conduire aux Tuileries et la faire glisser sur la table. Au moment de l'y mettre, on s'aperçut que la table rompait sous le poids.

« Un autre se fût découragé ; M. Chenavard, avec l'entêtement du génie, fit un quatrième appel de fonds au prince désolé (il y avait déjà plusieurs années que la

15

plaisanterie durait) et fit construire une table de chêne suffisamment résistante. Il prit exactement les mesures du surtout devenues fabuleuses, et commanda en conséquence les mesures de la table; les pièces continuaient à s'embellir ou à se fondre, les journaux entretenaient le public des progrès de l'œuvre. Quand on apporta la nouvelle table, M. Chenavard découvrit un petit inconvénient auquel il n'avait pas songé jusque-là; c'est que cette table occupait toute la salle à manger, et qu'il était impossible de placer à l'entour ni chaises, ni convives, ni laquais.

« M. Chenavard, toujours avec l'entêtement du génie, alla résolument trouver M. Fontaine, architecte des Tuileries, et le pria de reculer un des murs de la salle à manger. M. Fontaine n'était pas à beaucoup près aussi endurant que M. Barye et que le prince; il se fâcha tout rouge à cette prodigieuse demande, et sans perdre un instant il alla se plaindre au roi, aux princes, aux chambellans, aux ministres, etc., et cela si vertement, il mit contre M. Chenavard tant de gens en campagne, lui causa tant de soucis, que le pauvre homme, croyant que le fruit de ses veilles serait perdu, en mourut de chagrin. Triste moralité de cette histoire.

« M. Chenavard mort[1], le surtout inachevé, c'était une place à prendre. Elle fut vivement sollicitée, et M. Denière l'obtint. En 1848 on travaillait encore au surtout du feu duc d'Orléans. »

Barye travailla jusqu'en 1837 aux cinq groupes représentant des chasses diverses; nous y reviendrons plus tard pour en donner la description et raconter l'iniquité dont ils furent les victimes.

XXI

Au salon de 1834[2], Barye ne fut représenté que par deux ouvrages nouveaux : *une Panthère et une Gazelle*, en bronze, et l'*Étude*, en plâtre *d'un*

---

1. Entre Aimé Chenavard, cet ornemaniste, décédé en 1839, et Paul Chenavard, le peintre qui exécuta les cartons pour le Panthéon, il n'y avait qu'une similitude de noms, mais aucun lien de famille.
2. Livret du Musée royal de 1834.

                         BARYE, 41, RUE DES NOYERS.
     Peinture.

     74. *Études d'animaux, aquarelles.*
                BARYE, 41, RUE DES NOYERS.

cerf et d'un lynx. Le premier de ces groupes était de très petite dimension, la panthère couchée près du corps de la gazelle n'a qu'une hauteur de trois ou quatre centimètres; mais Barye n'avait pas besoin des grandes proportions pour donner l'impression totale de son art. La panthère écoute et veille, et la petite gazelle étendue est bien morte.

Dans l'étude en plâtre faut-il voir la première pensée ou le modèle

ÉLAN SURPRIS PAR UN LYNX.

même, mal mentionné au catalogue, de *l'Élan surpris et terrassé par un lynx*, qui est dans cet ordre une des plus saisissantes créations de Barye? Le doute serait permis, étant donnée la regrettable habitude qu'avait Barye de ne point dater ses compositions, d'autant plus que des variantes nombreuses et des changements de titre ne viennent pas diminuer l'embarras. C'est ainsi

Sculpture.

1969. *Gazelle morte,* en bronze.
1970. *Ours dans son auge,* en bronze.
   (Appartiennent à S. A. R. le duc d'Orléans.)
1971. *Eléphant,* en bronze.
   (Appartient à S. A. R. le duc de Nemours.)
1972. *Jeune Lion terrassant un cheval,* groupe en bronze.
   (Appartient à M. le duc de Luynes.)
1973. *Une Panthère et une gazelle,* groupe en bronze.
1974. *Un Ours,* en bronze.
1975. *Étude d'un cerf et d'un lynx,* groupe en plâtre.

que, en 1833, nous voyons au livret *Cheval renversé par un lion,* plâtre, et que
l'année suivante nous lisons : *Jeune Lion terrassant un cheval,* groupe en bronze
Est-ce bien la même œuvre? On peut l'affirmer : les critiques contemporains ne
signalent en 1834 que deux groupes nouveaux.

Mais *le Cerf et le Lynx* est bien une œuvre distincte. On en a la preuve dans le
compte rendu du Salon écrit cette année-là par Decamps. Le maître peintre en parle
avec enthousiasme; et une lithographie imparfaite, néanmoins précieuse, nous donne
le contour et la composition de ce groupe peu connu, inexécuté peut-être en bronze.
Nous y voyons un cerf, dont la tête est maintenue à terre cruellement par un lynx
qui le mord à l'oreille, et le tient vaincu sous les aiguilles de sa mâchoire.

Est-ce pendant la recherche de cette esquisse que la première pensée lui vient
de l'*Élan surpris par un lynx?* Quoi qu'il en soit, l'ouvrage est admirable de mouvement et de drame. La bête, agile et haute, ramassée sur son train de derrière,
par une sorte de contraction de douleur va emporter dans un bond l'animal
petit, qui s'est collé à sa nuque et, en s'aplatissant, s'y incruste des dents et des
griffes. Elle est prise, sans défense, et son instinct la précipite dans une course
vertigineuse, qui peut-être fera lâcher prise au sournois fouilleur de sa chair.

Les cinq autres ouvrages exposés au Salon ne sont que la reproduction,
fondue en bronze par Honoré Gonon, de ceux de l'année précédente, et dont
l'acquisition par divers personnages de la famille royale avait été annoncée.

Le duc d'Orléans s'était rendu propriétaire de la *Gazelle morte* et de l'*Ours dans
son auge,* le duc de Nemours de l'*Éléphant,* et le duc de Luynes du *Jeune Lion terrassant un cheval.* Avouons que la cour avait fait preuve d'intelligence et de goût[1].

Si la participation de Barye au Salon de 1834 a été restreinte, on en devine
aisément la cause. Il était absorbé déjà par le fameux surtout auquel il travaillait, comme à une œuvre de prédilection, avec une ardeur particulière. Puis
il n'était pas homme à abandonner au fondeur — ce fondeur fût-il Honoré
Gonon — ses plâtres destinés au bronze, en abdiquant sa part de contrôle et
de collaboration. Très expert dans l'art de la fonte, il savait non seulement —
ce dont on se soucie trop peu aujourd'hui — composer et modeler en vue du
bronze, mais encore diriger ou même exécuter l'opération matérielle.

La presse s'occupa peu de Barye cette année-là, non que son enthousiasme
fût diminué, mais, gâtée par les expositions précédentes, elle était quelque peu

1. Or il se trouva des esprits chagrins ou mécontents pour partager cette opinion formulée dans *l'Artiste,* « Salon
de 1834 » : « Il est bien regrettable que ces ouvrages exécutés pour le compte des amateurs qui les ont acquis ne puissent
être reproduits par la fonte et répandus dans le public. Ces petits chefs-d'œuvre contribueraient certainement à
rendre le goût des arts plus éclairé et plus vif chez ceux qui les fondraient. »

désappointée de se trouver devant des redites. Elle signale toutefois un fait auquel on pouvait s'attendre : ce fut l'apparition d'un certain nombre d'ouvrages inspirés par les succès de Barye.

« Si Barye tient si peu de place au Salon, ses imitateurs en occupent pour lui. Les imitateurs n'ont pas plus manqué à Barye qu'à tous les hommes supérieurs[1]. » Quoi de plus naturel? Une voie a été ouverte par un homme; il y a trouvé au bout la célébrité. Dès lors, c'est à qui s'élancera sur ses traces. L'ordre des choses le veut ainsi. D'ailleurs la contrefaçon n'est-elle pas une forme de l'éloge? Puis MM. Fratin et Fauginet ont eu beau tenter de sculpter des animaux à l'instar de Barye : quel mal ont-ils fait à son talent ou à sa mémoire.

La commande des travaux se fit comme d'ordinaire à la suite de l'exposition. Barye ne fut pas compris dans la série des favorisés, et l'Administration reçoit les étrivières[2] :

« La liste[2] civile a des travaux de commande pour tous les hommes qui prennent le titre de sculpteur : elle a soin toutefois d'en excepter deux : est-il besoin de dire que ce sont les deux hommes qui montrent de la manière la plus éclatante une imagination neuve, un sentiment original, et une science naïve dans cet art dominé autour d'eux par la manière. La liste civile se montre aussi ennemie du beau talent de Barye que la Direction des beaux-arts elle-même. »

XXIII

Malgré ces injustes reproches, il était fort question de Barye au ministère en ce moment-là. C'est en effet à l'époque où nous voici arrivés que se place, si l'on suit les dates, la curieuse histoire du couronnement de l'arc de triomphe de l'Étoile, histoire quelque peu incertaine, confuse, qui occupa longtemps les esprits et n'eut pas plus de dénouement avec Barye qu'avec tout autre.

Il est certain qu'on songea longtemps à commander à Barye un aigle colossal en bronze qui eût plané au sommet.

A qui appartient l'idée première de ce projet?

1. *L'Artiste.* 1834, volume IX.
2. *L'Artiste.* 1834, *ibid.*

« L'arc de triomphe de l'Étoile, objet de tant de projets différents, dit *l'Artiste,* exerce encore en ce moment l'activité des faiseurs du ministère. M. Thiers
avait eu d'abord l'heureuse idée de donner pour couronnement au monument
un aigle colossal, aux ailes déployées, tenant dans ses serres un trophée composé
de divers animaux adoptés pour emblèmes par les nations que la France a com-
battues pendant vingt années. Cet aigle, qui ne devait pas avoir moins de soixante-
dix pieds d'envergure, aurait produit à cette hauteur un effet pittoresque,
puissant et nouveau, en même temps qu'il aurait personnifié sous une forme déjà
populaire la gloire des armées impériales à laquelle ce monument est principalement consacré. Cependant quoiqu'une esquisse demandée à l'un de nos statuaires
eût été reconnue satisfaisante par le ministre, ce premier projet fut abandonné. »

D'autre part, nous trouvons dans le *Magasin pittoresque*[1] de l'année 1836 ce
renseignement : « Nous avons déjà été une fois l'écho d'un projet original présenté
au gouvernement pour le couronnement de l'arc de triomphe de l'Étoile. Sur ce
monument consacré à la gloire de l'empire, M. Barye proposait d'élever un aigle
colossal pressant sous sa serre victorieuse le léopard de l'Angleterre, le lion de la
Castille, les aigles de Russie et d'Autriche, en un mot les emblèmes naturels de
toutes les puissances que l'empire avait abaissées ou soumises. On peut voir dans
la cinquième livraison de notre année 1835 un autre projet de couronnement[2]. »

Enfin l'*Inventaire des richesses d'art de la France* donne cette troisième version : « Le sculpteur Chardigny s'était mis sur les rangs dès 1836, pour placer
au sommet de l'arc un aigle de soixante-dix pieds posé sur une demi-sphère aux
deux pôles de laquelle M. Albert Lenoir conseillait de représenter l'Orient et l'Occident. « L'Orient, écrit Chardigny, figuré sous les traits de l'Égypte vaincue par
les armes françaises, l'Occident, représenté par les deux colonnes d'Hercule, limites
de la terre, reliées par un vaisseau portant un trophée surmonté du caducée com-
mercial, eussent rappelé ainsi le système continental soutenu par les armes. »

Il n'y a pas à insister sur cette élucubration allégorique dont la simplicité eût
été le moindre défaut, mais nous voilà en présence de trois documents contradictoires.

L'auteur de la préface du *Catalogue des œuvres de Barye* exposées en 1875
à l'École des beaux-arts, M. A. Genevay, raconte que M. Thiers fit venir l'artiste
et lui demanda son programme : « Son plan, dit-il, fut bientôt arrêté : un aigle

---

1. *Magasin pittoresque,* volume IV, p. 166.
2. Le projet de Huyot, deux fois chargé comme architecte des travaux de l'arc de triomphe, et deux fois re-
mercié, consistait en une suite de statues placées les unes à côté des autres comme des cierges, sur l'entablement.

Photogravure A Lap Goupil & C°

AIGLE SUR ROCHERS, TENANT UN HÉRON

de bronze de plus de vingt mètres, les ailes déployées et représenté comme s'abattant, à bout de vol, sur un amas de trophées, de canons, d'écussons de villes, de dépouilles opimes, devait couvrir le sommet de l'arc de triomphe. Le roi et M. Thiers accueillirent avec enthousiasme ce beau projet. »

Cette description mieux que les autres me semble donner l'impression d'une œuvre de Barye. J'inclinerais donc à la croire exacte. Toutefois il ne s'ensuit pas que l'idée de l'aigle doive être attribuée à Barye.

On sait que M. Thiers avait à cœur l'achèvement de l'arc de triomphe. N'appartenait-il pas à l'auteur de l'*Histoire du Consulat et de l'Empire* de rendre hommage aux gloires impériales? Étant ministre, il s'occupa avec ardeur de la décoration de ce monument. Il se mit en rapport avec bien des artistes, les consulta, leur fit des ouvertures, « promettant, dit Gustave Planche, le même trophée, le même bas-relief, le même couronnement à douze sculpteurs, qui tous devaient le croire sincère, et dans cette loterie, les travaux ne furent pas échus aux plus capables. »

A propos de Gustave Planche, on ne peut s'empêcher de sourire en lisant aujourd'hui le jugement qu'il porta sur la *Marseillaise* de Rude, ce chef-d'œuvre de tous les temps : « Quant au génie de la guerre qui pousse le cri d'alarme et désigne l'ennemi du bout de son glaive, il m'est impossible d'y voir autre chose qu'une femme des halles, que la colère suffoque et dont les cris inarticulés ne sauraient encourager personne, sa bouche hideuse et tournée est ignoble sans être terrible[1]. » S'il revenait dans ce monde, que donnerait Gustave Planche pour n'avoir pas écrit cela ?

Mais revenons à M. Thiers. Sait-on l'idée pour le moins étrange qui hanta son esprit? Il avait imaginé de confier les groupes de l'arc de triomphe à Rude et à Barye. Jusqu'ici, il n'y a rien d'extraordinaire en vérité. Il fit donc venir ce dernier, et lui proposa de partager le travail avec Rude.

Barye acceptait d'enthousiasme, lorsque M. Thiers, s'expliquant plus clairement, lui donna à entendre, qu'il n'exécuterait que les chevaux, et que Rude serait chargé des cavaliers ! On devine la réponse de Barye, et de quelle façon il dut accueillir un projet de collaboration qui semblait le confiner, qui le confinait dans une spécialité : il refusa net.

M. Thiers, toutefois, poursuivit son dessein d'employer le talent de Barye comme animalier ; et l'aigle étant l'emblème impérial, il n'est pas déraisonnable de supposer que des offres furent faites sur cette donnée au statuaire.

1. Gustave Planche, *Portraits d'artistes*, tome II, « Arc de triomphe de l'Étoile », p. 129.

« Il ébaucha, dit Charles Blanc, un aigle aux ailes déployées qui aurait en vingt-trois mètres d'envergure. » Mais il dut chercher plusieurs esquisses dont il se servit plus tard pour ses œuvres personnelles, soit dans l'*Aigle tenant un héron*, soit dans l'*aigle les ailes étendues* soit dans l'*Aigle le bec ouvert*. Puissants modèles, que le bronze reproduisit, et qui furent édités.

L'affaire traîna en longueur. La commande ne sortit pas des pourparlers plus

AIGLE SUR UN ROCHER.

ou moins officiels, pourparlers dont il était question encore en 1851. D'autres projets furent mis en avant, puis abandonnés, si l'on en croit cette note de *l'Artiste*[1]. « La semaine qui vient de s'écouler a apporté de nouvelles modifications au projet de couronnement de l'arc de triomphe de l'Étoile; le *Mercure,* poursuivi de plaisanteries et d'allusions, s'est vu abandonné du ministre, et la *France colossale* ainsi que *Mars accroupi* ont été entraînés dans la même disgrâce. »

Le bruit courut un moment que l'éléphant de la Bastille allait couronner l'arc. Puis un fantaisiste proposa d'établir au sommet un réservoir immense afin d'obtenir au rond-point Marigny une gerbe jaillissante. — Un M. Soyer s'engagea pour la somme d'un million à prendre à forfait la décoration du couronnement, et de représenter en bronze Napoléon entouré de tout son état-major.

1. *L'Artiste*, 16 août 1834.

Prenons pour ce qu'elles valent toutes ces nouvelles, mises en circulation par les gazettes d'alors. Toujours est-il qu'une opposition assez vive semble avoir été faite à l'idée de l'aigle dans certains milieux affluents. Gros plaisanta « l'immense presse-papier. » M. de Romieu dit avec sa facétie habituelle : « Le vent empêche l'exécution de ce beau projet, » et il se trouva des gens qui crurent de bonne foi que le vent soufflant de l'avenue des Champs-Élysées pourrait soulever cette masse de métal de soixante-dix pieds de long. Puis des préoccupations politiques s'en mêlèrent. On craignit de froisser les susceptibilités des nations voisines et l'amour-propre des puissances que le chauvinisme avait voulu braver.

Bref les choses restèrent en l'état; elles y sont encore et depuis cinquante-cinq ans l'arc de triomphe attend toujours.

XXIV

L'admiration a ses exigences, et la critique de tous les temps a parfois manqué de logique. Telles sont les deux réflexions que m'inspirent les apprécia-tions des écrivains d'art d'alors. Au Salon de 1835, — où il obtint « une mention honorable, parmi celles données aux artistes récompensés des années précé-dentes », — Barye expose un tigre en bronze commandé par le ministère de l'intérieur, ainsi que le prouve la mention M. I. du catalogue[1].

On reprochait avec virulence à l'Administration de laisser inactif le talent de Barye. Voici qu'on le blâme de travailler pour elle. « Pourquoi s'obstiner à fonder l'espoir de sa renommée sur les occasions d'exercer son talent que le ministre promet depuis si longtemps en vain de lui fournir? Tout le temps que Barye a consumé dans cette frivole attente, s'il l'eût employé à des travaux destinés au public, aurait accru sa réputation plus sûrement que n'aurait même pu le faire une année de travaux exécutés pour l'État[2]. »

1. (Livret du Musée royal de 1835.)

BARYE, 41, RUE DES NOYERS.

Sculpture.

2179. Un tigre en bronze. M. I.

« Ce tigre exécuté en pierre doit être à Lyon, et M. Thiers en possédait le bronze à cire perdue » A. Genevay.

2. L'Artiste, volume X.

Barye, absorbé par le surtout du prince d'Orléans, ne donnait cette année-là qu'une œuvre. J'extrais ces lignes du compte rendu du Salon publié dans *l'Artiste* :

« Ce qui n'appartient pas à la petite sculpture, comme les statuettes et les médaillons, c'est la représentation des animaux vivants ou morts. M. Barye y excellait l'an passé, et surtout il y a deux ans ; mais depuis ce temps-là, M. Barye n'a plus rien fait : il s'est endormi à côté de ses ours si charmants, à côté de ses lions dévorants. *A l'heure qu'il est, il est occupé à faire un surtout de table, la belle avance!* (sic) Pourtant M. Barye est dans une situation excellente pour faire de beaux ouvrages. Lui seul de ses confrères, soit hasard, soit bonheur, *il n'était pas au service du ministre de l'intérieur*, il pouvait à son gré faire hennir les chevaux, faire courir les cerfs, faire dévorer la biche tremblante par le lion furieux ; M. Barye n'a rien fait de tout cela. »

Mais il livrait au public une œuvre passée inaperçue, et que l'on ne connaît guère, encore qu'elle soit placée devant les regards de tous. Il existe en effet dans l'église de la Madeleine, à la première travée de gauche à partir du chœur, une chapelle qui contient une grande statue en marbre de *sainte Clotilde*. Combien de gens l'ont vue sans la regarder, et combien savent qu'elle est de Barye? Oui, en 1835 il termina cette figure qui lui avait été commandée par le gouvernement, ce qui fit dire assez spirituellement à Gustave Planche :

« Un crocodile étouffant un serpent excite l'admiration ; l'auteur est chargé de modeler le buste du duc d'Orléans ; un lion réunit tous les suffrages, on demande à l'auteur la statue de sainte Clotilde ! »

L'idée était bizarre en vérité ; peut-on l'expliquer par le désir de démontrer la souplesse et la variété du talent de Barye ? Non, je crois plutôt qu'on trouvait plus digne pour l'État de commander une sainte qu'un animal.

Mais, à ce propos, on raconte que Barye avait sollicité lui-même la faveur d'exécuter dans une église la statue de la sainte dont madame Barye portait le nom. La promesse lui en avait été faite, mais ne put être tenue ; alors, Barye désappointé, mais n'osant répondre par un refus à la bienveillance de la Direction des beaux-arts, tailla dans le marbre cette figure, haute de huit pieds, avec un enthousiasme relatif, qui se voit de reste.

De l'œuvre elle-même que dire, en effet, si ce n'est qu'elle est honorable, correcte, qu'elle se soustrait à la critique, qu'il serait injuste d'en mal parler, qu'il est inutile de la vanter ; et qu'enfin si elle venait à disparaître elle ne manquerait pas à la gloire de son auteur?

L'année suivante, en 1836[1], figurait à l'exposition *le Lion et le Serpent* de 1833 fondu en bronze par Honoré Gonon : « Nous devons féliciter la liste civile d'avoir fait couler en bronze ce chef-d'œuvre, dit *l'Artiste,* mais il nous fait peine de penser que cette main si habile, si hardie, si large dans ses mouvements est absorbée par quelque ouvrage de luxe qui sera caché aux regards publics et à ceux des artistes et perdu pour l'art. Quand on possède un talent comme celui de Barye, il faut travailler surtout pour le peuple, pour la civilisation nationale, pour l'histoire, il faut faire de la sculpture monumentale ; c'est le devoir du gouvernement de ne pas détourner de sa direction un artiste si puissamment organisé. »

Parmi les comptes rendus du salon de 1836 qui lui furent consacrés, il en est un qui dut lui inspirer quelque fierté, c'est celui d'Alfred de Musset dans la *Revue des Deux Mondes.* Voici le passage du grand poète :

« Le lion en bronze de M. Barye est effrayant comme la nature. Quelle vigueur et quelle vérité ! ce lion rugit, ce serpent siffle. Quelle rage dans ce mufle grincé, dans ce regard oblique, dans ce dos qui se hérisse ! Quelle puissance dans cette patte posée sur la proie ! et quelle soif de combat dans ce monstre tortueux, dans cette gueule affamée et béante ! Où M. Barye a-t-il donc trouvé à faire poser de pareils modèles ? Est-ce que son atelier est un désert de l'Afrique, ou une forêt de l'Hindoustan[2] ? »

Me permettra-t-on de faire suivre cette citation de ces lignes éloquentes, toutes chaudes d'enthousiasme écrites hier par le peintre Bonnat à cinquante trois ans de distance[3] :

« Regardez plutôt son groupe des Tuileries. Un lion passait, un boa lui barre le passage : la terrible griffe s'abat, et tandis que le serpent, pris comme dans un étau, se replie sur lui-même, éperdu de douleur, et dans un effort suprême essaye, mourant, de se venger, la puissante bête reste impassible devant son perfide ennemi : à peine si elle daigne détourner sa tête gigantesque et légèrement hérisser sa crinière, tout au plus oppose-t-elle un sourd grognement aux sifflements désespérés de son ennemi. Mais la griffe travaille, cette griffe merveilleuse, et tout est là. Admirez-la, les poils se sont écartés, pour laisser aux

---

1. (Livret du Musée royal de 1836).
                BARYE, 21, RUE DES GRANDS-AUGUSTINS.
    Sculpture.
        1864. *Lion en bronze.*
        1865. *Groupe d'animaux en pierre.*

2. *Revue des Deux Mondes.* « Salon de 1836 », par Alfred de Musset.
3. *Gazette des Beaux-Arts,* mai 1889. « Barye », Étude par Bonnat.

ongles, armes terribles, la faculté de pénétrer sans encombre, de jouer dans la charnière, et tranchants comme des couperets ils n'ont qu'à se fermer, se replier sur eux-mêmes. Et tout est dit, le drame sera fini. »

En présence de ces contradictions, de ces conseils et de ces récriminations, il n'avait à faire que ce qu'il fit vraisemblablement : continuer ses travaux et laisser dire.

Mais *le Lion et le Serpent* en bronze n'était pas la seule œuvre exposée. Nous trouvons au Catalogue un autre numéro : *Grou e d'animaux,* plâtre. La désignation, on l'avouera, est sommaire. Fort heureusement le *Magasin pittoresque*[1] de cette année-là donnait une gravure sur bois, bien pauvre d'ailleurs, du lion ; et

FAON MARCHANT.

l'écrivain chargé des quelques lignes de la légende explicative, après avoir fait la description du bronze, continue ainsi : « Dans un autre sujet de M. Barye, l'action est terminée : un léopard étrangle une gazelle. »

Ici, il faut courir les hypothèses. Ce plâtre fut-il fondu ? fut-il abandonné par l'auteur, ou a-t-il été transformé par lui, suivant une habitude dont on a plusieurs exemples ?

Ne peut-on pas supposer d'autre part, étant donné le vague du livret, que le rédacteur du *Magasin pittoresque* ait pu se tromper, et prendre pour un léopard un tigre ? Nous avons bien en effet de Barye un *Tigre dévorant une gazelle;* une *Panthère et une Gazelle* (ce dernier groupe avait figuré en bronze au Salon de 1834), *Tigre et Gazelle,* qui faisait le pendant de *Tigre et Biche,* modèles qui ne furent édités que plus tard, et l'on connait *Tigre surprenant un cerf* désigné au premier catalogue des bronzes de Barye : *Réduction d'un groupe en pierre de*

---

1. *Magasin pittoresque,* vol. IV, p. 166.

PANTHÈRE SAISISSANT UN CERF

charance, appartenant à la ville de Lyon, dont le modèle réduit avait été vu au salon de 1835 , — et *Tigre surprenant un cerf.*

Ce n'est pas tout encore, on peut sans crainte d'erreur attribuer à l'époque où nous sommes le *Tigre surprenant une antilope*, un des quatre groupes destinés aux piédestaux d'angles du surtout du duc d'Orléans, et enfin une *Grande panthère saisissant un cerf du Gange.*

Arrêtons-nous sur ces deux dernières œuvres admirables, ils sont impressionnants ces étranglements.

Dans la première, le fauve est debout, son échine ondule, il a roulé sous ses pattes puissantes l'antilope, et lui enfonce ses crocs dans le cou qui se tord, se relève ; et des cris de douleur, d'agonie, sortent de la gueule entr'ouverte et renversée, tandis que la queue enroulée du tigre exprime le frémissement de la volupté.

Dans la seconde, le cerf est pris, ses jambes fléchissent, son train de derrière s'affaisse, sa tête et son cou vont toucher terre sous l'effroyable pression de la panthère qui lui a posé sa patte terrible entre les yeux et les naseaux. Le cerf vaincu, à demi mort, tire la langue misérablement, il étouffe, il a cessé de crier, et le félin, dans une ligne montante, souple, d'une inimitable expression, s'est dressé — aplati aux membres inférieurs sur lesquels il s'arc-boute — jusqu'à sa proie plus grande, qu'il va coucher sous lui et dont il serre la nuque dans l'étau de sa mâchoire !

Barye avait fait sur cette donnée, au début de sa carrière, un groupe presque exactement composé de même. Le modèle en existe encore, mais il est maigre de forme, anguleux et pauvre d'aspect, surtout quand on le compare à celui dont je viens de parler et qu'il exécuta en pleine maturité de talent. Ainsi donc, voilà un point bien établi : Barye modifiait, et recommençait à nouveau les œuvres dont il n'était pas satisfait. Cette constatation, outre qu'elle honore l'artiste, sera utile à quiconque prétend se rendre compte des différences de certains ouvrages.

XXV

Le jury de 1836 est célèbre par des dénis de justice retentissants. Il refusa des artistes qui s'appelaient Antonin Moine, Louis Boulanger, Champmartin, Paul Huet, Marilhat, Eugène Delacroix et Théodore Rousseau !

18

N'est-ce pas un châtiment que cette énumération? Barye échappa pour cette fois à l'iniquité ; mais l'année suivante, il allait augmenter le nombre des victimes glorieuses de l'ignorance et de la partialité.

Le surtout du duc d'Orléans n'était pas encore terminé dans son ensemble en 1836, mais différentes pièces, les *Chasses,* étaient coulées en bronze depuis trois ans, et à cire perdue par Honoré Gonon. Le duc, transporté d'admiration devant les modèles qui lui étaient soumis, voulut qu'ils fussent exposés. Barye hésitait, comme averti par un pressentiment, ou pris de défiance à l'égard de ce jury qui venait de commettre les actes que l'on sait.

« Eh! bien, je m'en charge, » répondit le prince royal.

Les bronzes admirables n'en furent pas moins refusés. Le duc courut à Louis-Philippe :

« Que voulez-vous? répliqua le roi, j'ai créé un jury, je ne peux pas le forcer à accepter des chefs-d'œuvre...[1] »

Et je rapproche ce mot de celui qui échappa à Barye dans la même circonstance. Jules Dupré l'ayant rencontré par hasard lui demandait avec intérêt des nouvelles de ses travaux :

« Cela va fort bien, répondit Barye, je suis refusé. »

Et comme Jules Dupré protestait avec indignation :

« C'est tout naturel, reprit-il, je compte trop d'amis dans le jury. »

Des deux réponses, l'une était spirituelle, l'autre empreinte de cette philoso-sophie clairvoyante des forts, mais quel était donc ce jury créé par le Roi? Jusqu'en 1831 ces fonctions de juges appartenaient à une commission spéciale nommée par l'administration. Or on reprochait à cette commission de tenir ses droits du bon vouloir. Je cite ces lignes où se retrouvent l'esprit et aussi le style d'une époque déjà loin de nous : « M. le chef de la division des Beaux-Arts, jeune talent déserteur du culte d'Esculape, mais profane en celui d'Apollon, a trouvé plus simple de faire juger les artistes par une commission d'hommes de lettres et de grands seigneurs amateurs; mais des peintres, des sculpteurs, des graveurs, des architectes, des membres de l'Institut, aucun[2]! »

Notez ce douloureux regret à l'adresse de l'Institut. Le libéralisme du nouveau règne devait l'entendre; et bientôt il fut décidé pour satisfaire à des réclamations qui paraissaient légitimes que la quatrième classe de l'Institut, c'est-à-dire l'Académie des beaux-arts, serait érigée en jury.

1. Préface du *Catalogue de l'Exposition des œuvres de Barye*, en 1875, par A. Genevay, p. 30.
2. *Annales du Musée des beaux-arts*, par P. Landon, 1831.

Il nous coûte à le dire, mais ce fut précisément elle qui frappa de ses... rigueurs les artistes de 1836 et qui exclut Barye du Salon de 1837.

On juge de l'indignation qui s'empara des critiques qui avaient soutenu, défendu et applaudi Barye dès son apparition première :

« ... Barye le créateur, lui qui a inventé tout son art, le meilleur élève de Bosio, qui en est fier, comme il est fier du petit Henri IV ; s'il y a un homme modeste, c'est celui-là ; il est à la fois énergique et simple et naïf ; il est peu ambitieux, et se cache dans sa tanière, tant qu'il peut. Le duc d'Orléans, qui est le prince des jeunes talents, qui a pris en amour toutes les jeunes gloires, à qui s'adressent en même temps Victor Hugo et Decamps, le duc d'Orléans avait commandé à Chenavard et à Barye un service pour sa maison. La matière devait égaler le travail : l'or et l'argent, le bronze et les pierreries, les plus exquises recherches de l'ornement de Chenavard, et les plus excellentes inventions de Barye, toutes ces choses excellentes devaient se réunir pour faire de l'œuvre en question un ouvrage d'art, grand et complet, plutôt fait pour être exposé dans un musée, que pour briller parmi les fruits, les fleurs et les bougies étincelantes d'un souper royal. L'idée du prince était bientôt devenue l'idée de l'artiste. Barye s'était donc mis à l'œuvre ; il avait travaillé tant qu'il put travailler, c'est-à-dire à ses heures en deux ou trois ans, quand il avait le temps, et quand les hôtes du Jardin des plantes étaient en belle humeur, et vivement acharnés sur leur proie saignante dans leur cage de fer. Ce sérieux chef-d'œuvre destiné à un usage frivole, ce laisser aller de l'art qui rappelait les plus charmants tours de force du XVIe siècle quand Benvenuto ou Bernard Palissy jetaient des chefs-d'œuvre sur un morceau d'argent ou sur un morceau d'argile, Barye l'achève enfin. Il dit qu'on porte aux juges du Louvre les *fragments épars de cette œuvre qu'il ne pouvait réunir que plus tard;* ces juges reçoivent une à une ces compositions charmantes, les cerfs, lions, tigres, jeunes ours, charmants détails d'un grand ensemble, et naturellement les juges ne comprennent rien à toutes ces petites œuvres d'une forme si déliée.

« En conséquence Barye est chassé du Louvre. On lui renvoie avec dédain ces charmants caprices dignes d'un prince... Et voilà que grâce à ce jugement solennel une œuvre faite pour le prince royal n'obtient pas une petite place dans ce Louvre qui appartient à son père. On ne chasse pas ainsi les gens de chez eux ! »

Il faut prendre pour ce qu'il vaut le dernier argument, c'est à dire pour peu de chose. Les groupes de Barye ne méritaient pas d'être admis, parce qu'ils

avaient été commandés par la famille royale; ils devaient être reçus d'acclama-
tion parce qu'ils étaient des œuvres hors ligne. Autrement la décision du jury
serait presque excusable pour Jean Gigoux et Riesener également exclus cette
année-là. Pauvre jury! il fermait à Barye la porte qu'il ouvrait à un Fratin. Que
voulez-vous? la race n'était pas éteinte des infortunés qui préféraient Scudery au
grand Corneille; et maintenant l'est-elle?

XXVI

S'il avait été exécuté, le surtout du prince d'Orléans aurait compris neuf
groupes de Barye. Mais différents artistes ou industriels s'étaient engagés à
collaborer à l'ouvrage; entre autres Antonin Moine, et « MM. Mention et
Wagner, qui devaient se servir de la niellure dans la combinaison des compositions[1] ».

Les attributs et les ornements étaient demandés à Klagman et Fratin, les
candélabres à Feuchère, les figures des vasques à Pradier, et les groupes de
gibier à Pascal. Quant à la part de Barye, qui, somme toute, restait la plus importante, voici quel était l'ordre adopté : Le premier groupe, que supportait la pièce
principale, était composé de quatre figures et de trois animaux : il représentait
des Indiens montés sur un éléphant richement caparaçonné et donnant la chasse
à deux tigres. C'était la *Chasse au tigre*.

Quatre autres groupes étaient destinés à orner les piédestaux placés aux angles
de la pièce principale et se composaient chacun de deux animaux :

Dans l'un, on devait voir un grand aigle qui venait de s'abattre sur un
bouquetin blessé ;

Dans l'autre, un serpent python étouffant une antilope.

Le troisième était une grande antilope renversée et dévorée par un tigre. Nous
avons déjà parlé de cette composition qui comme la précédente fut plus tard
éditée séparément.

Enfin le quatrième montrait un lion qui venait de s'élancer sur un sanglier.

1. *L'Artiste*, 1834.

Deux pièces basses, qui se trouvaient de chaque côté de la pièce principale, devaient être surmontées de deux groupes de forme allongée. Le premier, qui comprenait trois figures et sept animaux, représentait des cavaliers espagnols du xve siècle donnant la chasse à un taureau sauvage, à l'aide de dogues de grande race : c'était la *Chasse au taureau*. — Le second, animé de deux figures et de cinq animaux, mettait en lutte des cavaliers bédouins défendant un buffle blessé contre un lion et une lionne : c'était la *Chasse au lion*.

L'ensemble se terminait par deux groupes encore, mais de forme arrondie, placés sur les deux temples qui terminaient le surtout. Imaginez d'un côté deux Tartares montés sur des chevaux suivis de grands chiens mâtins, qui poursuivent et tuent des élans ; de l'autre, des chasseurs en costume allemand du xvie siècle, livrant, avec des dogues, bataille à des ours, vous aurez la description sommaire de la *Chasse à l'élan,* et de la *Chasse aux ours.*

« Heureux qui possède les *Chasses* de Barye ! », disait Charles Blanc. Hélas ! où sont-elles ? Elles ont été dispersées par les événements, ou dans le feu des enchères. En 1863, Mme la duchesse d'Orléans vendait la galerie du duc [1]. M. Barbedienne possède quelques-uns des modèles. Je me suis rendu, en prévision de ce volume, au château d'Eu, où se trouve un fragment qui appartient à M. le comte de Paris, mais les autres bronzes courent l'Europe et même l'Amérique !

Je ne puis mieux faire ici que de céder la parole à Gustave Planche qui, témoin oculaire, a vu les cinq *Chasses* toutes ensemble le lendemain du jour où elles furent renvoyées de l'exposition et nous en a laissé une impression minutieusement exacte [2] :

« Les sujets choisis par M. Barye, se distinguent à la fois par la richesse et par la variété... Dans le premier de ces groupes, la *Chasse au tigre,* les chasseurs indiens sont placés sur un éléphant, et brandissent le javelot. De chaque côté de l'éléphant, un tigre s'élance et monte à l'assaut, car la monture des chasseurs ressemble à une place forte. Une opinion généralement accréditée déclare l'éléphant éternellement laid, quelle que soit sa couleur et son âge. Je n'entreprendrai pas de le réhabiliter en le comparant au tigre, au lion, à la panthère ; ce serait pure folie. Il n'a certainement ni leur souplesse, ni leur élégance, et pourtant, quoi qu'on puisse dire, il a sa beauté propre, la beauté attachée à l'expression de la force. Pour traduire ce genre de beauté, il faut s'être préparé à cette tâche difficile par de solides études, il faut

1. M. Demidoff acquit la *Chasse au tigre* au prix de 4,100 francs, et la *Chasse à l'élan,* 4,900 francs. La *Chasse à l'Ours,* 7,100 francs. La *Chasse au taureau* fut adjugée à M. Lutteroth pour 4,500 francs, et la *Chasse au lion* 3,000 francs à M. Montessier.

1. Gustave Planche. *Portraits d'artistes,* volume I, « M. Barye », p. 150.

connaître parfaitement la forme les mouvements et les habitudes de l'éléphant.
M. Barye réunissait toutes ces conditions ; aussi a-t-il résolu sans peine le problème
qu'il s'était posé. Il y a dans la construction de son éléphant une précision, une
puissance, qui ne laissent rien à désirer. Il s'avance majestueusement ; les griffes et les
dents des deux tigres attachés à ses flancs, qui grimpent sur ses côtés comme un
lézard sur une muraille, n'entament pas sa robuste enveloppe. Les deux tigres sont
d'une merveilleuse souplesse. Il n'y a dans leur mouvement rien qui relève de la
convention. C'est un mouvement pris sur nature, saisi avec finesse et rendu avec
fidélité. Ils grimpent avec tant d'agilité, que les chasseurs ne peuvent manquer de
sentir bientôt leurs griffes acérées, leurs dents furieuses, s'ils ne se hâtent de les
attaquer vigoureusement ; ils sont perdus si leurs coups sont mal adressés.

Les deux chasseurs ne sont pas traités moins heureusement que l'éléphant et
les tigres. Du haut de leur tour vivante, ils regardent sans trembler l'ennemi qu'ils
vont frapper. Leur visage exprime le courage sans mélange d'inquiétude. La présence du danger les anime et ne les effraye pas. Ainsi la *Chasse au tigre*, consi-
dérée sous le rapport de l'invention, est de nature à contenter les juges les plus
sévères, et l'invention n'est pas le seul mérite de l'œuvre. Tous les personnages qui
prennent part à l'action, éléphant, tigres, chasseurs, sont exécutés avec un soin,
une patience, qui donnent un nouveau prix à la composition...

« La *Chasse au taureau* n'est pas composée moins habilement que la *Chasse au
tigre*. C'est la même hardiesse de conception, la même finesse d'exécution. Deux
cavaliers en costume de chasse du temps de François Ier poursuivent un taureau sauvage. Le taureau vient de faire face et se prépare à se défendre vigoureusement ;
il se baisse pour éventrer d'un coup de corne le cheval qui arrive sur lui ; le cavalier, animé par la vue de son ennemi, se dispose à le frapper : chevaux, cavaliers et
taureau, tout est rendu avec un mélange heureux d'élégance et d'énergie. J'admire
surtout le mouvement de ce dernier acteur, sur qui se concentre l'attention. La tête
baissée, exaspéré par l'éclat du fer qui le menace, il va passer sous le poitrail de
cheval, entre ses deux épaules, et lui déchirer les entrailles, si le cavalier ne se
hâte de sauver sa monture par un coup hardi. L'auteur ne paraît pas s'être préoccupé de l'arrangement des lignes, ou du moins, s'il y a pensé, il a si bien concilié
l'harmonie linéaire avec la vérité des mouvements, que cette préoccupation échappe
au spectateur.

« Tous ceux qui ont regardé à plusieurs reprises la *Chasse au taureau* ne conservent aucun doute sur le rôle que l'imagination a joué dans la composition de cet
ouvrage. Il est impossible en effet de transcrire littéralement une pareille scène. Où

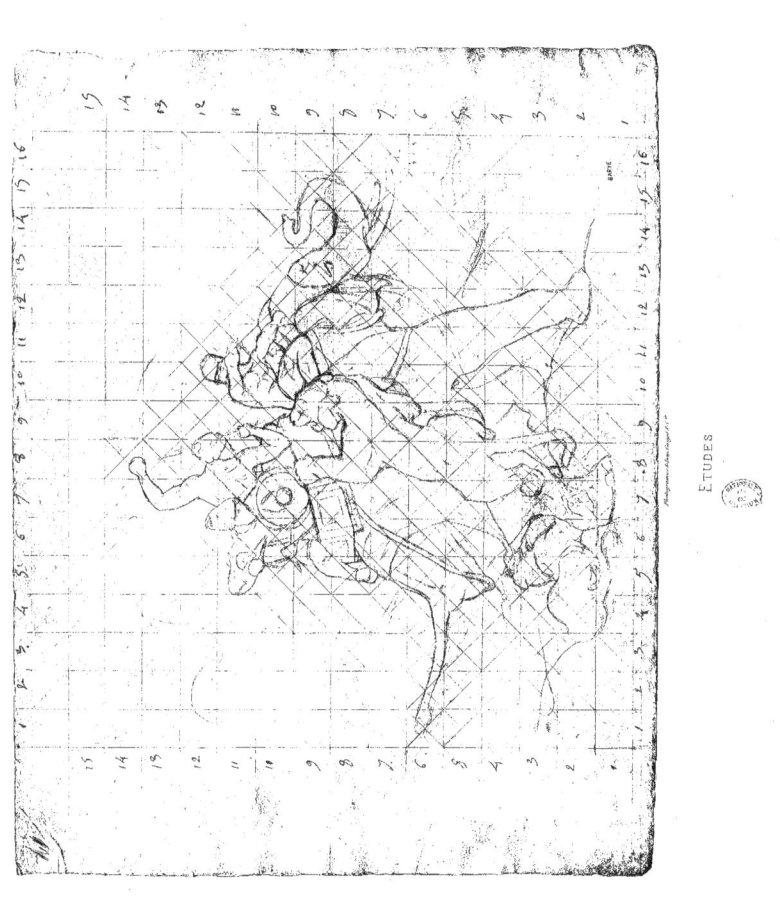

ETUDES

trouver des modèles qui consentent à poser ? Un tel spectacle ne dure qu'un instant. Le taureau se courbe et vomit des flots de sang, ou le cheval éventré s'affaisse et entraîne le cavalier, il n'est pas question alors de copier ce qu'on a devant les yeux, il faut se contenter de bien voir ; puis, quand vient l'heure de se mettre à l'œuvre, l'imagination agrandit les éléments réels consacrés par la mémoire. M. Barye par un heureux privilège a respecté tout à la fois les droits de l'imagination et les droits de la science ; je dis par un heureux privilège, car il est bien rare de voir l'exactitude se concilier avec l'invention.

« Dans la *Chasse aux ours* les cavaliers portent le costume du temps de Charles VII, et ce costume a été traité par M. Barye avec beaucoup d'élégance. Les chevaux vigoureux et hardiment modelés rappellent la manière de Géricault, et ce n'est pas la seule analogie qu'on puisse signaler entre le peintre et le sculpteur. Chez M. Barye, comme chez l'auteur de la *Méduse*, l'amour de la réalité soutenu par des études persévérantes imprime à toutes les parties de l'œuvre un cachet de précision qui excite d'abord la sympathie et plus tard résiste à l'analyse. L'ours offrait les mêmes difficultés que l'éléphant, car la laideur de ces deux modèles est également proverbiale. M. Barye a résolu le second problème aussi heureusement que le premier... Dire que les cavaliers sont bien en selle, que les chevaux pleins d'élan sont dignes des cavaliers, ne suffirait pas pour caractériser le mérite de ce groupe. Il y a dans la disposition des figures, dont il se compose, une prévoyance, une adresse qui ajoute une valeur nouvelle à l'exactitude de l'imitation. La forme des chevaux contraste heureusement par son élégance avec les membres de l'ours, courts et ramassés...

« La *Chasse au lion* présente une scène complexe. Il ne s'agit pas en effet d'atteindre et de frapper le lion pour délivrer la contrée d'un hôte dangereux ; il s'agit de sauver un buffle qui est aux prises avec le lion. Les cavaliers arabes accourus au secours du buffle s'efforcent de le dégager. Le but de cette lutte s'explique très clairement, et le spectateur ne conserve aucun doute. Les cavaliers Arabes se distinguent par une étonnante légèreté d'allure ; chacun sait que les Arabes ont une manière toute particulière de monter à cheval qui ne ressemble en rien aux habitudes européennes. M. Barye a parfaitement saisi, parfaitement rendu l'agilité qui forme le caractère distinctif de cette race. Nous avons en France, en Angleterre, d'aussi habiles cavaliers en deçà comme au delà de la Manche, il s'en rencontre bien peu qui puissent lutter d'agilité avec les Arabes. Le lion aux prises avec le buffle est d'une grande beauté. Ne pouvant étreindre son ennemi, qui lui est supérieur en force, mais qui ne peut lutter avec lui de souplesse, il s'efforce d'entamer l'épaisse cuirasse de son adversaire, sauf à se dérober par un bond rapide, dès que le buffle voudra engager la lutte. Au moment où les cavaliers arrivent, le buffle est déjà renversé, et son sang coule sous les dents et les griffes du lion. Tous ceux qui ont vu dans les marécages d'Ostie les buffles sauvages déployer librement toute la puissance, toute la richesse de leurs mouvements, rendront pleine justice au talent de M. Barye. Ce que Paul Potter a fait pour la génisse et le taureau, M. Barye a su le faire pour le buffle. Dans l'étude attentive de cette robuste organisation, il a trouvé des éléments d'élégance qui étonneront plus d'un spectateur... Je crois à propos de signaler la manière ingénieuse dont il a su traiter le costume des cavaliers. Les burnous jetés sur leurs épaules offrent à l'œil des lignes très heureuses et n'ont pourtant rien de systématique dans leur ajustement... La disposition des plis est tellement simple, tellement d'accord avec le mouvement des cavaliers, qu'elle semble prise sur nature... Les burnous rendus avec tant de souplesse et d'élégance donnent plus de vivacité à l'engagement. En voyant l'air s'engouffrer sous la laine, le spectateur comprend que les cavaliers n'ont pas perdu un seul instant, et qu'ils ont couru sur le lion aussi rapides que la flèche.

« J'arrive au dernier groupe qui lutte avec les précédents d'énergie et d'harmonie. Nous avons devant nous deux cavaliers tartares qui chassent l'élan. M. Barye s'est efforcé de rendre dans toute sa vérité, je pourrais dire dans toute sa singularité, l'armure des cavaliers tartares. Bouclier, carquois, rien n'est oublié. Les détails les plus minutieux qui semblent ne mériter aucune attention, sont étudiés avec soin et donnent à la composition tout l'attrait d'un spectacle inattendu. Depuis la forme du casque, jusqu'à la forme des étriers, M. Barye n'a rien voulu omettre, et je trouve qu'il a bien fait. Il s'est attaché à reproduire fidèlement le type de la race tartare, et ses cavaliers en effet rappellent d'une manière évidente les types que nous connaissons par le témoignage des voyageurs. Quant à l'élan déjà terrassé qui succombe sous leurs coups, il est modelé avec une précision que les naturalistes ne contesteront pas. Dans la représentation de ce type aussi agile et plus fort que le cerf, rien n'est livré à la fantaisie. Il est facile de voir que l'auteur a vécu plus d'un jour avec son modèle, qu'il a regardé plus d'une fois avant de se mettre à l'œuvre. La souplesse et la force sont écrites dans le corps tout entier, et l'exactitude de l'imitation n'ôte rien à la liberté des mouvements. »

Après avoir lu la description détaillée de Gustave Planche, demandons-nous maintenant pourquoi on a expulsé les *Chasses* du Louvre.

Les uns estiment qu'au fond de l'affaire il y a eu de la rancune et de la jalousie. On n'arrive pas aussi vite que Barye à la réputation, sans exciter l'envie.

Dès ses premiers Salons, il attire l'attention du public, et la famille royale s'intéresse à lui. On parle de lui dans les journaux à tout bout de champ. Il a des travaux, et la nouvelle se répand qu'il va en obtenir d'autres encore et de plus importants : les figures du pont de la Concorde, et le couronnement de l'arc de Triomphe !

En vérité, c'en est trop. Quel est donc ce petit modeleur de petits animaux, dont on veut faire un grand artiste ? Il faut le rappeler à la raison, et donner une leçon à la critique qui perd la tête... Privons-le d'une exposition !

Ce sentiment, hélas ! est bien humain ; il a pu influencer la décision du jury, mais je ne crois pas qu'il l'ait provoquée.

D'autres prétendent expliquer l'injustice par le manque de compétence spéciale d'une partie des juges. A cette époque toutes les sections de la quatrième classe de l'Institut, c'est-à-dire de l'Académie des beaux-arts étaient appelées à se prononcer sur le sort des œuvres présentées. Les architectes et les musiciens, aussi bien que les sculpteurs et que les peintres, avaient le droit de vote, et chacun, par réciprocité, dans le genre différent du leur. Cette mesure quelque étrange qu'elle paraisse de nos jours, et quelque opposition qu'elle ait rencontrée à l'époque, n'a rien qui me semble suspect, et, au point de vue du principe de l'union des arts, rien qui soit effrayant. Une œuvre belle, doit toujours l'être pour l'artiste.

La vérité est que si Barye avait exposé isolément ou sans bruit ses groupes des *Chasses*, il eût certainement rencontré le même accueil que par le passé, de l'équité de ceux-ci, de l'enthousiasme de ceux-là et de la froideur jalouse ou réservée des autres. Mais depuis trois années il était question du fameux surtout de table du duc d'Orléans !

Lorsque les pièces principales en parurent au Salon, « c'est de l'orfèvrerie ! s'écrièrent en chœur les pseudo-fervents du grand art, l'orfèvrerie, c'est de l'art industriel ! »

Nous avons là un exemple typique de ce préjugé d'après lequel il y aurait deux arts : celui qui est industriel, et celui qui ne l'est pas. Parfois l'industriel est appelé décoratif, alors il monte en grade : ce qui fait trois catégories. Cette méchante erreur, que nous n'avons pas encore extirpée, nous, hommes du xixᵉ siècle vieillissant, était profondément enracinée vers 1837. Modeler un Apollon, un Épaminondas, ou une Diane, c'est faire œuvre d'artiste, mais reprendre la tradition des maîtres de la Renaissance, ciseler des merveilles en bronze des-

20

tinées à un ensemble qui ravira les gens de goût dans l'ordinaire de la vie, c'est faire acte d'artisan !

Puis une autre querelle fut invoquée par le jury pour pallier sa faute : les *Chasses* étaient de la sculpture de genre !

La sculpture de genre, que de fois n'a-t-on pas lancé ce mot à Barye, et cependant qui le mérita moins que lui ! Quelque chose qu'il ait produite, il a affirmé le contraire du genre qui est le style, par l'accentuation du caractère dominant : je ne me lasserai pas de le dire. Ce reproche était donc aussi mal fondé qu'était employé au rebours du sens commun ce terme qui n'est qu'un barbarisme esthétique : *art industriel*. Dans les œuvres de 1837 Barye avait mis les plus hautes facultés de son tempéramment d'artiste.

Mais en somme qui faut-il le plus plaindre : de Barye qui fut refusé, ou du jury qui le refusa? C'est surtout pour le second que je me sens apitoyé. Le retentissement fut tel dans le présent, il devait si lontemps se prolonger dans l'avenir, que Barye fut grandi de tout le prestige des victimes. Il était d'ailleurs en bonne compagnie : il n'avait plus rien à envier à Delacroix ni à Théodore Rousseau.

XXVII

Le coup lui fut rude néanmoins, si l'on en juge par les conséquences. Les natures calmes gardent longtemps sensibles les atteintes qu'elles ont reçues : jusqu'en 1850 Barye refusa de se présenter au Salon. Mais ce temps d'absence ne fut pas pour lui temps de loisir. Son œuvre, il la continua avec toute la sérénité de l'artiste, avec toute l'ardeur de l'homme de travail. Bien des créations autres que : *Indien monté sur un éléphant terrassant un tigre*, cet admirable groupe, furent pendant cette période conçues, mises en train, laissées de côté, reprises et terminées.

Cependant il n'était pas abandonné de la faveur de la famille royale non plus que de celle du grand public. Il semble que, par contre-coup, il profita au point de vue des commandes de l'acte inqualifiable du jury.

Imitant l'exemple donné par l'héritier présomptif de la couronne, le duc de Nemours et le duc de Luynes voulurent avoir un surtout de Barye. Le duc de Montpensier lui fit exécuter un dessus de cheminée qui fut terminé en 1846; et enfin je lis ces lignes dans l'étude de Th. Silvestre[1] : « Barye avait beaucoup étudié la fonte des métaux, et si M. de Rothschild, qui voulait lui commander un magnifique couronnement de surtout de table en argent, avait persisté dans son intention, Barye, prenant à son compte des ateliers, se fût pour toujours peut-être établi dans l'orfèvrerie. »

Ce travail ne fut pas plus exécuté que les deux premiers; seul, le dessus de cheminée du duc de Montpensier devait être mené à bonne fin. Barye à cette époque avait établi dans sa demeure, à la suite de ses ateliers, des magasins de vente pour ses modèles : il pensait que l'empressement du public pourrait le venger du dédain de certains de ses confrères, ignorants ou rendus injustes par la jalousie.

Toute liberté lui avait été laissée par le duc de Montpensier pour l'invention et le choix du sujet du dessus de cheminée. Barye imagina de représenter dans la pièce principale qui devait surmonter la pendule Angélique et Roger montés sur l'hippogriffe, d'après l'épisode célèbre du *Roland furieux*, de l'Arioste, et de placer à droite et à gauche un candélabre monumental.

Gustave Planche avait été admis à voir, au cours de leur exécution ces œuvres qui n'affrontèrent jamais le public des expositions, du vivant de Barye. Il en parle longuement et avec enthousiasme. L'*Angélique et Roger* est pour lui « comme une des inventions les plus ingénieuses de l'art moderne[2] » ... « Le génie de l'Arioste, le premier poète de l'Italie après Dante, convenait merveilleusement à l'intelligence de M. Barye et le sculpteur français, en le consultant, a trouvé dans cet entretien d'utiles leçons. Des deux parts, c'est la même liberté; la même fantaisie livrée à elle-même. »

Or je veux mettre sous les yeux du lecteur la traduction du passage de l'Arioste :

« Angélique avait été enchaînée le matin même par les barbares impitoyables. Elle était sur le rivage, entièrement nue, toute belle par nature, sans voile qui cachât les brillantes fleurs de ce corps que n'avaient flétri ni le chaud de l'été, ni le froid de l'hiver. Roger la crut d'abord une statue de marbre précieux, mais il reconnut bientôt la femme, aux pleurs qui coulaient sur ses joues et tombaient

1. Th. Silvestre. *Artistes vivants*, « Barye », p. 200.
2. Gustave Planche. *Portraits d'artistes*, « M. Barye », p. 167.

sur son sein de vierge, à ces longs cheveux d'or que les vents agitaient... Roger
tourne vers l'orque le bouclier magique. Le monstre aveuglé frétille comme une
carpe dans l'eau de chaux. Roger brise les chaînes d'Angélique, la place sur
l'hippogriffe, qui docile à l'éperon s'envole dans les plaines de l'air. Et tandis que
l'orque pleure le morceau tendre et savoureux dérobé à son appétit, Roger couvre
de baisers la gorge de sa compagne qui se presse contre lui, encore toute
tremblante, les yeux humides et le sourire joyeux. »

Est-ce offenser gravement la mémoire de Barye que de s'étonner de l'idée
de Gustave Planche qui s'imagine de trouver une similitude entre l'Arioste et le
sculpteur français, si français? C'est se faire une idée nullement juste de son génie
que de croire Barye, à un moment quelconque, hanté de littérature ; la poésie
n'avait que faire avec son tempérament. Barye a pris dans *Roland furieux* un
sujet, un titre, c'est tout ; quant à avoir cherché l'inspiration de la Muse ou
d'une muse quelconque, il ne dut jamais en avoir la prétention.

Et maintenant quel rang donner à l'*Angélique* dans son œuvre? Convient-
il de la classer au nombre de ses productions les meilleures? Regardez le
groupe. Oui, il y a une sensation d'envolement, de rapidité dans l'espace. La
course est effrénée. Cela passe et fend l'air. Oui, l'Angélique nue a une grâce
savoureuse dans les bras de son cavalier bardé de fer. Il a, lui, du caractère
sous son armure, et le groupe amoureux est disposé de façon charmante.
Oui, l'hippogriffe est à la fois quadrupède et volatile, combinaison heureuse
de deux espèces différentes au point d'être contraires : ses ailes, très bien attachées aux épaules indiquent l'essor, on a l'illusion d'un animal naturel, et non
l'impression d'un monstre créé par la fantaisie ; je reconnais tout cela, et
j'admire. Mais pourquoi faut-il que la réflexion ait besoin d'intervenir ici
pour mener à l'admiration? Pourquoi, au premier abord, est-on circonspect,
comme gêné pour formuler l'éloge? pour quelles raisons le charme ne nous
saisit-il pas tout de suite?

C'est, il faut bien le dire, que l'ensemble paraît manquer d'équilibre.
L'hippogriffe penche en avant, comme faussé sur son axe. Puis, quel est ce
support qui maladroitement soutient le coursier sous le ventre? une sorte de
rocher dissimulé par un large serpent à tête de dauphin, à la gueule effilée et
pointue. Encore que la masse en soit lourde, ne pense-t-on pas à un ressort
qui, placé sous les petits chevaux de bois des enfants, les fait basculer de
droite à gauche? Il y a dans l'*Angélique et Roger*, à n'en pas douter, des
qualités d'un mérite supérieur; la facture en est surprenante, mais n'est-il pas

Angélique et Roger montés sur l'Hippogriffe

dommage que cette œuvre, qui révèle à l'analyse un sentiment de grâce humaine, rare chez le maître, ne soit pas plus séduisante par son aspect d'ensemble? Qui niera qu'elle ne soit teintée de romantisme, par conséquent entachée d'une influence d'époque à laquelle, à son honneur, Barye a su principalement échapper.

XXVIII

Le candélabre destiné à accompagner à droite et à gauche le groupe d'*Angélique et Roger,* sur la cheminée du duc de Montpensier, est composé de six figures: à la base, Junon, Minerve et Vénus; au milieu trois Chimères, et, au-dessus des neuf branches en feuillage portant les lumières, les trois Grâces.

Barye, cette fois, a abandonné l'animal, qui n'intervient même pas à titre accessoire dans la composition. Il se lance en pleine mythologie : il sait que dans cet ordre de sujets la condition de plaire est la première. Et il s'essaye au gracieux, au joli, au léger de la ligne, à l'enroulement des rinceaux, aux mascarons coquets. « Je ne crains pas d'affirmer que la Renaissance n'a jamais rien conçu de plus ingénieux ni de plus pur[1] ». dit tranquillement Gustave Planche.

De tels éloges sont terribles. Ils obligent à la restriction toute sincérité. Laisser entendre qu'un ouvrage ne mérite pas le titre de chef-d'œuvre qu'on lui a décerné, c'est sembler émettre une critique. Toutefois, si on ne peut prétendre que la Renaissance nous a laissé des choses bien supérieures au candélabre à neuf branches, sans être accusé de manquer d'enthousiasme pour çet ouvrage je n'ai pas même à me plaindre autrement : voilà en partie mon sentiment révélé.

Les figures de ces candélabres, Barye les édita et les faisait vendre séparément : *les Grâces supportant un brûle-parfum, les Grâces sans brûle-parfum, Junon, Minerve, trois femmes assises, Vénus, Minerve et Junon supportant une vasque,* sont inscrites dans ses catalogues avec les prix de vente, et sont encore dans le commerce à l'heure actuelle.

1. Gustave Planche. *Portraits d'artistes,* « M. Barye », p. 171.

21

Ce sont toutes choses d'art, et d'art véritable par l'attitude, le galbe et le modelé. Des fanatiques en quête de comparaison ont prétendu retrouver ici la distinction native du style de Sienne, et là les formes largement voluptueuses de Rubens. Embarrassé par ces différences, et très soucieux d'une appréciation juste, je me bornerai à poser toujours la question suivante : Si le sculpteur qui

CANDÉLABRES AVEC FAISAN.

s'est appelé Barye n'avait livré à ses contemporains qu'une série, quelque longue qu'elle fût, de ces statuettes mythologiques, sa gloire eût-elle été la même ?

Quant au candélabre lui-même considéré au point de vue du parti décoratif, on peut le juger dans l'ensemble des ouvrages très considérables par le nombre qu'il a produits, et qui étaient destinés à l'ameublement des gens de goût. Non seulement en effet Barye a exécuté d'autres candélabres tels que : *un candélabre antique à trois lumières décoré d'arabesques et de chaînes, surmonté d'une cigogne, — un candélabre à trois lumières, style Charles VII, — un candélabre grec à dix lumières, — un candélabre à douze lumières composé de fruits, feuilles et racines de pavots, serpent à la tige, et surmonté d'un oiseau;* — ce dernier d'une aspérité de formes inquiétante pour la main qui veut le saisir, — mais encore il a modelé des flambeaux, des bougeoirs, un lustre à trente lumières, des coupes, des brûle-parfums, des cadrans, des socles en bronze, ou en marbre orné de bronze pour ses statuettes, des garde-cendres : l'un dit *antique*, l'autre avec deux *aigles et crocodile,* un encrier,... etc.

Un animal quelconque entre-t-il dans la composition, vous êtes sûr de trouver un charmant détail. C'est une tortue sur laquelle s'appuie le pied d'un flambeau ou repose le socle d'un candélabre. C'est un faisan perché, un oiseau qui vient de se poser et dont les ailes semblent battre encore ; c'est un serpent qui s'enroule autour d'une tige. Tout cela est individuel, rare, délicat, et tout cela, ou peu s'en faut, a été reproduit isolément, ou est entré, avant ou après l'exécution, dans une composition.

Mais l'accessoire reste le principal au point de vue du charme et du goût. Barye, — pourquoi hésiter à le confesser ? — ne triomphait pas dans le parti à tirer de la flore décorative. Il lui prêtait une certaine apparence massive, non dans la facture bien entendu, mais dans l'arrangement. Aux heures de délassement, et comme pour reposer ce pouce fatigué de modeler des fauves rugissants ou dévorants, il a pu s'exercer à de délicats entrelacements de branches et de feuillage, chercher des sujets moins sévères, ou même vouloir par nécessité tenter la bourse d'un public moins raffiné ; mais encore qu'il y eût réussi, il n'a jamais manié l'ornement que d'une façon ordinaire. La preuve en est qu'il n'a pas laissé une manière spéciale, un style. Le sens de l'ornementation est une faculté spéciale. Le vrai Barye n'est pas là. Son génie est ailleurs.

XXIX

Il est, son génie, sur la base du monument commémoratif des journées de 1830, au pied de cette colonne de la Bastille, où passe le Lion, une de ses œuvres les plus belles. Monumentale et grandiose, voilà les deux épithètes que mérite une telle statuaire. L'éloge peut sans crainte monter jusqu'au lyrisme, tant est majestueuse la démarche du fauve superbe, tant est sereine la toute-puissance de son attitude ! Par une coïncidence heureuse, le lion était le signe zodiacal de juillet, de ce mois où s'accomplit la révolution. Quelle largeur dans l'indication des plans, quelle ampleur de silhouette, quelle représentation de force, de vie éternelle et tranquille, dans ce haut-relief grand comme un symbole, exact comme une expression de la nature elle-même! L'esthétique de la décoration sculpturale a là un de ses plus nobles exemples. De loin, comme de près, l'œil saisit la plénitude de la forme et l'intensité du sentiment, oui, je dis bien, du sentiment, car ce lion, qui semble faire le tour du piédestal d'un monument élevé à la mémoire de glorieux combattants, est bien, selon la belle expression de Charles Blanc, « l'image du peuple gardant ses morts ». Il a rugi hier ; aujourd'hui, il a conscience et fierté de sa mission.

« Il se détache en entier sur l'une des deux faces du piédestal ; sa tête reparaît dans les colliers qui partagent le fût de la colonne comme pour indiquer les trois journées glorieuses[1]. »

Quelle différence, quel chemin parcouru entre ce lion de la colonne de Juillet, et le Lion de 1833, ou le *Tigre dévorant un crocodile* de 1831. Comme le faire est devenu plus fort, plus large, comme le modelé est plus magistral! La solidité est la même, mais la souplesse est plus grande. Dans cet intervalle, que l'artiste a grandi!

La pose de la première pierre de la colonne de la Bastille eut lieu le 27 juillet 1831, et l'inauguration du monument le 29 juillet 1840. Mais l'œuvre si imposante de Barye lui causa, paraît-il, certaines tribulations au cours de l'exécution même. Duc, l'éminent architecte du monument, usant de son droit de *maître de l'œuvre*, lui demanda plusieurs modifications successives qui eurent pour conséquence des reprises totales du travail, les proportions ne semblant pas satisfaisantes. Après tout qu'importent ces dires ? En présence du résultat, on ne peut qu'honorer et l'architecte qui a su indiquer, et le statuaire qui a su comprendre.

Les coqs qui sont aux quatre coins du piédestal sont de Barye également. Ils se perdent un peu dans l'ensemble de l'édifice à cause de l'exiguïté de leurs dimensions, exiguïté contre laquelle le statuaire protesta vainement. Il voulait en effet, et il était dans son rôle, que ses coqs fussent plus amples de silhouette. L'architecte resta dans le sien, en se refusant à augmenter l'importance de ce qu'il ne considérait que comme un motif décoratif. Mais Barye, d'après des témoignages dignes de foi, en fut peiné toute sa vie. A propos de la Bastille, il parlait toujours avec regret de ses coqs trop petits.

En cherchant des renseignements sur les circonstances de ce travail, j'ai

---

1. *Magasin pittoresque*, tome VIII, p. 210.

trouvé un article de Jules Janin dont je n'ai pas le courage de priver le lecteur :
il verra où peut mener la phraséologie :

« Par cette belle clarté que jetait cette nuit-là, j'eus la curiosité bien naturelle
de pénétrer dans l'enceinte de planches qui entoure ce préau de la Bastille évanouie…
A travers les planches de l'échafaud brillait déjà le coq gaulois aux griffes désarmées,
aux ailes maladroitement étendues, pauvre animal, vigilant dans la basse-cour, mal

LE LION DE LA COLONNE DE LA BASTILLE.

à l'aise aussitôt qu'il est en dehors de ses domaines. On a voulu lui faire jouer un
rôle héroïque pour lequel il n'est pas fait. On l'a tiré de son sérail jaseur pour le placer
à la tête des bataillons armés. De son perchoir où il régnait en despote, il est monté
au sommet du drapeau. Pour le peintre, pour le statuaire, le coq héros, introduit
tout de nouveau dans nos tableaux et notre histoire, est déjà un grand embarras.
Faire jouer au coq des basses-cours le rôle de l'aigle, « ce roi des airs », l'entreprise est périlleuse. Le héros n'est pas à la taille de ses fonctions. Cette griffe
qui foule le fumier n'est pas faite pour porter la foudre. Ce Lovelace de village
n'aura jamais, quoi que vous fassiez, la tournure d'un conquérant. Certes, il faut
bien qu'il y ait là un obstacle matériel impossible à surmonter, puisqu'aux
quatre coins de la colonne de Juillet M. Barrye (*sic*) a placé de pareils coqs. Les
aigles bâtards font mal à voir. Ils sont gênés dans leur allure ; ils jouent un rôle
pour lequel ils ne sont pas faits évidemment, on dirait tout au plus de quelques
corbeaux qu'une poule aurait couvés par mégarde. Il est bien fâcheux qu'un
artiste comme M. Barrye (*sic*) s'amuse à de pareilles difficultés… »

22

En somme, Jules Janin soutient une thèse. Le coq pour lui n'est pas de race noble et appartient à la roture. L'écrivain en est encore, en 1839, à partager l'idée étrange qu'il y a des animaux bien nés, et d'autres qui ne le sont pas. Cette façon de voir l'entraîne, par voie de conséquence, à critiquer l'ouvrage. Il est responsable de cette erreur où le fourvoie un faux principe, mais que penser des lignes suivantes par lesquelles il continue ?

« ... La statue qui est déjà au milieu de la cour sur son piédestal de bois, et qui doit surmonter cette colonne quand le dernier anneau de cette chaîne perpendiculaire sera placé, ne vaut guère mieux que les coqs de Barye. On dirait de quelque Mercure ailé destiné à figurer une immense girouette au sommet d'une bourse de province. La statue est massive et lourde. Tout ailée que vous la voyiez, elle repose sur des jambes qui seraient dignes d'un Hercule portefaix. Vue de loin, il vous sera impossible de dire à quel sexe elle appartient. »

Que vous en semble? Barye n'est-il pas vengé de la malveillante appréciation, quand le *Génie de la liberté* de Dumont est ainsi traité? Donc Gustave Planche déclare « ignoble » l'admirable figure de la *Marseillaise* de Rude, et Jules Janin compare à un portefaix le génie de la Bastille! Pauvres critiques, ce que c'est que de nous! et combien nous devons prendre garde à nos jugements, pour que les générations suivantes n'aillent pas les retrouver dans des livres, et les citer pour en rire !

XXX

Nous sommes en 1840. Depuis quatre années Barye n'a pas produit que le surtout du duc de Montpensier, et le *Lion de la colonne de la Bastille*. Que va-t-il faire jusqu'en 1850? Comme il ne prend plus part aux expositions annuelles, les livrets officiels sont muets. Nous risquerions d'être perdus à travers les dates, si nous n'avions les divers catalogues de vente de Barye, qui nous permettent d'établir

---

1. *L'Artiste*, 2ᵉ série. Tome IV, année 1839, p. 4.

Photographie de Jean Obey&Cie

CHEVAL TURC

un ordre de créations. Passons donc en revue toute une série d'œuvres de cette période.

La plus ancienne entre autres et qui, peut-être même, est antérieure à 1837 si l'on en juge par l'exécution, est le *Cavalier abyssinien*, désigné aussi *Cavalier africain surpris par un serpent*. Jamais Barye n'a été plus tragique dans une

CAVALIER AFRICAIN SURPRIS PAR UN SERPENT.

scène où la figure humaine joue un rôle. Figurez-vous un cavalier drapé dans un burnous dont le capuchon retombe sur sa tête; il est monté sur un de ces petits chevaux arabes, bêtes nerveuses et fines. Un énorme serpent a surpris cette double proie et, comme un câble vivant, il s'est noué autour d'elle. De sa queue il enserre le cheval sous le ventre, et il monte droit, tout droit jusqu'à l'extrémité du groupe qui est la tête du cavalier. Celui-ci, vu de face, se renverse en arrière ainsi que sa monture, mais il est saisi à la gorge par la gueule du monstre; et la minute présente est celle qui précède la chute des trois êtres enchevêtrés.

Ce n'est pas sans motif qu'il faut voir là une des premières œuvres de Barye; la facture, en effet, et la silhouette n'ont encore, ni l'une cette plénitude, ni l'autre cette envergure qui seront de règle plus tard. Mais l'émotion du spectacle est poignante, et ce qu'il y a de mouvement est prodigieux! mouvement désordonné, instinctif d'une surprise et d'une lutte pour la vie. Les lignes ont l'emportement éloquent d'un tableau de Delacroix. Il est intéressant d'observer combien là le statuaire se rapproche du peintre. Si Delacroix avait fait de la sculpture, il n'eût pas fait autrement; et ce bronze pourrait être signé de lui.

Parcourons le catalogue des bronzes de Barye alors qu'il habitait rue de Boulogne, 6 (chaussée d'Antin) (sic), où il avait établi à ses frais une fonderie spéciale pour ses bronzes. Ce catalogue est vraisemblablement le premier, il

LION DÉVORANT UNE BICHE.

porte la date des années 1847–1848, et sur un exemplaire qu'on a bien voulu me communiquer j'ai relevé, de la main du maître, cette mention au crayon : *1er septembre 1847.*

Quatre-vingt-treize modèles de bronzes de toute sorte sont déjà mis en vente avec une indication de prix qui variera par la suite, et onze sont désignés : *pour paraître incessamment.*

Il n'y a pas à songer à décrire toutes les œuvres dont il n'a pas été parlé encore, et cependant quel merveilleux ensemble est déjà formé depuis ce petit bijou en bronze, la *Cigogne posée sur une tortue,* jusqu'au *Thésée combattant le Minotaure,* de grande allure antique. Voici un *Lion tenant un guib* (antilope) et un *Lion dévorant une biche,* — un *Taureau terrassé par un ours,* — un *Taureau et un Tigre;* — un *Cerf, une biche et un faon,* véritable réunion de famille : le cerf debout semble aux écoutes; la biche, confiante dans la vigilance du mâle, se repose, et le faon inconscient dort.

Un serpent avalant une antilope est formidable par un mystère de déglutition précédée d'un étouffement, d'un écrasement sans merci. Regardez l'*Ocelot emportant un héron*. L'ocelot est pour les savants en histoire naturelle un chat d'espèce particulière à l'Amérique. Est-il assez félin et sauvage tout à la fois! Il a étranglé le grand oiseau, et il l'emporte pas à pas; il le traîne inerte, les longues pattes pendantes, dans un endroit caché pour le dévorer tout à son aise, loin des envieux ou des importuns.

Et maintenant vous plaît-il de vous dérider devant une chevauchée divertis-

CERF, FAON ET BICHE.

sante? Un *orang-outang,* d'aventure, est *monté* sur un *gnou* (antilope). Il a enfourché la bête complaisante, et il parade en beau cavalier. Toutefois son coursier lui inspire quelque défiance, et singe prudent, peu vaillant, il a empoigné comme cinquième rêne la queue du gnou à sa naissance; ce qui donne une désinvolture comique à cette fantaisie. Je pourrais dire comme certains critiques de 1831 : « Dans quel pays M. Barye a-t-il vu des orangs-outangs à cheval sur des antilopes? » Je me contente de demander : Qui donc croyait qu'il n'avait pas d'esprit ?

Il dédaignait de le montrer à tout propos, étant peu soucieux des succès qu'il regardait comme faciles ou secondaires. C'est ainsi qu'il ne voulut pas signer cette statuette charmante qu'il appelait le *Petit fou de Rome,* et qui nous représente un personnage campé sur ses jambes écartées, la tête de côté, l'air

23

gouailleur, le poing sur la hanche, retenant la grande draperie qui l'enveloppe
et est serrée au ventre. On dirait l'œuvre d'un sculpteur de Tanagra en belle
humeur. Le succès s'empara de cette figurine alerte, presque à l'insu de son
auteur. Vous en avez vu des reproductions à bien des vitrines, sans savoir qu'elle
était de Barye : de fait il ne s'est pas trahi dans cette jolie boutade de son
talent. L'anonymat auquel il tenait, je ne sais pourquoi, a été bien gardé; et

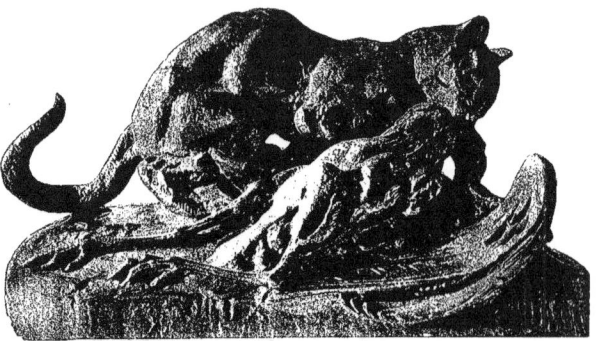

OCELOT EMPORTANT UN HÉRON.

bien des gens parmi les connaisseurs s'imaginent qu'ils possèdent un moulage
d'une œuvre grecque.

Par contre, il aurait eu beau ne pas apposer sa signature sur le *Loup tenant à
la gorge un cerf blessé,* le bronze aurait crié son nom. Un coup d'œil, et vous
reconnaissez Barye au remuement des formes, au désespéré de la défense comme
à la férocité de l'attaque, à la belle exécution souple et sincère, à ce je ne sais
quoi de pittoresque dans le terrible d'une lutte meurtrière. Le cerf blessé a été éventé
par un loup qui à l'improviste lui a sauté à la gorge. Il s'est débattu, et donne dans
le vide de la tête surmontée de ses bois de dix-cors. Le traître ne lâche pas prise,
il est maintenant sous les jambes mêmes du cerf qui ne peut courir, mais le traîne
accroché à sa chair...

XXXI

Nous arrivons au *Thésée combattant le Minotaure*, une des œuvres maîtresses du génie de Barye, et très réellement un des chefs-d'œuvre de la statuaire française. Ici, ce n'est plus la puissance d'une vérité de nature qui domine seule ; il y a là comme un exhaussement d'art très noble, un appel entendu à l'idéal de la Grèce, une sérénité, une majesté antique. Ne croyez pas toutefois à une imitation cherchée, à une influence subie. Il reste lui-même avec ses dons naturels d'exécution libre et de force, avec les qualités françaises de clarté, de mouvement et de réalité vivante : par elles, il est remonté au large domaine du beau absolu où il y a place pour toutes les époques. La figure principale peut bien avoir le type et la coiffure des guerriers de la primitive Athènes ; son nom est Thésée, et il fallait ici faire revivre le caractère des temps héroïques.

Mais quelle admirable sélection dans les structures ! Le Minotaure n'a que la tête du taureau, mais comme il est bestial, *animalisé* dans ses formes trapues et lourdes. Par un prodige de goût plastique, sa nuque épaisse et rebondie unit son corps humain à sa tête de ruminant, sans éveiller l'image d'un monstre contre nature. Il se débat, déploie sa force matérielle et sa rage de brute. Il ne calcule pas ses coups ; il s'est jeté aveuglément et tête baissée sur son ennemi, et il veut le terrasser par un croc-en-jambe pour l'éventrer ensuite stupidement. Lui, élancé, dans sa stature aux élégances éphébiques, il fait contraste. Il est l'intelligence invincible, la vigueur calme, l'adresse, le sang-froid. Ferme et tranquille, les jambes écartées pour résister, par l'inébranlable solidité de son aplomb, à l'assaut déréglé de l'être arc-bouté contre lui, il va, à la seconde propice, le percer de son glaive tendu, et lui porter un coup qui l'abattra ainsi qu'une masse.

Je m'en voudrais comme d'un contresens de me laisser aller à un développement littéraire, de paraître chercher la phrase pour décrire cette œuvre saine et de belle simplicité ; mais il m'a bien fallu analyser les impressions d'où sont nés

la réputation universelle de cette œuvre et son succès constaté par des reproductions infinies. Cette fois, du moins, l'engouement du public s'appliqua à une
manifestation d'art pur.

Or il est très intéressant de rappeler les véritables dimensions de l'original,
lors de la conception. Il n'avait que 47 centimètres de hauteur sur 31 centimètres
de longueur ! Et cependant l'idée ne vint jamais d'employer ici le mot statuette.

SINGE MONTÉ SUR UN GNOU (ANTILOPE).

Cela prouve une fois de plus que la réalité des dimensions n'est en art que
vérité relative. Dans ces quelques pouces de bronze il y a plus de grandeur que
dans des statues de trois mètres de taille.

Plus tard, bien des modèles de Barye, celui-ci comme d'autres, ont été
réduits ou grandis avec une fidélité toute... mécanique. Fut-ce pour eux une
bonne fortune ? La question est importante et délicate. Charles Blanc l'a
abordée pour la résoudre d'une manière qui ne saurait peut-être pas être admise
sans réserves :

« On dit quelquefois, écrit-il[1], que les bronzes de Barye pourraient être
exécutés en grand. Presque toujours ils y gagneraient, mais il en est plusieurs qui

1. Charles Blanc. *Les Artistes de mon temps*, « Barye », p. 389.

THÉSÉE COMBATTANT LE MINOTAURE

ne sont pas traduisibles en marbre... Si les modèles de Barye conservent leur beauté dans des proportions accrues, en revanche ils la perdent souvent dans les réductions... Ce qui n'était en grand que de l'énergie affecte, en petit, un caractère d'exubérance et d'exagération. Le modelé devient montueux, la musculature cahotée... » Et plus loin[1] : « De la liberté qu'il avait conquise à force de patience est résulté chez Barye un modelé qui dans ses petits bronzes semble parfois montueux et cahoté, un modelé qui a souvent effarouché les classiques,

PETIT FOU DE ROME.

parce qu'ils le trouvaient entaché de l'hérésie pittoresque. Mais les sculptures de cet artiste supérieur ont cela de particulier qu'elles peuvent supporter l'agrandissement, et *même devenir meilleures sur une autre échelle,* en devenant plus calmes. A l'inverse des grandes statues antiques, lesquelles perdent de leur dignité et de leur valeur quand on les réduit à des proportions moindres, surtout lorsqu'on en fait des statuettes, les petites sculptures de Barye gagneraient considérablement a être agrandies, par la raison que les détails en seraient tranquillisés, et que les touches fiévreuses de l'ébauchoir ou du pouce n'auraient dans l'amplification de la figure que la vigueur désirable. Ce qui, sur un bronze de cheminée ou sur un *serre-papiers,* comme disent quelques-uns avec dédain, est maintenant tourmenté, serait seulement accusé avec résolution ; ce qui est frémissant sous la main n'aurait plus en grand que le caractère de la vie. »

1. Charles Blanc. *Les Artistes de mon temps,* « Barye », p. 402.

24

A cela n'est-on pas tenté de répondre que le charme du style ne va pas toujours avec la justesse de la critique, et que le bien-fondé d'une opinion est indépendant des artifices de langage sous lesquels elle se présente ? Il est difficile, pour ne pas dire impossible, de partager la manière de voir de Charles Blanc, par la raison que l'on n'a pas pu constater dans les belles œuvres et dans les belles épreuves — Dieu sait combien on en connaît d'admirables ! — de *modelés montueux ou cahotés*. L'éminent écrivain n'a-t-il pas demandé à ses yeux de lui en compter, afin de ne point être accusé d'avoir soutenu consciemment un paradoxe ?

Quoi ! peut-on admettre que les sculptures de Barye deviendraient *meilleures*

BICHE AU REPOS.

sur une autre échelle ? C'est donc prétendre qu'il s'est trompé la plupart du temps dans le choix des proportions, et qu'il reste sujet à corrections là même où il a été le plus magistral ? Non. Pas plus que la réduction, le grandissement n'est pour lui opération souhaitable. L'une et l'autre ont pu rendre des services pour la divulgation commerciale, et faciliter le placement de ces ouvrages dans les demeures bourgeoises ; mais il faut persister à penser et à dire qu'il est toujours préférable pour une œuvre d'art de conserver son aspect natif, sa forme originelle. Le bon sens comme le goût prescrivent de respecter les proportions dans lesquelles l'artiste a établi sa conception, et suivant lesquelles il a imaginé son sujet. La machine la mieux outillée, la plus perfectionnée, ne saurait tenir compte des intentions de l'artiste, de ses intimités d'expression. Tel modelé voulu se perd dans la réduction de l'ensemble, telle combinaison de plans, arrêtée de façon précise et heureuse, est comme noyée dans une amplification générale. Fatalement, l'ouvrage sort des mains de l'ouvrier, conducteur de l'appareil mécanique, interprété, traduit ; et l'on sait, comme dit le proverbe, que traduction vaut traîtrise.

XXXII

C'était d'ailleurs avec une méticuleuse conscience que Barye surveillait les fontes et les ciselures de ses bronzes. Il y attachait une importance légitime, et

LOUP SAISISSANT UN CERF BLESSÉ.

son expérience de praticien, d'ouvrier même, venait en aide à son goût d'artiste. Jamais, paraît-il, il ne trouvait qu'on payât trop cher un bon ciseleur. Nous verrons que cet excès de conscience ne fut pas sans nuire gravement à ses intérêts matériels.

A propos de ses modèles, il est un point qui a prêté à bien des controverses, et sur lequel il est possible maintenant de faire la lumière complète.

On avait remarqué que ses premiers bronzes sortant de la fonderie de la rue de Boulogne étaient marqués, en outre d'un poinçon, d'un numéro. Que signifiait ce numéro ? Les commentaires allèrent leur train, surtout après la mort de Barye, quand les amateurs commencèrent à être mis en goût des belles épreuves et des belles patines.

Or, le catalogue de 1847-1848 nous donne la clef de l'énigme. On n'a qu'à lire sa dernière page pour comprendre.

NOTA. — 1° Chaque bronze porte d'une façon apparente le numéro de l'épreuve et le poinçon de l'auteur.

2° Les bronzes de la deuxième série peuvent servir pour les pendules de bureau ou de chambre à coucher, et ceux de la troisième, pour les pendules de salon.

Ainsi donc chaque épreuve portait un numéro d'ordre suivant la sortie de la fonte. Barye prétendait que chaque acquéreur fût mis au courant du nombre des épreuves obtenues avant celle qu'on lui proposait, et par conséquent du rang qu'elle occupait dans la suite des reproductions.

En doute-t-on encore, car je sais qu'il existe des récalcitrants devant cette explication trop simple?

Je ne puis mieux faire que de citer une lettre écrite de la main de Barye, chose rare, en réponse à un propriétaire d'un de ses bronzes intrigué par le numéro mystérieux.

Paris, le 17 décembre 1859.

Monsieur,

Le numéro 27, que porte le lion au serpent dont vous vous êtes rendu acquéreur, est un numéro d'ordre, c'est-à-dire la 27ᵉ épreuve du modèle.

Recevez, monsieur, l'assurance de toute ma considération.

BARYE.

Voilà donc la solution du problème. Mais on devine aussi ce qui devait arriver. Barye fut bientôt obligé de renoncer à ces révélations trop franches. L'amateur ignorant par nature, mais instruit, grâce à l'arithmétique, de la différence de chaque modèle, — différence dont tout le monde chez lui pouvait s'apercevoir aussi bien que lui-même, — l'amateur ne voulait plus que des premiers numéros, et se détournait des derniers que, somme toute, il n'aurait pu distinguer à lui seul. Aussi les autres catalogues ne reproduisent-ils plus cette annotation.

L'être moral de Barye ne se dévoile-t-il pas en cette circonstance tel qu'il était : profondément honnête, d'une honnêteté traversée, dans la vie quotidienne, de bonhomie naïve ?

On ne saurait expliquer autrement la deuxième note, celle par laquelle il avertit son public que tel bronze est spécial aux chambres à coucher et tel autre convient aux pendules de bureau ou de salon.

Il faut toutefois tenir compte de la diversité des époques, et peut-être même de la difficulté où il était de subvenir à de pressants besoins d'ordre pratique.

Il guidait de cette façon, en le provoquant, le choix du chaland. Il dirigeait son goût vers un but d'utilité, et il savait à qui il s'adressait.

Il n'importe. Que nos dilettanti d'aujourd'hui soient fiers ! ce n'est pas à eux qu'on oserait déterminer par avance la place qu'ils auront à donner à leurs acquisitions dans telle ou telle partie de leur mobilier. Leur éducation est faite, et une aussi indiscrète prévoyance serait accueillie avec impatience.

XXXIII

Il y avait dix ans, en 1847, que Barye s'était retiré sous sa tente d'artiste solitaire, non afin de s'y reposer, mais d'y travailler pour lui-même. Créant, fondant, exploitant, muni d'une patente de bronzier, comme un simple industriel, — ce qui, paraît-il, fit scandale, — il semblait avoir renoncé aux commandes administratives comme aux faveurs officielles, lorsqu'on apprit cette année-là qu'il venait de terminer un lion pour les Tuileries.

C'était celui qui allait être si célèbre sous le nom de *Lion assis* ou *au repos*. Il avait été auparavant demandé à Barye par la liste civile pour le dédommager, assure-t-on, de la décoration projetée et abandonnée de l'arc de triomphe.

Terminé en 1847, il ne fut mis en place que l'année suivante par les soins du peintre Jeanron, alors directeur du Louvre, et fut exposé dans le jardin des Tuileries, non loin du *Lion au serpent* de 1833. Bien plus tard, en 1867, après la construction des nouveaux bâtiments, cette œuvre reçut sa destination définitive sur le quai des Tuileries, à la porte ménagée autrefois pour le passage de Napoléon III et qui est maintenant l'entrée de la préfecture de la Seine. De l'autre côté se trouve une reproduction habilement inversée d'après un moulage.

Cette reproduction mécanique ne cessa de faire gros cœur à Barye. Il parlait sans cesse avec indignation de ce qu'il appelait un manque de procédés à son égard. L'administration impériale était venue lui faire des offres. Elle demandait un pendant au *Lion assis;* et ce pendant il eût voulu, par-dessus tout, l'exécuter de ses mains. Il en fit une esquisse superbe qui, coulée en bronze à cire perdue, nous est heureusement restée. Il proposa même, au point de vue du prix, des

25

conditions qui prouvaient son désintéressement. Les événements, la situation des
crédits, — de tout temps, remarquez-le, les crédits sont dans une situation
fâcheuse, — empêchèrent que ce rêve ne se réalisât. Malgré son avis, contrairement à sa volonté, la reproduction mécanique l'emporta ; et combien de
passants sur le quai des Tuileries ne se sont jamais doutés qu'il y avait eu là
pour Barye un véritable sujet d'amertume! combien, s'ils le savaient, ne le
comprendraient point !

Une autre cause de mécontentement fut le mode de fonte employé. En effet,
le lion assis fut fondu au sable, et Barye tenait à la fonte à cire perdue qui livre
naturellement sans interprétation, sans corrections, l'œuvre telle qu'elle est sortie
des mains de l'artiste, gardant même l'empreinte de son pouce.

« Le lion de 1847, dit Gustave Planche inspiré à coup sûr par Barye, a subi
les outrages de la ciselure, tandis que le lion de 1833 est devant nous tel que l'auteur l'a conçu. Le métal, en prenant la place de la cire, a reproduit jusqu'aux
moindres coups d'ébauchoir. Ces détails purement techniques disent assez clairement pourquoi dans le *Lion au repos* plusieurs détails, dont l'importance ne peut
être contestée, semblent omis par l'auteur, tandis qu'ils ont été effacés par la ciselure. Cette apparence d'omission, par un motif que je ne me charge pas de déterminer, est plus sensible dans les membres antérieurs. L'infernal outil qu'on nomme
riffloir a poncé les cuisses du lion comme une planche de sapin, tandis que les
épaules ont échappé à ses coups[1]... »

Tout cela est dit avec compétence assurément, mais, en dépit de la fonte,
quelle beauté que ce lion des Tuileries ! Comme il légitime les enthousiasmes des
vrais artistes moins préoccupés des imperfections d'un procédé qui, somme toute,
disparaît sous la splendeur de la forme ! Ne pensons plus à récriminer vainement, écoutons plutôt ce qu'a écrit en une heure d'émotion le vaillant
peintre qui si sincèrement, si profondément, admire Barye[2] :

« Quelle admirable âme d'artiste que ce Barye ! s'écrie M. Bonnat. —
Sentant le besoin de donner plus de simplicité à la forme, — que dans le *Lion*
de 1833, — de mieux faire voir la beauté des proportions, tout en accordant moins
d'importance à l'habileté de la main, il fit le *Lion assis* qui orne aujourd'hui une
des portes du Louvre.

« Il le fait calme, sans drame : là les grandes divisions sont plus nettes,
le poil disparaît, et avec lui le travail de l'ébauchoir. La construction est plus

1. *Portraits d'artistes.* « M. Barye », par Gustave Planche.
2. « Barye », étude par Bonnat (*Gazette des Beaux-Arts*, mai 1889).

franche. On voit les attaches des membres. Plus la moindre hésitation dans le dessin, dans la forme qui est pleine et forte. La grande ligne qui part du museau et va jusqu'à la queue est superbe, et on éprouve en regardant ce bronze un sentiment de force tempéré par la beauté. Le lion est assis et regarde droit devant lui. »

Monumental comme son frère de la colonne de Juillet, il est plus calme de par son rôle d'immobile gardien d'un palais. Le mouvement, l'expression d'une action quelconque, n'eussent pas été de mise ici. Il n'est là qu'un symbole de la majesté tranquille, mais symbolique par l'idée première, il n'a rien de tel dans sa forme. C'est une des faces de l'art de Barye que d'avoir su si bien faire pénétrer l'art décoratif dans la nature, ou plutôt d'avoir contraint la nature à s'allier avec lui sans compromettre sa vérité essentielle. Ce lion à la grande silhouette reposée, à la musculature large, à la structure simple, mais non simplifiée aux dépens de l'anatomie, dont la vie animale semble s'être suspendue pendant le temps d'une faction solennelle, ce lion n'a qu'à quitter son poste, il peut se lever et rugir : il retrouvera tout le jeu de ses muscles ; il a le complet appareil de ses membres. Et selon la phrase imagée de Théophile Gautier : « Il rappelle ces gigantesques lions de marbre du Pirée, faits pour traîner le char de Cybèle, et que Morosine le Péloponésiaque fit transporter à Venise où ils gardent la porte de l'Arsenal[1]! »

XXXIV

Les événements de février, la Révolution de 1848, apportèrent de mémorables modifications dans l'organisation des Salons annuels. La République, en ses premiers jours d'existence, dans l'élan de sa générosité naïve, alla jusqu'à supprimer tout jury d'admission pour l'exposition. C'était plus que du libéralisme, et plus que de la liberté. Une commission de onze membres « chargée de placer et de classer

---

1. *L'Illustration*, année 1855. Théophile Gautier.

les ouvrages de sculpture », fut élue par tous les artistes convoqués à l'École nationale des beaux-arts le 5 mars à midi, d'après l'arrêté du citoyen ministre de l'Intérieur, Ledru-Rollin.

Le nom de Rude sortit le premier, et celui de Barye le troisième.

Cet hommage rendu au proscrit du Salon de 1837 avait le caractère d'une manifestation publique, et ne dut pas le laisser insensible. En outre, ses anciens juges privés de leur droit d'admission ou de refus sans appel, quelle satisfaction et quelle vengeance ! Ses persécuteurs étaient mis hors d'état de nuire. Il n'avait pas conspiré, intrigué encore moins : le triomphe était d'autant plus beau qu'il était venu le chercher chez lui. Maintenant Barye était en droit d'espérer des jours meilleurs. Il perdait dans les princes de la famille d'Orléans des bienfaiteurs, mais leur sollicitude ne s'était exercée qu'à titre privé, puisqu'ils n'avaient pu même, ainsi qu'on l'a vu, le sauver d'un échec au Salon. Un nouvel avenir s'ouvrait pour lui ; plus d'entraves, plus de cette hostilité jalouse qu'avait dénoncée la presse. Soutenu par un libre verdict de ses confrères, grands ou petits, classiques ou indépendants, il rentrait en scène avec ce prestige de l'exilé qui a beaucoup à pardonner.

Maintenant il avait l'autorité d'un chef de parti, et sa considération grandissait de tout ce qu'avaient perdu ses ennemis.

Malheureusement, des tribulations d'un ordre pénible n'avaient jamais cessé de l'étreindre. Même aux heures de ses premiers succès, il n'avait jamais été heureux comme homme. Marié jeune, il avait perdu sa femme et ses deux filles successivement. Une seconde union ne lui avait pas donné moins de huit enfants, et son travail ne l'enrichissait pas.

Ceux qui l'ont connu à cette époque, se souviennent qu'il modelait ses chefs-d'œuvre dans des réduits indignes du nom d'atelier. Calme, toujours silencieux, il ne se plaignait pas, il souffrait sans mot dire. A peine, au courant des causeries familières, dans des tête-à-tête intimes, laissait-il échapper des propos attristés, des phrases critiques et concises, qui révélaient le fond de son amertume. Il déshabillait d'un mot incisif les réputations usurpées, les notoriétés poussées en avant par l'engouement du vulgaire, mais tout cela sans haine ni passion, en convaincu, qui prend l'art au sérieux et n'admet que les admirations respectables.

Son amour des fontes irréprochables, des ciselures parfaites, des belles patines, l'entraînait loin dans les dépenses. Peu lui importait d'être assuré de la vente d'une pièce, s'il y découvrait un défaut, il faisait recommencer la besogne.

Une si louable sollicitude compromet la fortune des désintéressés qui ont un capital derrière eux, et condamne à l'existence par expédients, à la gêne de tous les jours ceux qui n'en ont pas. Pour établir sa fonderie rue de Boulogne, Barye avait dû emprunter de l'argent; il ne parvenait pas à se libérer. Les troubles qu'une révolution amène dans les affaires vinrent-ils aggraver sa situation[1]? Toujours est-il qu'il se vit contraint à une résolution pénible. Il dut mettre en nantissement ses modèles chez M. Émile Martin, qui installa un magasin de vente rue Chaptal n° 12.

Il est assez difficile de savoir et de raconter surtout ce qui se passa dans cette période. Il y eut des éditions de ses modèles; le sculpteur avait bien sans doute un droit de contrôle, mais non plus toute liberté dans la réception des épreuves. Qu'à cette époque il y ait eu des fontes inférieures, hâtives ou mal achevées, on ne saurait s'en étonner, ni surtout accuser M. Émile Martin; car rien ne prouve que les relations entre celui-ci et Barye aient jamais cessé d'être empreintes de cordialité.

N'insistons pas sur cette délicate affaire qui n'intéresse qu'accessoirement la mémoire de Barye et où l'on n'a rien à voir pour l'étude même de son œuvre. Ajoutons seulement que le dénouement n'eut lieu qu'en 1857, ainsi qu'en fait foi la lettre suivante adressée à Th. Silvestre :

Paris, le 26 janvier 1857.

Mon cher monsieur Silvestre,

Puisque vous avez l'obligeance de vous occuper quelquefois de mes affaires, j'ai encore recours à vous aujourd'hui. Je ne peux pas quitter un moment mon travail du fronton; je suis très avare du temps qui me reste pour le terminer.

Soyez assez bon pour me représenter auprès de M. Émile Martin.

Veuillez, s'il vous plaît, le prévenir que je viens de prendre la résolution de retirer mes modèles, et que je suis prêt à régler le compte avec lui.

Tout à vous,

BARYE.

Le gouvernement de la République s'empressa de se montrer favorable à

1. Je crois devoir citer ici ce passage de M. Arsène Alexandre, dont on appréciera, dont j'apprécie tout le premier la réserve.

« Ce commerçant entendait si bien le commerce, qu'il ne cherchait aucun des moyens de publicité familiers au boutiquier le plus obscur. Il attendait en toute naïveté qu'on eût l'idée de venir acheter chez lui de belles choses. Les catalogues sont là pour attester les dérisoires bénéfices qu'il en tirait. Aucuns frais n'étaient ménagés par lui pour ses recherches. Quant aux combinaisons financières qui lui avaient permis de s'établir, il les avait acceptées en si

26

Barye. Ainsi qu'il le raconte lui-même[1], M. Charles Blanc, nommé directeur des Beaux-Arts, proposa sans attendre et obtint du ministre l'acquisition par l'État du *Tigre dévorant un gavial*. Cette œuvre, en dépit du mémorable accueil qu'elle avait reçu en 1831, était restée la propriété de l'artiste. Elle fut placée dans le vestibule du cabinet du ministre de l'intérieur.

La même année, Ledru-Rollin lui confiait le poste, qu'il acceptait, de mouleur au musée du Louvre, et conservateur de la galerie des plâtres. Barye mouleur! le titre paraît mince, et la fonction bien infime. Il ne fallait voir là qu'une mesure de bienveillance prise en sa faveur pour l'aider à sortir de ses embarras financiers.

Le précédent titulaire de cet emploi était une sorte de commerçant qui, muni d'un monopole officiel, vendait pour le Louvre des reproductions en plâtre, accessibles à toutes les bourses, non seulement aux amateurs et aux artistes, mais encore aux écoles de dessin de France et de l'étranger. Il avait le choix des modèles, et comme les frais de moulage étaient à sa charge, il avait intérêt à prolonger la durée des moules, dût la qualité des épreuves en souffrir. Le papier de verre, aux mains des ouvriers, avait beau jeu de faire disparaître à la hâte les coutures, et d'user par le frottement les gonflements, les bavures, tout cela au détriment du modelé.

Barye nommé s'installe dans un atelier au Louvre : c'est la première fois qu'il se trouve si à l'aise pour travailler : il a un traitement; il est fonctionnaire! il va pouvoir, sans cesser de produire, gagner quelque argent! En somme, ses appointements, n'est-ce pas? sont une sorte de rente déguisée que l'État lui sert, et c'est justice !...

Croyez-vous bien qu'il a pu en être ainsi? Comme vous le connaissez mal encore!

---

habile commerçant, que voici ce qui lui arrivait : les bailleurs de fonds, impatientés de voir réaliser aussi peu de bénéfices, exigeaient un remboursement complet, d'autant plus que la révolution de 1848 venait donner des inquiétudes pour le succès des affaires. Barye se trouvait dans l'impossibilité de payer; avec la dernière rigueur, ses capitalistes le poursuivaient pour la somme de trente-six mille francs. Faute d'argent, ils étaient légalement autorisés à faire main basse sur tous ses modèles, et l'infortuné artiste se voyait, la cinquantaine passée, plus ruiné, plus dépourvu, plus désespéré qu'au début même de sa carrière.

Nous ne voudrions pas dire de quelles douleurs domestiques ces épreuves matérielles se compliquaient. Une des moindres était la perte d'une fille; mais ici la critique est tenue à des discrétions infinies. Il y a des choses qu'elle est forcée de savoir pour comprendre un caractère, et qu'elle doit se garder de divulguer pour satisfaire de simples curiosités. C'est la seule allusion que nous ferons, dans le cours de cette étude, aux chagrins privés qui abreuvèrent sans relâche ce grand artiste et cet esprit élevé. Nous avons voulu qu'elle fût une explication voilée, nécessaire pourtant, de la croissante amertume, de l'impénétrabilité systématique, de l'isolement volontaire qui éloignèrent de lui les sympathies superficielles, mais qui sont plutôt pour nous des raisons de l'en aimer davantage. » (*Les Artistes célèbres*. « A.-L. Barye », par Arsène Alexandre, p. 24. Librairie de l'Art.)

1. Charles Blanc. *Les artistes de mon temps*, « Barye », p. 391.

Il n'était pas de ceux qui acceptent les sinécures. Sa fonction, il la prit au sérieux, et, ne pensant point à ses intérêts personnels, il apporta dans la pratique des améliorations réelles, onéreuses... pour lui. Comme conservateur, « il disposa[1] sur des selles tournantes, accessibles de tous les côtés au public, les meilleurs plâtres déjà existants qui se trouvaient à son arrivée empilés sans ordre et sans utilité ». En qualité de mouleur en chef, il fait un nouveau choix de modèles à reproduire, commande des creux nouveaux et appelle à lui les meilleurs ouvriers qui méritent un salaire plus élevé. Mais, ainsi que nous le verrons, il ne devait pas rester longtemps au Louvre : la politique l'y avait amené, la politique allait l'en faire sortir.

XXXV

Quoique membre élu de la « Commission de placement et de classement », Barye se garda bien de prendre part à cette exposition de 1848, « cette fameuse exposition sans jury, qui étala tant de turpitudes aux regards des Parisiens éclatant de rire », disent les uns[2] ; « exhibition trop décriée, reprennent les autres[3], à laquelle l'avenir dira combien on a été forcé de lui emprunter plus tard, quoiqu'il soit encore d'usage aujourd'hui de voir un motif de gaieté, un thème à raillerie dans ce pandémonium, dans ce panthéon un peu étrange en effet où le grand festin de la publicité fut si largement servi, sans qu'aucun prêtre auparavant se crût obligé d'immoler des victimes ni d'invoquer les immortels. »

Il s'abstint également de paraître au Salon de 1849 ; mais à cette date il exécuta les huit aigles en pierre dure, de grandeur colossale, qui décorent le pont d'Iéna. Ces aigles répétés d'après un modèle unique, sont d'un excellent effet décoratif, tant au point de vue des proportions, que sous le rapport de l'ordonnance. Placés dans les tympans, ils font corps avec l'architecture du

1. Théophile Silvestre. *Artistes vivants*, « Barye », p. 207.
2. *Revue de Paris*, 1856. « Les sculpteurs d'animaux, M. Barye », par Émile Lamé, p. 216.
3. *Revue des Deux Mondes*, 1er février 1876. « L'art contemporain, M. Barye », par Charles d'Henriet, p. 770.

pont, l'accompagnent sans ostentation sculpturale, et font de bonnes masses dans l'ensemble.

La rentrée à l'exposition annuelle de Barye eut lieu l'année suivante. Que les admirateurs de Barye, que tous ceux qui sont enthousiastes de son génie, se souviennent de l'année 1850, et lui rendent grâce!

Elle eut la bonne fortune de voir apparaître, cinq jours avant de finir, puisque le Salon fut ouvert le 26 décembre, la plus belle et la plus complète manifestation de son art, deux plâtres, dont l'un s'appelait : *Un Centaure et un Lapithe,* et l'autre *Jaguar et lièvre*[1].

Voilà que je suis pris d'inquiétude : comment décrire ces deux groupes, comment analyser l'enthousiasme qu'ils méritent, et surenchérir sur mes précédents éloges? Ai-je par hasard commis la faute de ces chanteurs malavisés qui, ayant donné trop de voix au début, sont faibles au crescendo? Non. Dans la série des créations d'un artiste, au-dessus des œuvres les plus hautes, il y a un sommet où il n'est parvenu qu'une fois : nous sommes devant ce sommet-là.

Un Centaure et un Lapithe, désigné plus tard par Barye dans ses catalogues sous le titre de : *Thésée combattant le centaure Biénor,* peut encore être comparé au *Thésée combattant le Minotaure.* C'est le même coup de génie d'un moderne retrouvant la véritable ampleur du style grec.

Thésée ou le Lapithe s'est précipité d'un bond sur la croupe du centaure ravisseur de vierges ; s'il l'avait attaqué de front, à pied, il eût été jeté à terre par la violence du quadrupède. L'adresse est venue à bout de la force. Il l'a enserré dans ses genoux comme un cheval indocile, et sa jambe droite cramponnée, repliée à angle aigu, a trouvé un appui sur la pointe saillante de la cuisse du centaure. De son bras droit, il brandit une massue, et il tient sous sa main, à la gorge, son ennemi dont le torse se rejette en arrière à se briser aux reins. Celui-ci voit qu'il est perdu : la massue va s'abattre : ses bras déjà ne luttent plus, ils semblent supplier; ses traits grimaçants de douleur, contractés par le râle, mettent en valeur cette petite tête impassible, sereine, du vainqueur que supportent le cou solide, les larges épaules, la poitrine noueuse des athlètes forts. Quelle toute-puissance dans cette tension de muscles

---

1. (Catalogue du Salon de 1850 au Palais national). (Palais Royal.)

Barye (Antoine-Louis), au Louvre ✳. — [ex.]

3171 — *Un Centaure et un Lapithe,* groupe plâtre.
3172 — *Jaguar et lièvre,* groupe plâtre.

Thésée combattant le Centaure Bienor

de la tête de l'homme, et surtout quelle incomparable mesure! quelle éloquence sans rhétorique!

« Ce centaure dompté par un Lapithe, écrit Théophile Gautier, montra que ce romantique proscrit par le jury était le statuaire moderne qui se rapprochait le plus de Phidias et de la sculpture grecque. Ce Lapithe aux formes robustes et simples, beau comme l'idéal, vrai comme la nature, aurait pu figurer dans le fronton du Parthénon, à côté de l'Ilissus, et le centaure se mêler aux cavalcades des métopes[1]. »

Quoiqu'il soit difficile de justifier une préférence, entre ce groupe et le *Thésée et le Minotaure*, peut-être le premier est-il plus attachant par la fougue, l'importance du sujet, le développement de la silhouette équestre. Toutefois, au fond, les deux œuvres se valent. Nées d'un principe identique, elles ont une portée parallèle, une égale pénétration dans le beau.

Mais plus haut encore, et tout en haut cette fois, se place le *Jaguar dévorant un lièvre*. C'est bien la résultante de toute son expérience de plasticien, le *summum* de son concept esthétique, la synthèse de son art, le chef-d'œuvre de sa vie. Sa personnalité jaillit de ce groupe, l'enveloppe et s'y résume.

« Je crois que de l'avis de tous, s'écrie M. Bonnat, c'est le chef-d'œuvre des chefs-d'œuvre de cet homme qui en a tant produit. C'est beau comme l'*Esclave* de Michel-Ange au Louvre... Il se dégage de ce bronze merveilleux, ainsi conçu et exécuté, une impression de férocité et de sauvagerie extraordinaires. C'est du génie[2]. »

Aplati sur son train de derrière, appuyé sur ses pattes de devant, le jaguar, le cou allongé, tient dans sa gueule largement ouverte un lièvre mort ou mourant, dont la tête et la partie antérieure du corps retombent inertes. Un frémissement de plaisir parcourt les fibres du ravisseur. Sous un frisson de volupté vorace, tout son être s'agite depuis cette queue tendue et enroulée à son extrémité jusqu'à ces oreilles couchées, qui semblent devenues insensibles aux bruits extérieurs. La bête est absorbée dans sa jouissance. Tout se délecte en elle, frénétiquement. Elle s'est accroupie, presque couchée pour savourer plus commodément sa proie, la féroce raffinée ; mais elle relève ses épaules et son cou à seule fin de prendre une happée plus longue. Sous ces formes distendues les membres restent terribles. Malheur au téméraire qui voudrait troubler le festin ! Une subite contraction des muscles, un bond formidable, et une nouvelle victime ! Il n'est pas possible, je vous le jure, de

---

1. *L'Illustration*, année 1866. Théophile Gautier.
2. *Gazette des Beaux-Arts*, mai 1889. « Barye », étude par Bonnat.

27

concentrer dans une matière solide, plâtre ou bronze, plus de sauvagerie, de bestialité, de souplesse effrayante et de style[1].

Oh! Barye est bien là tout entier. A qui ressemble-t-il? Quels sont les radieux modèles que vous allez lui trouver cette fois: l'Égypte, l'Assyrie ou la Grèce, la Renaissance ou l'époque moderne, Michel-Ange ou Puget? Cherchez. Il n'est que lui-même : il ne procède que de son soi; il a réellement *créé*, et cette création est le type souverain de son pouvoir de créateur.

Le moment est unique. Arrêtons-nous pour regarder en arrière l'ensemble de ce qu'il a apporté aux hommes de son temps. Avec les lions de la Bastille et des Tuileries, les deux Thésée, il a donné tout son génie. Il a dit son dernier mot avec le *Jaguar* et le *Lièvre* : c'est fini, la limite extrême est atteinte, il n'ira pas plus loin.

Une catastrophe eût pu le saisir alors, la maladie rendre sa main impuissante; sa gloire était sauve, parce que son œuvre était fait.

Et il aurait été en droit de penser avec tranquillité qu'il laissait à la postérité ce qu'il y avait eu de meilleur en lui. Bien heureusement, cette fatale hypothèse ne se réalisa pas. Certes, il produira encore et de nobles et de généreux ouvrages. De grands succès l'attendent, de légitimes honneurs vont adoucir ses amertumes premières; mais il ne s'élèvera plus jusqu'à cette cime où l'avaient vu les dernières journées de 1850.

Fait étrange, la critique du moment n'accorda qu'une importance secondaire au *Jaguar dévorant un lièvre*. Le Lapithe et le centaure, sujet mythologique, qui prêtait mieux aux développements littéraires, fit les frais des comptes rendus. On ne cita l'autre qu'accessoirement, — quand on le citait encore, — presque par politesse. Je relève des phrases comme celles-ci : « Indépendamment de ce groupe, M. Barye

---

1. Ne voulant pas laisser oublier par le lecteur cette page frémissante d'impression juste de M. Edmond de Goncourt, — que je ne connaissais pas quand j'ai écrit les lignes qui précèdent, — je m'empresse de la citer, dût la description du maître anéantir celle que j'ai tentée :

« Le jaguar, le poitrail sorti de terre, est accroupi sur ses pattes de derrière, le ventre entré dans le sol, arc-bouté sur la patte gauche, dont la large tête de l'humérus fait saillie au-dessus de la ligne serpentante et effacée et retraitée de tout le corps; il fouille d'un mufle à l'aplatissement presque vipérin, les entrailles d'un lièvre; il fouille, le cou tout sillonné d'énormes gonflements. Le rampement famélique, l'avalement de la croupe mamelonière de puissantes contractions nerveuses, le repliement des deux pattes rassemblées, écrasées sous la bête, la tranquillité du dos où la peau, un peu relâchée, se plisse sur les côtés, le dénouement de la queue où persiste dans la torsion du bout comme un reste de force colère, les terribles froncements de la face, l'ampleur des mâchoires en joie, le rabattement des petites oreilles tressautantes, le travail de la robe, travail sans relief, travail de rayures couchées dans le sens des poils, le grand dessin des raccourcis, la savante opposition des parties de musculature au repos qu'on dirait somnolentes, et des parties de musculature en action — comme inquiètes et encore éveillées : tout ce surprenant mélange de détente et de ramassement de vigueur animale, font de ce bronze une de ces imitations de la nature vivante, au delà de laquelle la sculpture ne peut aller. Oui, en vérité, « ce jaguar dévorant un lièvre » est la parfaite représentation chez les grands félins de la succion jouisseuse, de la volupté gourmande du sang. »

(Edmond de Goncourt, « Un mot », préface du *Catalogue des bronzes de Barye* — épreuves de choix. Collection Auguste Sichel. Janvier 1886.)

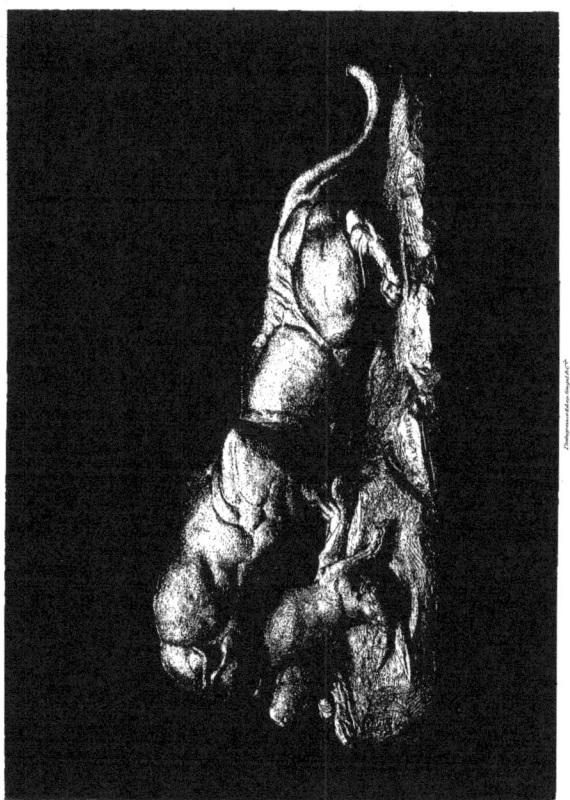

JAGUAR–DÉVORANT UN LIÈVRE

en a un autre qui représente un *Jaguar dévorant un lièvre,* auquel on ne saurait également donner trop d'éloges. » C'était tout, et ce n'était pas assez en vérité.

Le modèle du *Lapithe terrassant le centaure* était de proportions relativement assez grandes, il mesurait 1ᵐ,28 de hauteur sur 1ᵐ,12 de largeur. Dans la suite il en fut fabriqué des réductions avec variantes, dont une fut exposée à la section de l'industrie de l'exposition de 1855. Conservons notre préférence pour les dimensions originales ; ce qui nous permettra de ne pas regretter l'abandon de l'idée, mise un instant en circulation, d'exécuter le groupe en marbre grandeur naturelle pour un jardin public.

Ce projet avait été accueilli avec faveur ; mais c'est une erreur trop répandue dans le public que de croire possible de transformer un plâtre, soit en bronze, soit en marbre, et cela impunément.

Comme le remarquait très judicieusement Charles Blanc[1], « il est une distinction qui s'est perdue dans l'*imprécision* de notre langue, entre le statuaire et le sculpteur. Le premier est celui qui modèle ses figures pour les couler en bronze ; le second est celui qui taille le marbre, qui le sculpte avec l'acier. Pour les anciens, Barye eût été un statuaire... Il savait à merveille modeler en vue du bronze : cela veut dire mettre à profit la densité, la légèreté du métal, pour se permettre plus d'élan dans l'action, plus d'écart dans les membres, plus d'indépendance dans la manière de représenter le drame conçu. Cela veut dire aussi prévoir la couleur que donneront les évidements, et profiter de l'extrême finesse de grain que présente le bronze (car ses molécules sont plus contractées que celles du cuivre et de l'étain qui le composent) pour serrer l'exécution, affirmer les plans, acérer les arêtes, creuser plus vivement les sillons, pousser jusqu'au bout la rigueur des formes, le rendu, le fini.... »

On ne saurait mieux dire. Il est incontestable que quand Barye travaillait pour une exécution en marbre ou en pierre, il composait, il modelait différemment. A n'en pas douter, *le Lapithe et le Centaure* commandaient le bronze. Il n'eût pas été admissible de l'exécuter en marbre par une simple mise aux points. Il eût fallu que Barye refit un modèle, et quand même, la composition violente, mouvementée ne convenait pas à une matière dure, mais fragile et cassante.

Quoi qu'il en soit, le plâtre avait été inscrit au catalogue du Salon de 1850 avec la mention M. I. *(commandé par le ministère de l'intérieur).* Il appartenait donc à l'État.

---

1. Charles Blanc. *Les artistes de mon temps* : « Barye ».

A la bonne heure ! est-on tenté de s'écrier, voilà une acquisition qui honore l'administration d'alors ! Oui, mais savez-vous la destination qui fut donnée à ce chef-d'œuvre? On l'attribua au musée du département de la Haute-Loire ; il fut exilé, enterré au Puy, comme un de ces ouvrages achetés par bienveillance, et dont on fait la distribution à la province toujours contente de voir grossir ses musées.

Barye avait exécuté ce groupe au Louvre, dans son atelier. Il ne devait pas y rester longtemps dans cet atelier concédé par l'administration. En 1850 son emploi lui fut retiré. A titre de compensation, il fut nommé maître de dessin d'histoire naturelle à l'école agronomique de Versailles. Les renseignements manquent sur cette fonction nouvelle qui ne l'absorba guère, puisque l'année suivante elle était supprimée.

Mais la façon dont Barye quitta le Louvre mérite d'être contée, à la honte de ceux qui l'en délogèrent, et sur lesquels pèse la responsabilité d'une irréparable perte. Il en fut non seulement congédié, mais mis dehors, expulsé sur l'heure. Et ce qui est plus grave que cette inconvenance, c'est qu'il venait de terminer un groupe pour faire pendant au *Lapithe* et au *Centaure*, groupe à propos duquel il ne nous est resté aucune indication sur la composition ni même sur le sujet.

Obligé de déménager à la hâte, comme un locataire qui vide les lieux sous l'œil de l'huissier, il fit mettre dans une charrette à bras son modèle en terre ; et il racontait que, marchant derrière, il s'arrêtait à chaque instant pour ramasser un à un les morceaux détachés par les cahotements et qu'il replaçait dans la voiture. Quand il arriva à destination, il n'y avait plus qu'un tas de fragments qui roulaient les uns sur les autres.

Un nouveau chef-d'œuvre peut-être était détruit.

XXXVI

« Il revint habiter dans un quartier retiré, sur cette montagne Sainte-Geneviève qui fut le berceau des études, et qui en est encore le centre. Il a toujours eu du goût pour ces retraites, non pas silencieuses — qui donc en découvrirait dans notre Paris moderne ? — mais d'où s'en est allé le mouvement de la foule bruyante, l'agitation sans relâche. Il demeure dans un vieil hôtel autrefois donné, dit-on, par Louis XIV aux Stuarts exilés, et habité depuis par Colbert. Une partie des pièces a été transformée en salle de vente pour ses œuvres, exemple de courageuse initiative qui ne sera point imité[1]. » Je trouve ce renseignement dans la *Revue des Deux Mondes* de 1870. C'est dans cette demeure qu'il fit la reproduction des quatre-vingt-dix-sept grands mascarons qui soutiennent le tablier du pont Neuf — travail qu'il faut citer pour mémoire.

Le Salon de 1852 eut l'honneur de montrer en bronze le *Jaguar dévorant un lièvre*[2], qui fut ensuite acheté par la maison de l'empereur. Cette œuvre était la seule qu'avait présentée le maître. En 1853, vraisemblablement absorbé par l'œuvre importante dont nous allons parler, il ne parut pas à l'Exposition.

Un arrêté du ministre Fortoul, en date du 14 octobre 1854, le nomma professeur de dessin pour la zoologie au Muséum d'histoire naturelle de Paris en remplacement de M. Chazal décédé, aux appointements de 2,000 francs par an, portés à 2,500 francs, à partir du 1er janvier 1863.

Voilà donc Barye installé à titre officiel dans son cher Jardin des plantes, au milieu de ses modèles, j'allais dire de ses amis, dans cet établissement où il était venu, débutant obscur, étudiant laborieux et misérable. Cette nomination, outre qu'elle améliorait tant soit peu sa situation toujours difficile, dut lui faire grande joie ; la fonction, il l'aima toujours ; il avait comme une prédilection pour elle, il la conserva jusqu'à sa mort, et le titre en fut mentionné sur le billet de faire part de décès après celui de membre de l'Institut.

Cependant la réunion du Louvre aux Tuileries allait donner de l'ouvrage aux sculpteurs. Lefuel, après Visconti, avait été nommé architecte du Louvre. Il eut la bonne pensée, qui restera un honneur pour sa mémoire, de confier un travail monumental à Barye. C'était en même temps lui offrir l'occasion de faire, une fois pour toutes, justice de cette idée courante que l'auteur du *Lion* de la colonne de Juillet n'était qu'un animalier. Barye, en cette même année 1854, était chargé officiellement de décorer les pavillons Daru, Denon, Colbert et Turgot. Il s'agissait de symboliser les mérites du gouvernement nouveau, ou du moins ceux qu'il croyait avoir. Le programme demandait quatre grands groupes en pierre, représentant

1. *Revue des Deux Mondes*, « l'Art contemporain », 1er février 1870, p. 775. Article de Charles d'Henriot.
2. Catalogue du Salon de 1852 (au Palais-Royal.)
Barye (Antoine-Louis), né à Paris, élève de Gros et Bosio. Médaille 2e classe. (sculpture 1831). — ✠ — 1855. — [ex.]
1295 -- *Un jaguar dévorant un lièvre*; bronze.

28

la *Paix*, la *Guerre*, la *Force défendant le Travail*, l'*Ordre punissant les pervers*.

J'imagine que ces titres de sculpture officielle, — s'il en fut jamais — laissèrent Barye froid à première vue, quelle que dût être sa satisfaction. Lui, qui avait une prédilection native pour les mouvements emportés, pour les plastiques de nature ; lui, dont la force était la vérité, bien plus que la vraisemblance, que la fantaisie gênait, qui était mal à l'aise devant la convention, il était obligé de passer par l'allégorie, de s'en prendre à des abstractions, et enfin de montrer l'Ordre, ou la Force, en train, l'une de défendre le Travail, et l'autre de punir les pervers. Il était obligé de placer des hommes nus et des enfants dans le même appareil, sur les toits, presque dans les nuages !

A ce propos, on s'est beaucoup plaint, non sans raison, de l'élévation des entablements sur lesquels se profilent ces quatre groupes. Il est certain qu'ils sont placés bien haut, qu'ils échappent au premier regard, noyés comme ils le sont dans la richesse d'une architecture parée de trophées, de reliefs de toute sorte, luxueuse, malgré tout de belle ordonnance. Ils ne sont plus que les éléments sacrifiés d'un ensemble décoratif.

Mais, hâtons-nous de le constater, il ne serait pas juste d'accuser l'architecte d'avoir, de son plein gré, relégué Barye parmi ces hauteurs. D'après son idée première, les groupes devaient reposer sur des socles, presque à hauteur d'homme, de même que les rangées de statues exposées maintenant aux variations de la température, sur les bahuts de la balustrade supérieure du nouveau Louvre, étaient destinées à décorer des arcades. Un besoin d'étalage de faste extérieur, imposé par le goût impérial, en décida autrement.

Et Barye « exécuta quatre groupes recommandables à plus d'un titre, mais qui ne sont pas de ceux qu'on distinguera dans son œuvre. Que voulez-vous ? l'art ne se prête pas facilement à l'adulation. C'est une erreur commune aux gouvernements d'espérer toujours une impossible exception pour eux ; les travaux officiels, l'artiste ne les a le plus souvent ni conçus, ni portés ; il les a terminés à courte échéance, en un délai déterminé, pour une inauguration promise et fixée d'avance. On est si pressé de jouir ! Sont-ce là de bonnes conditions ?... Formes accentuées, sobres presque austères en quelques endroits, heureuse combinaison des profils, fermeté de la main, on croit reconnaître tout cela dans les sculptures du Louvre. Je ne jurerais pas que cela y fût. Ces groupes, là où ils sont placés, restent des plus difficiles à juger, non pas seulement en vertu de la hauteur, mais à cause de la profusion des ornements qui les entourent. »

Je prie avec instance le lecteur de remarquer que ce n'est pas moi qui parle

LA PAIX

ainsi, mais la *Revue des Deux Mondes*[1], et le signataire de l'article ne peut être accusé de manquer d'enthousiasme pour Barye.

En regard de cette appréciation osée, voici un extrait du carnet d'un artiste que je ne nommerai point, et pour cause[2] :

« J'ai été hier au Louvre, et suis monté sur l'échafaudage pour voir les groupes de Barye que les praticiens sont en train de terminer. Aucun spectacle, aucun, après celui de la nature elle-même, ne m'a autant remué; j'en tremblais quand je me suis trouvé en face du groupe de la *Guerre*. Le soleil se couchait, ses rayons dorés frappaient obliquement le groupe, ils éclairaient la tête du guerrier. Je vois toujours le grand geste du bras cherchant la poignée du glaive ; j'entends le clairon de l'enfant et le hennissement du cheval. Devant le premier groupe, je n'avais rencontré qu'un seul visiteur; il était debout, la tête inclinée et regardant profondément : c'était Guillaume, le sculpteur des *Gracques*. »

La donnée décorative à l'aide de laquelle Barye a exprimé les symboles de ses sujets est des plus simples. Une figure d'homme assis, tenant, ou ayant contre elle, une figure d'enfant debout. Derrière, un animal couché, lion, tigre, cheval ou taureau, élargit par sa silhouette la base des groupes qu'il semble supporter. Voilà tout : tel est le thème unique sur lequel il a exécuté des variations ingénieuses et savantes.

Dans les quatre compositions le parti est le même; ce sont presque les mêmes modèles dont les poses diffèrent. La monotonie d'aspect n'était pas à craindre étant donné l'intervalle des groupes. Puis l'équilibre des masses, la pondération des lignes, le rythme des attitudes, le calme de l'ordonnance, tout cela a été maintenu, prévu, combiné avec sagesse, avec entente des lois sculpturales, avec un goût irréprochable, par un esprit préoccupé de faire œuvre de style, par une main retenue, posée, sérieuse, qui s'était interdit tout élan imprévu, toute entraînante chaleur d'exécution.

Théophile Silvestre prétend que Barye mit intentionnellement ses animaux en second plan, afin de répondre de bonne manière à ceux qui déclaraient qu'il était inférieur dans la figure humaine. L'histoire est inadmissible. Un homme comme Barye n'aurait pas pris la peine de combiner ses compositions tout exprès, pour mortifier, pour *attraper,* c'est le terme, ceux qu'il avait le droit, quant à lui, de traiter de sots tout au moins. Non, il n'a obéi qu'à la logique en subordonnant l'accessoire au principal.

---

1. *Revue des Deux Mondes*, « l'Art contemporain », 1ᵉʳ février 1870. Art. de Ch. d'Henriot, pages 771 et 772.
2. « Préface » du *Catalogue des œuvres de Barye exposées en 1875 à l'école des Beaux-Arts*, par A. Genevay.

Ceci dit, examinons les groupes.

Le bras droit rejeté à gauche dans un geste solennel pour tirer le glaive, le guerrier, la tête ceinte de lauriers, comme un favori de la Victoire, regarde en face, fièrement. Devant lui un enfant sonne du clairon, et le cheval de bataille, les oreilles tendues, va se relever à ses accents. Vous avez ici l'image de la *Guerre*.

Un éphèbe aux formes développées et pleines, le front mi-baissé, dans une attitude de méditative confiance, le coude gauche appuyé au genou, et soutenant la main droite qui retombe, est assis sur un taureau tranquille et doux. Il semble écouter le petit joueur de flûte qui se presse familièrement contre lui : c'est la *Paix*.

Quant à l'*Ordre punissant les pervers*, et à la *Force défendant le Travail*, peut-être pourriez-vous les confondre? Mais non; il faut déchiffrer l'allégorie. Ce tigre dompté, qui montre les dents pointues de sa gueule férocement ouverte, et hurle sous les pieds de l'athlète placide, représente les pervers. L'enfant, dont la poitrine est comme couverte de la main de son protecteur, n'intervient que pour la symétrie, l'unité d'ordonnance des quatre groupes, il est l'Innocence défendue contre la Perversité.

Le quatrième ensemble figure donc la *Force défendant le Travail*. Nous retrouvons le frère des trois enfants des autres compositions, qui, dans une charmante attitude d'abandon, pleine de nature, s'appuie, le poing au menton, sur son compagnon, dont la main tient une massue haute. Et le lion veille, gardien en même temps que symbole.

Un critique en humeur de tout dire, se hasarderait peut-être à penser que cette *Guerre* est bien calme, dans son appel aux armes sans ardeur; que ce *Travail*, si bien défendu qu'il soit, on ne le voit pas; que la *Paix* pourrait s'appeler l'*Ordre* ou la *Force*. Mais, encore une fois, la faute en est au choix des sujets, que le sculpteur aurait écartés, s'il avait été libre, pour en adopter d'autres où son tempérament eût été mieux à l'aise.

Nous avons été sincère, ne soyons pas injuste. Il y des parties superbes et de beauté très grande dans ces compositions, des morceaux de maîtrise incontestable, de belle venue, de haute allure, comme la figure de la *Paix*, l'enfant accoudé de la *Force*; mais, si l'enthousiasme pour l'ensemble manque à qui regarde, n'est-ce pas parce que l'entrain a manqué à qui à conçu et exécuté?

En fin de compte, ne résume-t-on pas une impression générale, inspirée par l'équité la plus absolue en disant que ces groupes du Louvre, eussent pu être exécutés par bien des maîtres avec un égal talent, mais qu'il y a des œuvres

Phototypie camion &c hup, Berges? d'i?*

LA GUERRE

de Barye que seul il pouvait faire, que personne n'avait été capable de produire avant lui, et que nul ne recommencera.

En avait-il conscience? Peut-être, si l'on en juge par cette phrase qui lui échappa un jour, et qui m'a été rapportée par un témoin. Comme on le félicitait, vers la fin du travail, sur l'échafaudage même, il répondit :

« Ils me donnent à manger maintenant que je n'ai plus de dents. »

Et je rapproche de ce mot plein de tristesse celui que, quelques années plus tard, il prononçait à propos de la malheureuse statue équestre de Napoléon III :

« J'ai attendu les chalands toute ma vie, ils m'arrivent au moment où je ferme les volets. »

XXXVII

Si l'année 1850 marque l'apogée de son art, 1855 consacre ses succès d'une éclatante manière. Membre du jury d'admission à l'Exposition universelle internationale pour la sculpture, il est nommé membre du jury des récompenses composé de onze Français et de deux étrangers, avec des personnalités qui s'appelaient : Baroche, de Nieuwerkerke, prince de la Moskova, Reiset, de Longperier, Dumont, Duret, Gatteaux, Simart, les cinq derniers membres de cet Institut qui, en 1837, avait été si dur pour lui.

Sa célébrité était devenue une réputation européenne. « L'Allemagne, la Belgique, l'Italie, l'Angleterre, la Russie à son tour, nous renvoyaient l'écho du nom de Barye[1]. » Le peintre anglais Herbert disait de lui à cette époque : « Si ce grand sculpteur était Anglais, on verrait ses statues dans tous les musées, sur toutes les places publiques de Londres, et il serait comblé d'honneurs. »

A la section des Beaux-Arts[2], il se contenta d'exposer le *Jaguar dévorant un lièvre*, et c'était assez. Mais, aux produits de l'industrie (section des

1. *Revue des deux Mondes*, 1870, « L'Art Contemporain », Ch. d'Henriot, page 771.
2. *Catalogue de l'Exposition universelle de 1855*.
Barye (Antoine-Louis), né à Paris, élève de Bosio et de Gros. Méd. 2ᵉ classe (sculpture) 1831. — ✶ 1ᵉʳ mai 1833.
Rue de la Montagne-Sainte-Geneviève, 37.
4246. — *Jaguar dévorant un lièvre*, bronze. — M. de l'empereur. — (Salon de 1852.)

bronzes d'art), il envoya une collection de ses modèles qui furent jugés d'une
incontestable supériorité. M. Achille Deveria, conservateur du cabinet impérial
des estampes fut chargé du rapport du jury international. Je transcris l'extrait
relatif à Barye : « (n° 5145). Barye. Son groupe de *Thésée combattant le Minotaure* est un petit chef-d'œuvre de style antique! Les animaux sont parfaits, nous
ne citerons que son *Tigre vainqueur d'un crocodile*, bronze d'une grande beauté.
Le grain de la fonte est excellent, il n'est pas altéré par la ciselure, dont il ne fait
usage que pour enlever les coutures. »

A la suite du vote du jury international, pris à l'unanimité, la grande

CROCODILE DÉVORANT UNE ANTILOPE.

médaille d'honneur fut décernée sans partage à Barye, et cette haute récompense
lui valut la croix d'officier de la Légion d'honneur.

Barye a maintenant cinquante-neuf ans. Ce n'est plus le jeune homme à la
tournure élégante du portrait de Jean Gigoux en 1833. Avec l'âge, ses traits et
sa taille se sont comme épaissis, sa moustache a disparu, et sa physionomie, qui a
pris comme une placidité bourgeoise, mais traversée de finesse, ne changera plus :
elle est arrêtée en quelque sorte; elle est celle sous laquelle on le montrera à la
postérité. J'emprunte à son ami Th. Silvestre le portrait qu'il traça de lui à
l'époque :

« Il est de taille au-dessus de la moyenne. Sa mise est soignée, sans luxe
ni affectation. Son maintien et ses gestes sont précis, corrects, tranquilles et
dignes, et il ne s'y mêle rien de sec, de mou, de pédantesque. Les yeux
vigilants et fermes regardent toujours en face, franchement et profondément, sans
provocation ni insolence. Le front se dépouille de sa chevelure courte et blan-

chissante; le nez est légèrement retroussé; les plans de la face d'une carrure vigoureuse sont reliés par un fin modelé. »

Voilà pour le physique : le portrait *moral* mérite d'être reproduit en entier [1] :

« Barye vous observe, vous attend, vous écoute avec une rare patience et vous pénètre infailliblement. Toutes ses paroles portent juste, mais elles paraissent sortir avec effort de ses lèvres minces, au contour nettement et violemment buriné, et presque toujours scellées par la sagesse, car l'amour du

PYTHON ENLAÇANT UNE GAZELLE.

silence est une très haute vertu. La mélancolie la plus opiniâtre et la fierté la plus concentrée s'échappent comme malgré lui du fond de ses pensées et se répandent sur son visage d'un teint clair et transparent.

« Cet artiste véritablement supérieur tient peu de place et ne fait aucun bruit en quelque lieu qu'il soit; il déteste le mensonge, l'emphase et la réclame, évite la pleine lumière, réserve ou cache son esprit, fortifie son âme contre l'injustice des hommes, les malheurs de la vie, et met en pratique cette maxime : « Il vaut mieux être que de paraître ». Jamais il n'a fait un pas dans la voie des intrigues, ni dit un mot pour se faire valoir et appeler la faveur. Personne n'osera lui imputer un acte de servilité, et il n'y a pas trace en lui de cette jalousie haineuse et maladive qui s'infiltre comme un poison dans les plus nobles pensées de l'artiste et de l'homme de lettres ; oubliant ses propres ouvrages, il a plaisir à

1. Th. Silvestre *Histoire des artistes vivants* 1855. « Barye », page 191 et suivantes.

vanter les travaux des hommes de talent les plus opposés en principe à sa manière
de voir personnelle; il encourage de la meilleure foi du monde les tendances
libres et sincères des artistes les plus obscurs, et n'a jamais besoin de la renommée pour reconnaître le mérite. Je ne sais personne disposé comme lui à écouter
tout ce qui est vrai et à applaudir tout ce qui est beau. Il évite avec le plus grand
soin de parler de lui-même, et n'aime pas qu'on lui en parle, comme si ses
excellents ouvrages n'avaient d'intérêt qu'à ses propres yeux. Les plus intimes
ne peuvent pas non plus le faire expliquer sur ses contrariétés et ses mécomptes.

FAISAN.

Il faut lui tirer à force de sympathie les paroles une à une, ou connaître à peu
près d'avance tous les détails qu'on vient lui demander. Un observateur superficiel
le prendrait pour un homme aigri, égoïste et dissimulé; loin delà, c'est tout simplement une nature forte, loyale et pudique, ennemie des discours inutiles, fléaux
de notre temps. Il cause quand il lui plaît avec beaucoup de facilité, de tact et de
netteté, et il saurait railler à l'emporte-pièce, si sa bonté naturelle ne le retenait
dans les bornes de l'ironie. Je crois que, poussé à bout, il serait implacable et
terrible comme un homme sans peur et sans reproche qui met toujours le droit
de son côté. Caractère libre, intègre et désintéressé; observateur, naïf, studieux et
profond; praticien consommé dans les procédés de l'art, savant naturaliste, homme
sensible et non sentimental, invinciblement convaincu de sa valeur, mais supérieur
à toute vanité; n'ayant rien de léger dans ses affections et n'oubliant jamais ni
amis, ni ennemis; bienveillant pour autrui et dur envers lui-même : voilà
Barye. »

À la suite de ce portrait très étudié, je livre toutes vives à l'impression dans

leur pittoresque prime-sautier ces notes qu'a bien voulu me communiquer M. A. Jacquemart, l'éminent statuaire qui a travaillé avec Barye et vécu dans son intimité :

« Physiquement, il était grand, élancé, quoique solidement charpenté, beaucoup de tenue, presque élégant et rasé de près.

« Il avait le front découvert, les mâchoires puissantes, le menton plein et
énergique, la bouche grande, mince, et serrée ; la lèvre inférieure débordant un
peu à droite, dans une contraction devenue habituelle même au repos, l'œil toujours à l'affût. Cet organe, que j'ai souvent observé chez lui pendant le travail,

FAISAN.

avait *quelque chose de pneumatique ;* il semblait pomper l'observation, il était
grand, gris-bleu et souvent bordé de rouge.

« Barye était un muet dans le monde. Mais à deux c'était différent ; il était
causeur intarissable, critique sagace et naïf. Il avait toutes les apparences d'un
timide, mais ce timide était au fond en pleine possession de lui-même, très conscient
de sa valeur, quoique d'une extrême modestie : ce qu'il fallait deviner par des
riens échappés à la pratique des relations avec lui.

« Il avait des opinions littéraires et une critique en général puisées à même
son tempérament, très personnelles, quelquefois d'une rare sagacité.

« Son attitude habituelle était froide, polie et d'une grande correction ; cette
sobriété, cette retenue constante de sa vie intellectuelle est écrite dans ses œuvres
pour qui sait y lire.

« Il avait horreur de la pédagogie, bien qu'il fût professeur. Au Jardin,
tous ses conseils que je me rappelle se réduisaient à ceci : *Regarder la nature et
prendre un parti. — Quoi professer devant cela ?* disait-il, montrant la nature. »

30

Ces deux portraits sont précieux ; il est intéressant de les comparer. Le second est plus vibrant; c'est celui d'un artiste dont l'impression a été maintenue chaude par une respectueuse admiration. Mais à trente-quatre ans de distance ils concordent. Sous les traits saillants on retrouve le même personnage.

« Regarder la nature et prendre un parti! »... Tout Barye, n'est-il pas, dans ces mot, concis comme dans une maxime ? Oui, il a bien *regardé la nature* de tous ses yeux, jusqu'à la dévorer ; mais cela n'aurait pas suffi, c'est le *parti qu'il fallait prendre...*

Il n'y a pas manqué, et à la lettre il a mis sa devise en pratique.

XXXVIII

Cependant Barye ne cessait de produire ses petits modèles. A l'Exposition universelle de 1855, il en avait montré toute une série, choisie par lui, des anciens comme des nouveaux; parmi ceux-ci, probablement postérieurs à 1847, on peut ranger : un *Taureau cabré* si étonnamment saisi dans l'instantanéité de sa pose, un *Jaguar dormant*, un *Cheval surpris par un lion*, un *Crocodile dévorant une antilope*, un *Serpent enlaçant une gazelle*, un *Serpent étouffant un crocodile.*

Quand je dis probablement, c'est que si les catalogues de vente des magasins nous donnent les dates des mises au commerce, ils ne nous renseignent pas sur l'époque même de l'exécution. Je rappelle en effet que Barye laissait parfois dix ans un modèle terminé, sans le livrer à la fonte. Ces cires, il les rangeait dans un endroit fermé à triple serrure, dont il avait la clef toujours sur lui, et où personne, même les plus intimes, ne pouvait pénétrer.

Il ne faudrait donc pas croire que les œuvres mentionnées à la fin de son dernier catalogue fussent, en réalité, les dernières de sa vie. Il en est même, et de très antérieures, qui ont été éditées après sa mort, l'acquéreur ayant outre la propriété du modèle le droit de reproduction. Parmi celles-ci je citerai l'*Aurochs attaqué par un serpent*, dont le modèle appartient à M. Bonnat.

Un *Cheval surpris par un lion*, qu'il ne faut pas, je crois, confondre avec un *Jeune lion terrassant un cheval* du Salon de 1834, appartenant au duc de Luynes, est une des belles créations de Barye. Le cheval porte sur sa croupe le lion qui a bondi sur lui. Il se dresse fou de douleur sur ses jambes de derrière et bat l'air de ses sabots de devant. Il y a quelque chose de décorativement

CHEVAL SURPRIS PAR UN LION.

épique dans cette belle bête qui se débat, se cabre, montrant la ligne légèrement convexe de son ventre, et la souplesse de ses reins d'acier.

Crocodile dévorant une antilope a une expression vivante de sauvagerie exotique intense; sous la main de Barye le crocodile devient beau, lui aussi. Mais deux conceptions extraordinaires, que Barye seul pouvait interpréter et se risquer à traduire, ce sont les grands serpents ou pythons, étouffant l'un une gazelle, et l'autre un crocodile.

Figurez-vous une pelote allongée de formes rondes, comme des câbles mêlés et qui remuent. Les reptiles repliés, enchevêtrés, enroulés sur eux-mêmes étouffent leurs proies qu'ils lient et cachent dans leurs nœuds. Un amoncellement : et point de confusion. Un drame hideux; une merveille d'art. L'on perçoit le glissement sinistre de ces peaux froides au son mouillé et sifflotant, qui par moments domine le bruit sec d'un craquement d'os brisés. Une seule chose égale l'audace de l'invention : la puissance souveraine du résultat.

En vérité, il y en a trop et l'on ne peut tout dire! est-on tenté de s'écrier,

PYTHON ÉTOUFFANT UN CROCODILE.

quand on parcourt la liste de ses deux cent trente bronzes! Il n'en est pas un qu'on ne regarde sans intérêt, qu'on ne prenne sans jouissance, à la main pour mieux voir... Mais les décrire, ce serait la seule manière de leur faire affronter la monotonie. Ce livre ne saurait être une énumération. Arrêtons ici notre étude sur les petits ouvrages de Barye; toutefois au nombre de ceux qu'on a pris le soin de classer sous la rubrique : *Nouveaux modèles,* à la fin de son catalogue le plus complet, il est impossible de ne pas parler de l'*Ours fuyant les chiens,* du *Petit Chameau de Perse* si typique, de la *Levrette rapportant un lièvre,* à faire pâmer d'aise le chasseur le plus indifférent à toute sculpture, du *Dromadaire harnaché d'Égypte,* du *Chat assis,* du *Lièvre assis,* deux bijoux, du *Faisan doré de la Chine* haut sur pattes, faraud dans son élégance, du *Faisan blessé,* et enfin du *Ratel dénichant des œufs,* sujet traité avec une grâce d'esprit toute particulière, et une saveur de finesse qui pourrait faire prendre ce bronze de quelques centimètres pour une vignette sculptée d'une fable de la Fontaine.

XXXIX

Pendant l'exécution des quatre grands groupes des pavillons Denon et Richelieu, en 1855, Barye reçut la commande du fronton du Louvre représen-

SERPENT PYTHON AVALANT UNE BICHE.

tant les Arts et les Sciences, qui surmonte le pavillon de l'Horloge faisant face aux Tuileries.

Ce fronton était, nous l'avons vu par la lettre écrite à M. Silvestre (page 101) en voie d'achèvement au mois de janvier 1857. Il est à remarquer avec quelle rapidité Barye le termina ainsi que les quatre groupes. Un peu plus de deux années lui suffirent pour mener à bien ce vaste travail. Poussé par le désir de rentrer en possession de son bien, de son œuvre, il voulait, avant toute chose, rembourser son commanditaire, M. Émile Martin, qui détenait ses modèles en garantie. Il put le faire avec le prix de ces commandes, et ceux qui l'ont connu à cette époque savent quelle joie fut la sienne d'être libéré.

Le fronton est d'une composition mesurée et bien comprise. Un buste colossal de Napoléon Ier occupe le centre. Sur le devant du socle, un aigle déploie ses ailes. De chaque côté, des figures allégoriques mi-couchées suivent la déclivité de la corniche, et aux angles sont placés des urnes, des vases, des accessoires décoratifs. L'œuvre, qui trahit la commande officielle, est recommandable à tous les

31

titres; elle échappe à la critique, j'entends celle qui cherche les imperfections pour les signaler : mais il ne faut pas donner à ce fronton plus d'importance que Barye n'y attachait lui-même. Liberté entière est laissée au premier venu de lui préférer le petit bronze qu'il a acheté un jour, et emporté, ravi, sous son bras.

A quelques mois de là, Barye établit à ses frais une fonderie particulière rue des Folies-Regnault, dans la maison même où sont remisés actuellement

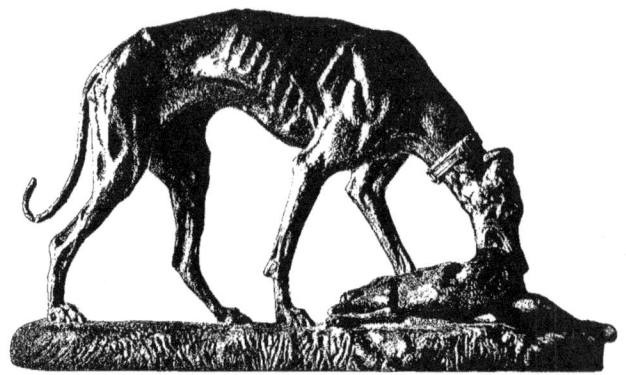

LÉVRIER APPORTANT UN LIÈVRE.

les bois de justice; il dut l'abandonner peu de temps après, l'entreprise étant au-dessus de ses ressources financières, et sa difficulté à se déclarer satisfait d'une fonte lui ayant fait perdre beaucoup d'argent. C'est là qu'il exécuta un ouvrage très peu connu assurément et pour cause.

M. Isaac Pereire demanda à Barye, vers 1858, de lui composer un dessus de cheminée : pendule et candélabres, à la condition formelle qu'il n'y en aurait que deux épreuves et que le moule serait brisé aussitôt après. L'une en bronze doré se trouve à Paris, et l'autre, qui est de patine verte, au château d'Armanvilliers. Elles n'ont jamais quitté la famille, et c'est à sa bienveillante courtoisie que je dois la faveur d'avoir pu faire reproduire cette œuvre peu connue.

Barye y travailla trois années; il fit tout lui-même, modèle, fonte, ciselure, montage des pièces, ajustement des motifs sur le marbre. Or, cette pendule, de grande dimension, est monumentale. Il choisit un sujet de haute noblesse mythologique : *Apollon conduisant le char du soleil.* Le dieu, le torse et les jambes sans voiles, debout sur un trône placé dans le char même tient dans sa main, très calme, les rênes de son fougueux attelage. Les quatre chevaux, galopant deux par deux, à gauche et à droite, s'écartent et laissent dégagé le devant du quadrige. Au second plan et de chaque côté, des figures drapées semblent maintenir les coursiers et leur indiquer la route.

Les candélabres, aux branches richement chantournées, montrent adossée à leur tige une nymphe, dont les jambes disparaissent derrière une Chimère ailée.

CHAT ASSIS.

Peut-être eût-il été préférable de laisser silhouetter dans toute leur longueur les lignes enveloppantes des nudités féminines qui paraissent ainsi comme raccourcies; mais, à tout prendre, ce n'est là qu'un détail.

Il y a principalement dans le groupe d'Apollon comme un sentiment des sculpteurs français du xviiie siècle, et le goût de l'ornementation est inspiré du style de cette époque. Barye se retrouve dans le modelé gras, les formes florissantes, le charme savoureux des figures. Les chevaux sont superbes, les plus admirables peut-être qui soient sortis de ses mains. L'ensemble du dessus de cheminée n'a presque plus cette ordonnance un peu massive qui lui est particulière, dans ses bronzes dits d'ornement. L'aspect est d'une unité parfaite, d'un riche décor, d'une somptuosité luxueuse, sans redondance ni surcharges. Étant données ses productions du même ordre, Barye est ici supérieur à lui-même. En tant que créateur d'objets d'art mobiliers, il n'a rien fait de plus beau que l'*Apollon conduisant le char du soleil.*

Au Louvre, avait commencé pour Barye l'ère des grands travaux. Elle ne se fermera plus désormais. On dirait que l'élan est donné et qu'il s'agit de réparer un temps perdu. Si l'on ne veut pas faire entrer en ligne de compte les motifs qu'il fut chargé de composer pour l'escalier du manège du Louvre, nous allons voir que Paris, Grenoble, Ajaccio et Marseille vont solliciter son génie.

C'est ici qu'il convient de placer cette lettre, retrouvée sans date, qu'il écrivit

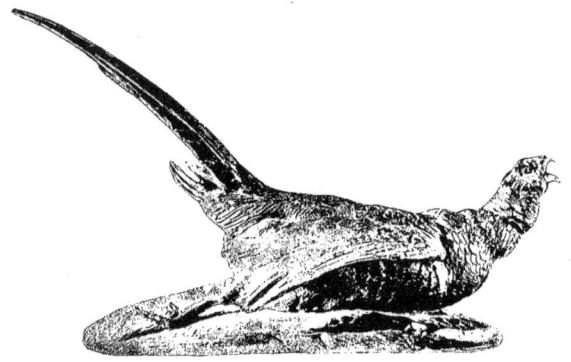

FAISAN BLESSÉ.

à l'administration pour se dégager d'une offre qui lui avait été faite de prendre part à un concours ouvert pour l'érection d'une statue de Colbert à Reims.

Cet ouvrage qu'on peut admirer dans cette ville me tient particulièrement au cœur. Le statuaire qui remporta le prix fut M. Eugène Guillaume à qui me lient non seulement la parenté, mais encore une inaltérable affection, et l'architecte qui composa le piédestal était le grand artiste dont j'ai l'honneur et la fierté de porter le nom.

Voici la lettre :

Je remercie la commission d'avoir bien voulu me mettre au nombre des artistes qui doivent concourir à l'exécution de la statue de Colbert; mais la fortune m'a toujours été si contraire dans ces sortes de luttes que je n'ose me décider à la tenter de nouveau dans cette circonstance.

Veuillez bien, Monsieur le Directeur, avec l'expression de mes regrets, recevoir l'assurance de mes sentiments respectueux.

BARYE.

A quelle sorte de luttes fait-il allusion? Serait-ce par hasard aux échecs qu'il avait subis jadis comme concurrent au prix de Rome ? En vérité il aurait eu la mémoire longue.

XL

La construction des nouveaux bâtiments du Louvre appelait en quelque sorte l'effigie du souverain qui l'avait ordonnée. L'emplacement était beau, au-dessus

RATEL DÉVORANT DES ŒUFS.

de la porte du Carrousel, dans le vaste demi-cintre entre les demi-pavillons qui s'élèvent sur le quai. Il fut choisi. Mais le manque de saillie interdisait la ronde bosse. Le bas-relief s'imposait. En 1860 l'artiste désigné pour reproduire les traits de la Majesté Impériale fut Barye.

Le programme demandait une statue équestre qui convenait d'ailleurs parfaitement à la forme de la surface. Barye se mit à l'œuvre sans retard, et quelque temps après présentait une esquisse.

Tout était prescrit d'avance : les dimensions et l'épaisseur du relief, la couleur, la nature du fond, et même l'ajustement, ainsi que nous allons le voir. Se croyant libre en effet sur ce dernier point, il s'était arrêté au parti tout naturel de représenter Napoléon III en uniforme militaire moderne, en général de division.

Au premier coup d'œil l'architecte Lefuel lui déclara que ce projet ne serait pas accepté, et qu'il fallait draper l'empereur à l'antique?

« Enfin, fit Barye avec un certain mouvement d'impatience, on m'a demandé un Napoléon III, j'apporte un Napoléon III. »

« Il faut à Sa Majesté un César..., » lui fut-il répondu.

32

L'anecdote, quoiqu'elle puisse faire sourire, est aussi vraie que l'ordre était formel : il n'y avait pas à répliquer. L'empereur voulait devancer la postérité, et de son vivant jouir de l'apothéose.

Toute considération politique soigneusement mise à part, n'est-il pas déplorable ce travers esthétique d'après lequel le costume romain a le privilège de la solennité officielle? Il paraît que la toge est plus *habillée* que le frac, et doit se porter en statue, comme on porte l'habit en soirée. De nos jours, bien que la génération nouvelle recherche le caractère par la chose vue, est-il bien venu au monde le sauveur qui, selon le vers connu, nous délivrera des Grecs et des Romains? S'il existait, et s'il avait toute l'autorité désirable, il commencerait par précipiter, par exemple, du haut de la colonne Vendôme, le Napoléon Ier en empereur romain, qui de loin a l'air d'un zouave, pour rétablir la légendaire et véritable figure du petit caporal à la redingote grise, qui évoque des souvenirs et précise un type historique inoubliable. Il ferait en sorte que les portraitistes, sculpteurs ou peintres, saisissent leur modèle dans l'intimité de son être, dans le centre de ses occupations, la réalité de sa vie, de son attitude favorite et de son vêtement ordinaire. Il frapperait d'interdit par le ridicule ces poses déclamatoires, guindées, convenues, qui sont comme *l'endimanchement* du portrait.

Pourquoi prendre les costumes d'un autre âge, quand nous n'en avons plus le maintien qui les faisait valoir, quand nous en avons perdu les mœurs? Pourquoi détruire les signes distinctifs de notre époque, brouiller les dates, confondre l'histoire, pour le plaisir de parader dans des accoutrements vieux de plus mille années? Le simple bon sens doit seul répondre à ces questions, mais il y a tant de gens qui ne l'écoutent pas.

Barye avait dû l'entendre, mais force lui fut de passer outre.

On sait ce qui arriva quand le bas-relief fut placé. L'insuccès prit les proportions d'une mésaventure. En raison du peu d'épaisseur du bronze, et aussi de la couleur qu'avait donnée à l'œuvre la galvanoplastie, qui, par surcroît, au grand désespoir du statuaire, avait altéré et déformé le modèle, des plaisanteries coururent — non injustifiées — sur le Napoléon en pain d'épice. Il me coûte de rappeler cette malheureuse affaire, encore trop présente à la mémoire de beaucoup, et je préfère, quant à l'appréciation, laisser la parole à un autre :

« Le champ où Napoléon III se meut est fort resserré. Si Barye n'était point libre, il n'est point homme à sortir de son cadre. Le personnage s'enlève durement sur une table de marbre blanc. Le contraste du bronze vert et du marbre est violent. Les années l'apaiseront, on le sait. Le cheval a de longues jambes, l'homme est court, ramassé, trapu, petit, trop petit. La statuaire a des exigences impérieuses ; il ne faut pas que celui que cherchent d'abord les yeux disparaisse et soit effacé. Les muscles du cheval, découpés comme des lanières, sont indiqués avec précision et exactitude, avec une énergie un peu forcée. Du cavalier, ce qu'on saisit le mieux, c'est le manteau qui le drape à moitié, la tête couronnée de lau-

APOLLON CONDUISANT LE CHAR DU SOLEIL
PENDULE MONUMENTALE.
(Appartient à Mme Isaac Pereire.)

riers, la main qui tient le sceptre, et une cuisse grêle, flasque, pressant le flanc de la bête qui marche d'un pas relevé.

« Le public n'a point applaudi. L'œuvre est sérieuse. Est-elle incomplète ? Elle n'emporte point les suffrages. Nous avons vu un confrère, qui ne passe pas pour envieux, la regarder avec un sourire qui eût fort déconcerté l'auteur. Elle est inférieure à d'autres du même genre...' »

1. Revue des Deux Mondes, 12 février 1879. L'Art Contemporain. « Barye et son œuvre, » p. 774, par Ch. d'Henriot.

Les années n'ont pas eu le temps « d'apaiser le contraste » que signalait l'auteur de ces lignes, écrites quelques mois avant que la statue malencontreuse ne fût descendue de son demi-cintre. Les événements de septembre 1870 l'arrachèrent du Louvre. Sans trop de douleur, Barye lui-même put voir cet enlèvement. Et si l'on se souvient que 1848 l'avait déjà délivré d'un jury injuste, on conclura que décidément les révolutions lui étaient favorables.

En dessous du fronton, à droite et à gauche du Napoléon III, deux figures nues et allégoriques, représentant l'une le Flot, l'autre la Rivière, formant pendentifs, étaient étendues, mi-couchées. Elles furent conservées, n'ayant, les bienheureuses, rien eu à démêler avec la politique. C'est encore à Barye que l'on doit ces deux sculptures en pierre, d'un goût sévère et sobre, d'une recherche michelangesque, un peu concentrées de formes, sans préoccupation d'élégance, mais qui, à tout prendre, ont cette tenue monumentale par laquelle elles se lient à l'édifice, et mettent en valeur l'architecture.

XLI

Presque en même temps, c'est-à-dire en 1860, Barye avait été chargé d'élever pour la ville d'Ajaccio, berceau de la famille Bonaparte, la statue équestre de Napoléon Ier. On avait confié à Viollet-le-Duc, l'architecture du monument, qui, élevé au centre de la belle place du Diamant, une des plus charmantes promenades de la ville, se détache sur un fond de verdure, au pied d'imposantes montagnes d'un grand caractère.

Il ne s'agit pas en effet ici que d'une simple statue, mais d'un véritable monument commémoratif, au centre duquel se trouve la figure équestre mesurant 3^m,10 d'élévation.

Aux angles, les quatre frères de l'empereur, Joseph par M. Aimé Millet, Lucien par M. Thomas, Louis par M. Jean Petit et Jérôme par M. Maillet, formaient comme un cortège de princes autour de l'empereur.

Deux exèdres, situés à droite et à gauche et couronnés par des Victoires ailées dues à M. Dubray, accompagnent la composition et lui donnent de l'ampleur.

L'empereur est vêtu à l'antique, et les quatre frères portent la toge. Le cos-

BONAPARTE DE GRENOBLE.

tume était de rigueur, et ce déguisement de famille, seul digne, paraît-il, de la postérité. Il faut en prendre son parti.

Quoi qu'il en soit, Barye fut mieux, bien mieux inspiré pour l'oncle que pour le

33

neveu. Napoléon Ier en triomphateur romain, la tête ceinte des lauriers, la chlamyde à l'épaule, portant dans sa main gauche une petite Victoire sur un globe, chevauche avec majesté. Le cheval, nerveux et de haute race, est d'une belle allure, à la fois souple, élégant et fort. L'aspect a un caractère grandiose. On ne pouvait mieux faire. C'est bien le conquérant et le vainqueur qu'ont salué les acclamations de tout un peuple, qui a été l'arbitre du monde, et qui, à coups de gloires, a gagné l'immortalité. Ce groupe équestre, grâce à sa dignité sculpturale, sa puissance, son envergure, nous reporte, par le souvenir, je le concède, à l'antiquité, à la Renaissance, au Marc-Aurèle du Capitole, au Colleone. Non, je ne veux pas restreindre l'éloge, mais je pense toujours à part moi, qu'il y a des similaires à ce chef-d'œuvre : en connaît-on un, par hasard, à l'inoubliable *Jaguar dévorant un lièvre?*

L'inauguration de ce monument eut lieu en grande pompe, le 15 mai 1865. Il y eut une cérémonie officielle retentissante, et qui fit alors grand tapage. Le prince Napoléon, délégué pour la présider, prononça, à cette occasion, le fameux discours dont le libéralisme ne fut pas goûté par le souverain, et qui amena presque sa disgrâce momentanée.

Autre détail à signaler : ce fut rue de la Folie-Regnault qu'eut lieu la fonte du Napoléon Ier, et le prix de la commande fut, paraît-il, payé à Barye moitié en numéraire, moitié en bronze d'anciens canons. Un romantique n'aurait pas manqué à ce propos de dire que la statue du Victorieux avait été coulée dans l'airain de sa Victoire.

Mais Grenoble voulut imiter Ajaccio, avoir aussi le grand empereur sur une place publique, et l'avoir des mains de Barye, qui devenait ainsi le fournisseur attitré des Napoléon à cheval. Il accepta ce troisième travail, qui lui fut proposé en 1865.

Cette fois, l'accoutrement de César n'était pas exigé. La vérité historique avait prévalu, et l'empereur devait être représenté dans sa redingote traditionnelle, coiffé du petit chapeau.

Le modèle en plâtre fut complètement terminé l'année suivante.

Le groupe équestre a plus de caractère, plus d'accent de personnalité que celui d'Ajaccio : le statuaire était visiblement mieux en possession de son sujet ; l'auteur des statuettes du général Bonaparte, du duc d'Orléans, se retrouvait lui-même ; on peut voir ci-contre la reproduction de cette œuvre, qui a été privée des honneurs mérités de l'exécution définitive, mais qui a une histoire, et fort heureusement nous a été conservée par un concours curieux de circonstances.

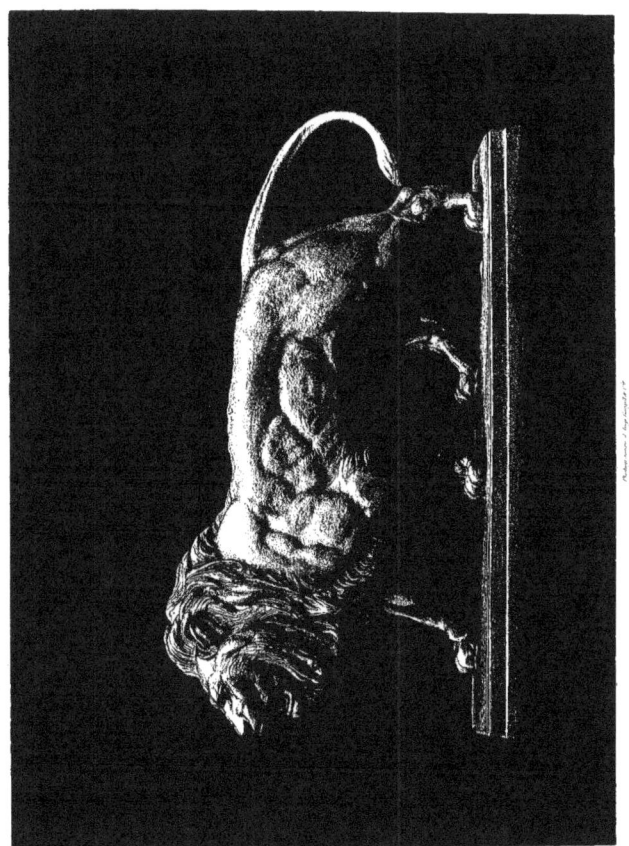

LION QUI MARCHE

En date du 16 avril 1866, Barye écrivait la lettre suivante, dont le destinataire était certainement un fonctionnaire de l'administration.

MONSIEUR,   *16 avril 1866.*

Le propriétaire de mon atelier de la rue Mouffetard m'ayant donné congé m'a mis dans l'impossibilité de commencer le grand travail de la statue équestre de l'empereur Napoléon Ier pour la ville de Grenoble. La conséquence de ce fait est de me faire renoncer à l'exécution de ce travail. J'ai l'honneur de vous en prévenir.

Veuillez, Monsieur, agréer l'assurance de mes considérations les plus distinguées.

BARYE.

Il est clair que ce n'est là qu'une défaite, et une défaite à la Barye. Il a eu un mécompte; du coup, il se débarrasse de ceux qui en sont la cause. Le propriétaire a bon dos dans la circonstance; mais il n'est pas coupable d'avoir privé la ville de Grenoble d'une œuvre de Barye.

Que s'est-il donc passé? Il est difficile de le préciser ou même de le savoir. On m'assure que Barye laissa à cette occasion échapper cette phrase : « Et puis, j'en ai assez des Napoléon! » Ce dépit n'était encore qu'une conséquence. Les uns prétendent que le prince Napoléon ne lui était pas favorable, les autres que Barye eut des démêlés avec l'administration. D'après la troisième version, qui semble assez admissible, il aurait eu une discussion violente avec le maire de Grenoble. Celui-ci se serait avisé de demander au statuaire d'importantes modifications, tant dans la pose que dans le mouvement, prétendant qu'il avait connu Napoléon Ier et que le portrait n'était pas ressemblant. Barye, ayant refusé sans phrases, aurait, pour couper court à toutes difficultés, trouvé le fallacieux prétexte d'un changement de domicile.

Quoi qu'il en soit, et c'est là le plus important, le modèle nous est parvenu intact. Lors de la vente des œuvres de Barye en 1876, le plâtre fut mis aux enchères, maladroitement à la fin des vacations, alors que les gros acquéreurs étaient partis. Il ne restait plus dans la salle que quelques personnes, parmi lesquelles un capitaine d'artillerie, aujourd'hui colonel, qui, voyant cette inexplicable indifférence du public pour ce modèle, se laissa aller *à le pousser,* comme on dit. Il lui fut adjugé à la somme dérisoire de soixante francs!

La chose faite, il dut prendre de suite livraison de cette statue qui ne mesurent pas moins de 0ᵐ,85 de hauteur. C'était un embarras pour un officier obligé par son service à de fréquents déplacements. Il fit faire une caisse spéciale, et dans ses changements de résidence emmenait avec lui son Napoléon en plâtre. Il le conserva soigneusement jusqu'au jour où il trouva l'occasion de s'en séparer à bon compte, et il le céda à M. Diot chez qui je l'ai vu et qui le fondit en bronze.

Je n'ai pu savoir le nom de cet officier général, je le regrette, car il a droit à la gratitude des admirateurs de Barye.

XLII

Vous souvient-il de ce qui se passa dans la journée du 30 avril 1865? C'était un dimanche; la foule s'entassait sur un point spécial du bois de Boulogne. Des voitures élégantes, landaus découverts, victorias, coupés, mail-coachs, suivaient en files pressées les Champs-Élysées et l'avenue de l'Impératrice. On faisait assaut de luxe et de toilettes. Tout le Paris élégant était en fête : le jour des courses, du grand prix de cent mille francs, était venu. Les sportsmen n'ont pas oublié que vers trois heures et demie des vivats sortirent de milliers de poitrines. D'enthousiastes acclamations partaient des tribunes, du pesage, et la multitude entassée au champ de courses semblait en proie à un patriotique délire. Le cheval anglais était battu. La jument *Fille de l'air* à M. de Lagrange, dont le jockey portait la casaque tricolore, avait gagné la course.

Pourquoi rappeler tout cela, et que viennent faire ici ces histoires de sport? Vous allez le savoir. Outre le prix de cent mille francs, alloué moitié par le conseil municipal et moitié par la Société d'encouragement, le propriétaire du cheval vainqueur recevait un objet d'art donné par l'empereur. Cette année-là, l'objet d'art était un lion en argent d'une valeur de dix mille francs. Il était signé Barye. C'était le fameux *Lion qui marche,* si beau, si fier, si redoutable dans son allure de fauve, un pur chef-d'œuvre, et, dans ses proportions, le plus complet, le plus caractérisé, au point de vue de la perfection de la forme, de tous les animaux présentés isolément, et non en groupe, qu'ait modelés Barye.

Le *Lion qui marche* a encore un autre mérite dont on doit tenir compte : c'est qu'il amena l'exécution de son pendant, le *Tigre qui marche,* absolument digne de figurer en face de lui, et où toute la machine musculaire de la bête en mouvement est rendue avec une incroyable précision et une maëstria qu'aucun artiste du monde n'a égalée et que personne ne dépassera. Tous deux ont été coulés en

TIGRE QUI MARCHE

bronze et mis au commerce. Heureux les amateurs qui peuvent chaque jour les contempler dans leur demeure!

A propos du lion gagné par *Fille de l'air,* il m'a été conté un fait bien particulier à Barye, et qui montre la rigide probité de l'homme. Quand le modèle eut été fondu en argent, ciselé, terminé entièrement et prêt à livrer, Barye reconnut qu'il ne pesait pas le poids convenu. L'affaire était de peu d'importance et pouvait passer inaperçue. Il ne fallait pas, d'autre part, songer à recommencer l'épreuve :

TIGRE MARCHANT.

le temps pressait. Que faire dès lors? Barye vissa sous le socle des petites barres d'argent de grosseur suffisante pour obtenir le juste poids.

Quelques années plus tard, à la mort de M. de Lagrange, il fut procédé à la vente des objets d'art dont son écurie l'avait gratifié. Le lion en argent se trouva au nombre de ceux qui passèrent sous le marteau du commissaire-priseur. L'acquéreur[1] de cette pièce unique s'en fut trouver Barye qu'il connaissait personnellement et lui fit part du résultat des enchères.

« Les barres y sont-elles encore? » demanda Barye au premier mot. Et comme

---

1. Cet acquéreur était M. Lucas qui, bien que de nationalité américaine, est passionné d'art français, et en particulier de Barye, au génie duquel il a voué une sorte de culte. Il a beaucoup connu le grand statuaire et possède une admirable collection de ses plus belles œuvres. C'est lui qui m'a conté cette anecdote, ainsi que beaucoup d'autres : il a bien voulu me communiquer de nombreux renseignements, m'autorisant à reproduire plusieurs bronzes. Les lettres que j'ai citées m'ont été prêtées par lui. Je me fais un devoir de lui exprimer ma très vive reconnaissance.

Le *Lion qui marche,* en argent, appartient actuellement à M. Walters de Baltimore, le grand admirateur de Barye, qui a fait exécuter son portrait par Bonnat et a fondé la galerie Corcoran, au Musée de Washington, composée des œuvres de Barye.

le visiteur ne comprenait pas la question, il fut mis, séance tenante, au courant de l'aventure. Rentré chez lui, il s'empressa de vérifier si les barres y étaient toujours : on n'y avait fait nulle attention, peut-être avait-on cru qu'elles avaient un but pratique de solidité?

L'année 1866 causa à Barye un désappointement qu'il ne dut complètement oublier que deux ans après.

Suivant un proverbe, le diable devenu vieux se fait ermite :

DROMADAIRE HARNACHÉ.

Un artiste a souffert de la tradition classique conservée par l'Académie; il a lutté contre elle, ne ménageant pas les sarcasmes, proclamant son dédain, affirmant sa volonté bien arrêtée de ne jamais pénétrer dans ce foyer de réaction, de préjugés et de partis pris. Mais, mis en lumière par une série de ces succès qui font une renommée, ayant mérité et obtenu bien des honneurs, entouré de cette considération universelle qui, pour les vivants, est plus que la célébrité, déjà presque la gloire, il ne refuserait plus, au soir de la vie, d'entrer à « l'ermitage ». Il se laisserait bien donner, le cas échéant, la consécration dernière : l'Académie. Il deviendrait ainsi l'égal de ceux vis-à-vis de qui, aux yeux du public, il est en situation d'infériorité. Puis l'artiste a grandi, et le voilà maintenant de taille d'atteindre les raisins qui ne sont plus verts.

Barye à l'âge de soixante-dix ans fit comme les autres : s'il manquait à l'Institut, l'Institut lui manquait. Il céda aux instances de ses amis, et se présenta pour succéder au sculpteur Jalais. Le 14 juillet 1866, l'Académie des beaux-arts entendait la lecture de cette lettre de Barye posant sa candidature :

MESSIEURS,

Je suis élève de Bosio et de Gros. Pendant mes études à l'école, j'ai obtenu une médaille d'argent et une mention honorable aux concours de gravure en médaille et un second prix de sculpture sur une ronde bosse.

Au salon de 1832, j'ai obtenu une seconde médaille, la croix d'honneur au Salon de 1833 et la croix d'officier à l'Exposition universelle de 1855.

Je mets sous les yeux de l'Académie les noms de mes principaux ouvrages :

Un *Saint Sébastien*, figure d'étude. — Une *Sainte Clotilde* en marbre (Madeleine). — *Thésée et le Centaure* en bronze. — Quatre groupes allégoriques au palais du Louvre, exécutés en pierre. — Le fronton du pavillon de l'Horloge. — Les deux lions en bronze placés au jardin des Tuileries ; l'un de ces lions est fondu à cire perdue. — La statue équestre de l'empereur Napoléon Ier pour la ville d'Ajaccio. — Enfin une suite d'études d'animaux, de figurines équestres, de sujets divers, connus sous la dénomination de bronzes de Barye.

Je crois, messieurs, être suffisamment autorisé par ces travaux, et les récompenses qui les ont suivies, à me ranger près des artistes qui aspirent à remplacer l'honorable sculpteur Jalais.

Veuillez, messieurs, recevoir l'assurance de la haute considération avec laquelle j'ai l'honneur d'être votre très dévoué serviteur.

BARYE.

Suivait une récapitulation plus détaillée de ses ouvrages :

Une figure de *saint Sébastien*. Exposition. 2 mètres, plâtre.
Une figure de *sainte Clotilde*. Exposition. 3 mètres, marbre, église de la Madeleine.
Un *Tigre dévorant un gavial*. Exposition. 1 mètre, bronze, ministère de l'intérieur.
Un *Lion écrasant un serpent*, 2m,50, bronze, jardin des Tuileries.
Un *Lion assis*, 2m,50, bronze, jardin des Tuileries.
Un *Lion terrassant un cheval*, cire perdue, M. le duc de Luynes.
Le *surtout* du duc d'Orléans.
Un *Tigre terrassant un cerf*. Pierre de Charance, musée de Lyon.
Thésée combattant le centaure, 1m,50, bronze, musée de la ville du Puy (Haute-Loire).
Jaguar dévorant un lièvre, 1 mètre, bronze, musée du Luxembourg.
Les huit aigles du pont d'Iéna.
Une partie des mascarons du Pont-Neuf.
Quatre groupes au palais du Louvre : *l'Ordre, la Force, la Paix, la Guerre.*
Proportions des figures, 3 mètres.
Les *Arts et les Sciences*, fronton du pavillon de l'Horloge, au Louvre.
Statue équestre de l'empereur Napoléon Ier, bronze, ville Ajaccio.
En cours d'exécution :
Quatre groupes d'animaux, 3 mètres, pierre; ville de Marseille.
Statue équestre de Napoléon Ier, 5 mètres, bronze; ville de Grenoble.
Figure équestre de l'empereur Napoléon III. Bas-relief bronze, 4 mètres. Palais du Louvre.
La Rivière; Le Flot, figures allégoriques, 4 mètres, pierre, palais du Louvre.

La lettre à l'Académie était d'une dignité un peu froide. On peut dire qu'il ne sollicitait pas les suffrages à coups de flatterie. Il s'était dispensé des formules ordinaires et des phrases relatives « au grand honneur qu'on sollicite »... etc...

Une certaine fierté perçait dans ces lignes, et l'on a remarqué le passage où il parle de ces ouvrages « *connus sous la dénomination de bronzes de Barye* ».

Cette première fois, le scrutin ne lui fut pas favorable, il obtint seulement neuf voix, et cependant il avait des partisans de marque. Sainte-Beuve lui-même s'était mis en frais de propagande. Voici la jolie lettre que le critique écrivait à propos de cette élection à un membre de l'Académie des beaux-arts :

Ce 25 juillet 1866.

CHER CONFRÈRE,

Me permettrez-vous une sollicitation bien ambitieuse, mais qui ne vous exprimera de ma part qu'un ardent désir ?

Barye est sur les rangs pour l'Académie des beaux-arts ; c'est un grand statuaire. C'est déjà un ancien ; il a la popularité parmi les artistes, il me semble que ce serait une joie de le voir nommé. Ne croyez-vous pas que le moment soit venu de faire un peu infraction à la loi des genres pour ne voir que la grandeur des talents ?

Je ne vous en dis pas davantage.

SAINTE-BEUVE.

M. Bonnassieux fut élu.

La mort de M. Seurre aîné, survenue en 1868, laissait de nouveau une place vacante à l'Académie, dans la section de sculpture, Barye fut présenté d'office par l'architecte Lefuel et le peintre Gérôme ; mais il refusa de faire aucune démarche et d'en passer par les visites traditionnelles. Il n'en obtint pas moins la majorité des suffrages, et, le 30 mai, la Compagnie le recevait au nombre de ses membres.

Barye était académicien !

« La lumière se fait, la justice arrive, » serais-je tenté de m'écrier, reprenant le mot de Th. Silvestre en 1855...

Il avait soixante-douze ans !

XLIII

Peu de choses maintenant me restent à dire sur la vie militante de Barye. Je n'oublie pas les quatre groupes en pierre qu'il exécuta pour la ville de Marseille : *Lion terrassant un mouflon, Tigre terrassant une biche, Lion et Sanglier, Tigre et Gazelle*, groupes, soit dit en passant, qu'il lui fut interdit d'éditer. Ils ornent l'entrée du square qui s'étend au pied du palais de Longchamp, où se trouve

le Musée des beaux-arts. Leur silhouette en est imposante, et ils occupent digne-
ment le rôle décoratif qui est le leur. Toutefois, si je vais jusqu'au bout de ma
pensée, je me surprends à reconnaître qu'il y a entre ces œuvres et telle autre
production de Barye toute la différence d'un mouvement d'éloquence à un discours
appris par cœur. Il y a en effet ici quelque chose de récité, de su. Barye, d'ailleurs, ne fit qu'envoyer des esquisses, et l'exécution fut faite sur place par des
praticiens. Il se contenta d'assister à l'inauguration du monument.

SANGLIER BLESSÉ.

Les groupes de Marseille sont le dernier grand travail de Barye. En 1868,
il fit pour le comte de Nicolaï un lévrier couché, en marbre grandeur nature. A
cette occasion, il acheta un très beau lévrier noir d'Afrique, qu'il paya fort cher,
mais il n'était pas homme à reculer devant la dépense pour avoir un très beau
modèle. Le marbre terminé, le chien était devenu l'ami de la maison, il y resta,
et les habitants du quartier du quai des Célestins connaissaient bien le beau Tom,
le chien de M. Barye. Quelques-uns s'en souviennent encore.

Les dernières années de Barye ne furent pas des années de repos et de loisir.
Sans cesse il travaillait, produisait toujours, reprenant ses premiers ouvrages,
finissant des maquettes qui attendaient leur tour dans leur cachette mysté-

35

rieuse, éditant de nouveaux modèles, qui étaient quelquefois des cires anciennes.

Lors des événements de 1870, il résida avec sa famille à Cherbourg, mais le seul voyage qu'il faisait fréquemment était celui de Barbizon, dont il aimait la tranquillité, le côté intime, et où il avait le voisinage de son ami, l'immense artiste qui s'appelait Millet. Il menait là, pendant la belle saison, entouré des siens, une vie retirée, très calme, encore plus simple; la preuve en est dans cette lettre :

MESSIEURS,

N'ayant pu aller à Barbizon, je vous serais infiniment obligé si vous vouliez louer en mon nom le local dont vous m'avez parlé, composé de deux pièces et d'une petite cuisine, au prix de cent soixante-quinze francs pour l'année, à partir du 1er avril 1867.

Recevez, monsieur, l'assurance de ma considération distinguée.

BARYE.

Pour cent soixante-quinze francs, et par an encore, il ne pouvait avoir un palais; d'ailleurs il n'aurait su qu'en faire. Une partie du jour, il courait la forêt, cherchant des motifs pour ses tableaux ou aquarelles, des tanières de lions, des éboulements sauvages.

Il était très aimé au petit village, et très admiré. On m'a conté qu'un jour une bande joyeuse de jeunes artistes, en belle humeur de partie de campagne, virent entrer à l'heure du déjeuner un vieux silencieux, coiffé d'un grand chapeau. Les plaisanteries eurent leur train et coururent par voie d'allusion, et mi-voilées, à l'adresse de l'inconnu, qui ne souffla mot. Quand il fut parti et qu'ils surent que ce vieux était tout simplement Barye, les mines s'allongèrent, on resta coi. Si on avait su, mais on ne pouvait pas deviner! et le repentir fut aussi sincère que les facéties avaient été spontanées et de premier jet. Aussi le soir, quand il revint, ah! l'accueil ne fut plus le même : il fut choyé, comblé de respectueuses prévenances; on lui passait le sel, c'était à qui lui servirait à boire. Et les jeunes gens de qui je tiens le récit de cette aventure sont devenus des artistes éminents.

A Paris, Barye sortait peu; mais pour rien au monde il n'aurait manqué une séance à l'Académie : tous les samedis il s'y rendait régulièrement; il était un des plus fidèles de la Compagnie. La maladie de cœur à laquelle il devait succomber, et dont il souffrit plusieurs mois, l'empêcha seule de prendre part aux travaux de l'Institut. Dès le commencement de l'année 1875, il dut garder la chambre; le mal empirait, et le 25 juin, à neuf heures du soir, le grand statuaire n'était plus.

Il mourut en pleine possession de lui-même, en homme qui a conscience et fierté de l'œuvre qu'il a donnée à son temps, et qui, comme le vieux Corneille, avait le droit de dire : « Je sais ce que je vaux. »

Une des dernières paroles qu'il prononça témoigne de cette sécurité confiante.

Mme Barye allait, venait autour du fauteuil sur lequel il se tenait le front courbé; elle époussetait les bronzes garnissant l'appartement, et autant dans la pensée de distraire son mari que par toute autre raison :

« Mon ami, lui dit-elle, quand tu te porteras bien, tu devrais veiller à ce que la signature de tes œuvres fût plus lisible. »

Après un instant de silence, relevant un peu sa tête penchée, il répondit :

« Sois tranquille, dans vingt ans on la cherchera à la loupe[1]. »

Avait-il raison tout à fait? J'imagine quant à moi que loupe ou signature ne serviront qu'aux ignorants. Toute œuvre de Barye, petite ou grande, crie le nom de son auteur. La signature, c'est leur beauté.

Les obsèques eurent lieu le 27 juin. L'Académie était représentée par une délégation, dite commission des funérailles; et M. le vicomte Delaborde, secrétaire perpétuel, prononça sur la tombe un discours dont j'extrais les passages suivants :

« M. Barye n'était pas seulement un artiste d'élite, un de nos plus éminents sculpteurs : il était, dans la plus sérieuse acception du mot, un honnête homme, un de ces hommes au cœur et à l'esprit invariablement droits, dont la vie poursuivie jusqu'au bout sans démenti ne laisse après elle que des souvenirs de probité sévère, de dignité simple, en face de la bonne comme de la mauvaise fortune, d'efforts constamment inspirés, dans le domaine de l'art comme ailleurs, par l'intraitable passion du bien. Aussi ces souvenirs de la carrière qu'a parcourue M. Barye et des œuvres qu'il a successivement produites sont-ils de ceux qu'on peut évoquer devant un tableau sans en profaner la majesté, parce qu'ils nous rappellent et nous enseignent le bon emploi de la vie, des dons reçus ou des qualités acquises, du talent dans ce qu'il a de plus intègre et de plus viril.

« Rien de moins compliqué d'ailleurs que cette existence consacrée tout entière à la pratique de l'art et des graves devoirs qu'il impose ; rien de plus simple dans son exemplaire unité que l'histoire de ce talent, qui depuis ses premiers essais jusqu'à ses dernières preuves va se développant sans secousse, se confirmant sans bruit, mais non certes sans beaucoup d'honneur, et qui, malgré sa réserve et le silence dont il s'entoure, arrive à se trouver, par la seule force des choses, un des plus en vue dans notre école contemporaine.

« ... Le moment n'est pas venu encore, et le lieu où nous sommes ne permet pas d'insister sur les mérites qui recommandent les travaux accomplis, de faire ressortir ce qu'il y a d'original et de strictement vraisemblable néanmoins dans l'invention ou dans l'exécution de ses ouvrages; le moment n'est pas venu même de relever l'erreur de ceux qui, malgré tant de preuves à l'appui de l'opinion contraire, n'entendaient attribuer à Barye que le pouvoir et presque le droit de traiter des sujets d'un certain ordre, de reproduire, à l'exclusion du reste, les animaux... »

Ainsi parlait l'Institut de 1875. Qu'eût dit, s'il avait pu entendre ces paroles, l'Institut de 1837?

1. Catalogue des œuvres de Barye exposées à l'École des beaux-arts en 1875. — *Préface de M. Genevay, p.* 43.

LAPIN.

MAISON DE BARYE A BARBIZON.

BARYE PEINTRE

XLIV

CIGOGNE
SUR UNE TORTUE.

Derrière le Barye sculpteur nous trouvons le Barye peintre. Il eut en effet deux arts, comme il eut deux maîtres. Mais il ne ressemble pas plus à Gros qu'à Bosio.

Dès les premiers Salons, il expose aux salles de peinture, et son succès y est aussi grand. Lisez *l'Artiste* de 1833[1].

« Voici Barye que nous retrouvons donnant aux animaux la même vie et la même vérité dans ses aquarelles que dans ses plâtres. Comme l'expression de la force domine dans ces deux lions au repos, l'un allongeant ses griffes, l'autre la tête appuyée sur la terre et les yeux fixes. Et ce tigre qui dévore un cheval, qu'il est horriblement beau, savourant sa proie! Comme le frisson de la joie et de la férocité court dans tous ses membres. Et les jaguars et les panthères! »

Dans un autre recueil antérieur en date, la note est la même :

« Il est à remarquer que M. Barye, si comique dans ses maquettes, reprend tout son sérieux dans ses aquarelles. Là, nous retrouvons le même sentiment qui a inspiré les deux groupes du Tigre et du Lion. Là nous admirons, comme dans un marbre, le repos majestueux du roi des animaux; nous frémissons en voyant scintiller dans l'obscurité qui s'étend la pupille de cette panthère que la nuit revêt déjà d'une robe noire, tandis que la lumière mourante dore

---

1. *L'Artiste*, Salon de 1833, p. 176.

encore la fourrure de sa compagne paresseusement couchée auprès d'elle[1]. »

Peu à peu, il perdit l'habitude d'envoyer au Salon ses aquarelles; il exposa deux portraits à l'huile d'inspiration vénitienne, mais il montrait rarement ses tableaux et ses études; ce ne fut qu'après sa mort que le public fut admis à les voir.

En ce moment, ses peintures ont la même vogue que ses sculptures, c'est-à-dire que les amateurs se les disputent et que les marchands les tiennent à un haut prix. Toutefois, à quelques exceptions près, ses peintures à l'huile sont inférieures à ses aquarelles. Elles sont comme un peu lourdes, procèdent par empâtement monotone, semblent fermées encore que l'impression en soit puissante et que l'expression reste sincère.

« Ce ne sont pas de vulgaires aquarelles que les dessins lavés par Barye, écrivait Théophile Gautier[2]. Le pinceau du maître y acquiert, la fermeté de l'ébauchoir. On dirait qu'il est fait avec des moustaches de lion, tant il raye durement le papier grenu qu'il emploie de préférence. »... « Dans ces études si fermes, si naïves malgré leur science profonde, où l'ostéologie, les muscles, la peau, le pelage, s'indiquent en quelques coups de crayon ou de pinceau, l'artiste néglige quelquefois la couleur avec une insouciance de statuaire; certaines nuances rappellent trop la terre glaise dont il se sert habituellement, les fonds de paysages manquent d'air, mais toutes ses aquarelles, même les moins heureuses, portent la griffe du lion. » — « D'un autre côté remarque justement Charles Blanc[3], c'est dans les aquarelles seulement que Barye excelle en tant que peintre. Il y montre les finesses et les souplesses qui lui manquent dans la peinture à l'huile. Toutefois, il les veut nourries, corsées, un peu comme Decamps les voulait, et il lui arrive même de les pousser trop loin. Je veux dire que, pour obtenir cette consistance, cette fermeté, il vaudrait mieux, à tout faire, employer un autre procédé que le lavis. L'aquarelle est en elle-même un commencement, un prélude. Elle annonce seulement ce qu'une autre peinture réalisera. Si l'on met une vigueur tout à fait inusitée, on lui fait perdre son caractère de légèreté, de délicatesse, de douceur. On peut dire que Barye en savait trop pour peindre à l'aquarelle et pas assez pour peindre à l'huile. Les qualités que demande ce dernier genre de peinture, il les apportait dans le premier, et, à mon sens, il eût mieux fait de s'en tenir là. J'estime que ces aquarelles plairont beaucoup aux artistes et aux amateurs, et

1. *Les Artistes contemporains*. Salon de 1831, tome II, p. 77.
2. *Gazette des Beaux-Arts*, année 1860. Théophile Gautier.
3. *Les Artistes de mon temps*, par Charles Blanc. « Barye », p. 397.

TIGRE SE ROULANT, D'APRÈS UNE AQUARELLE DE BARYE

qu'elles plairont plus que ses toiles, dont quelques-unes sont toutefois d'une fière
beauté, notamment celles qui contiennent des lions et des tigres. Tous ses dessins, lavés en couleurs, le sont à plusieurs couches, et souvent avec des rehauts
de clair obtenus au grattoir; ils ont tous la saveur d'une exécution généreuse et
d'une belle couleur qui par moments rappelle Delacroix. »

De 1836 à 1848, Barye eut à faire, pour les princes de la famille d'Orléans,
plusieurs aquarelles assez importantes; et, au cours de sa vie, il ne cessa de
peindre par délassement, par plaisir, séduit par l'occasion, au hasard d'une promenade, dans cette admirable forêt de Fontainebleau, en compagnie de Jules
Dupré, de Decamps, de Diaz, de Rousseau, de Corot et de Français. Il n'abordait
pas les grandes pages, et s'en tenait aux dimensions des études qu'on peut,
dans un carton, porter sous son bras.

Essayons maintenant de faire la synthèse de sa manière de peindre.

La gloire de Barye n'aurait pas, je pense, été moins grande, s'il n'avait
jamais touché un pinceau; néanmoins, il a laissé des œuvres peintes admirables.
Signés par un autre, ses tableaux et aquarelles n'auraient pas suffi à constituer
une réputation à leur auteur, et cependant il en est qui, par leur puissance, ont
désespéré Delacroix.

La contradiction ici n'est qu'apparente; elle n'existe plus, si l'on réfléchit
que la peinture de Barye n'est que la résultante de son art de sculpteur, qu'elle
en est une conséquence immédiate, qu'il y a entre l'une et l'autre une identité d'expression absolue, et toute la similitude de caractère compatible avec la différence
des deux techniques.

Grâce à une indépendance qu'il sait se rendre permise, il s'affranchit des
préoccupations premières du peintre.

Les effets de lumière divers, la transparence de l'atmosphère, le charme
des colorations limpides, le laissent insensible. La perspective aérienne s'impose
à lui comme une nécessité qu'il accepte, et quant à la poésie de ce grand ciel,
immensité que borne la ligne du cadre, il se dispense d'y avoir recours.

Les mystérieuses magies du clair-obscur, les souplesses d'un pinceau alerte,
toutes les caresses et toutes les séductions, comme toutes les habiletés, il ne s'en
préoccupe guère. Il ne voit dans la peinture qu'un moyen de représenter ses modèles autrement qu'en relief ou qu'en ronde bosse, et de les disposer sur une
surface plane.

En sculpteur qu'il est, et qu'il reste, il cherche la forme avant tout; il
écrit, il souligne la silhouette, il la circonscrit d'un trait accusé, gros parfois :

la silhouette fait centre dans chaque ouvrage, elle en est comme la dominante.

Que va devenir la couleur? Un auxiliaire qui, pour l'œil, complétera la vraisemblance, un interprète qui dira ce que passait sous silence la matière unicolore pétrie par son pouce. Le lion montrera sa crinière jaunâtre et fauve, le léopard sera cerclé des anneaux noirs qui rayent son pelage; et le massacre, le carnage, la lutte de deux grands carnassiers, auront ce supplément de dramatique : le sang rouge.

Le paysage, cette forme ou plutôt cette expression d'art particulière à la peinture, Barye l'emploie, et d'une façon constante. Il dédaigne de dessiner ses animaux sur un fond simple et nu; mais ses paysages sont de nature spéciale. Ils accompagnent en quelque sorte l'impression que doit communiquer la bête représentée; ils sont la mise en scène, ils jouent le rôle de décors.

Barye ne fait pas entrer un lion, par exemple, dans un site quelconque; c'est autour du lion qu'il dispose le paysage, recherchant le milieu le mieux approprié.

Et ce n'est pas là une remarque plus ou moins fondée de critique qui raisonne; elle est justifiée par les faits. L'on sait que Barye, ayant la pensée d'un animal qui tentait son pinceau, allait parcourir la forêt de Fontainebleau pour trouver le motif spécial où son modèle serait en valeur.

En sculpture, nous avons vu qu'il avait une prédilection pour les terribles et pour les forts; l'analogie est manifeste en peinture quant aux effets d'ensemble.

Il aime les sites désolés, les escarpements sauvages, les vallées sinistres, les éboulements de rocs, les solitudes dénudées, la nature triste : celle où sont les repaires. Paysagiste de spécialité, il a vu sombre, pour mieux accuser l'effroi du carnassier. Il n'avait que faire de se promener, la palette au pouce, dans toute la création. Il n'a pas cherché à varier des aspects, à multiplier des sensations, à évoquer des impressions de saisons différentes. Grand artiste, hanté des formes de la bête superbe, il est resté dans son domaine. Le printemps, l'été, l'hiver, qu'importe! La panthère est-elle moins terrible dans sa souplesse féline, la biche moins élégante, le lion plus majestueux, le reptile plus venimeux à une époque qu'à une autre?

Montrer un arbre blanc de fleurs, un horizon tout de verdure et de sourires, évoquer la fête d'un ciel bleu, mais c'eût été détourner l'attention de l'animal dont il voulait faire triompher la forme, c'eût été faire œuvre de peintre, et de peintre indépendant allant à l'aventure, au gré de sa fantaisie de paysagiste.

LION AU REPOS, D'APRÈS UNE PEINTURE DE BARYE

Or, cette velléité eût-elle été la sienne, qui sait si les moyens ne lui eussent point fait défaut? Le premier mérite d'un artiste est d'être soi-même, et c'est, j'imagine, l'amoindrir vis-à-vis de son art, que de lui reconnaître, par manière de flatterie, des qualités précisément contraires à son tempérament.

Barye n'a point peint le soleil. Ne brille-t-il donc pas, cet astre, dans la Nubie d'où les grands lions sont originaires? N'enflamme-t-il pas les Indes? Ne brûle-t-il pas les déserts où vont les tigres? Sa chaleur ardente n'est-elle pas nécessaire aussi bien à ces fauves qu'aux éléphants et qu'aux boas constrictors? Cependant l'ombre, une ombre presque froide, s'étend uniformément sur les aquarelles et les études à l'huile de Barye. Était-ce parce qu'il n'avait jamais voyagé, ni parcouru les mers de sable de l'Afrique, les savanes de l'Amérique, les jungles du Bengale? Était-ce parce que son plus grand horizon avait été le point de vue de Franchart?

Non, il est resté, volontairement ou non, en dehors de tout ce domaine de la peinture où est permise et légitime l'étude de l'impalpable : les décolorations de la lumière, les enveloppements des vapeurs, les impressions trompeuses des couches d'air successives.

Lui, un habitué de la plastique, de la solidité des formes, en changeant d'outils, il n'a point changé d'expression. Il ne l'a pas fait, il ne le pouvait pas. A proprement parler, ce n'est point des tableaux qu'il a exécutés, mais d'inimitables études d'animaux sur le papier ou sur la toile.

Toutes ses œuvres de ce genre sont liées entre elles par cette similitude d'aspect née d'une identité d'origine que, chez les êtres humains, on appelle un air de famille; elles ont ce signe de force, un cachet de maîtrise particulier, qui, même à première vue, interdit toute confusion avec aucune autre facture.

Ni charme ni grâce : quelque chose d'étrangement fort qui impose; une impression d'horizon fermé où l'on ne vivrait pas, des ombres denses et lourdes, des colorations grises s'éteignant dans des noirâtres, des tristesses de ton désolées pour indiquer le sauvage du lieu, parfois une certaine confusion dans les plans qui commande un effort de l'œil, et là dedans, au milieu de tout cela, des formes qui passent, se meuvent, bondissent ou vont bondir, glissent, ou se reposent menaçantes, vous communiquent l'âpre jouissance de la vue sans danger de la bête féroce, et vous font pénétrer une sensation profonde de vie sauvage et de nature terrible : voilà, je pense, ce qui se dégage à première vue d'une peinture de Barye, peinture curieuse, étrange, inexpérimentée et puissante à la fois, artificielle de composition, dramatique d'effet, mâle toujours, peinture qui provoque l'inquiétude, conduit à l'admiration, mais, en fin de compte, ne porte aucun ombrage aux peintres.

Ce dernier trait ne sous-entend nulle malice. Les uns, en effet, s'enthousiasment devant lui et lui rendent pleine justice ; les autres, de bonne foi, déclarent ne pas comprendre ; d'autres, renfermés dans leurs doctrines étroites, le nient simplement et tout haut ; aucun ne le considère comme un rival, capable de lui nuire par comparaison ; ils ne voient en lui qu'un sculpteur qui s'est essayé à la peinture : il l'a fait magistralement pour ceux-ci, il a manqué son essai pour ceux-là. En somme, il reste, au jugement de tous, un statuaire et un grand statuaire, voilà tout.

Delacroix, cependant, qui admirait tant Barye, ne dissimulait pas l'impression vive qu'il éprouvait devant ses peintures. Ce génie était au-dessus de tout sentiment d'inquiétude personnelle. Il se plaisait à lui rendre hommage et à dire son étonnement devant les effets obtenus par ce pinceau de sculpteur.

Une anecdote à ce sujet, dont l'authenticité ne saurait faire doute, est intéressante. Delacroix venait souvent, à l'heure du déjeuner, voir Lefuel, l'architecte des Tuileries. Très sobre, comme l'on sait, mangeant chez lui sommairement le matin de bonne heure, il ne venait voir son ami à table que pour être sûr de le rencontrer.

Or, Lefuel avait, pendue aux murs de sa salle à manger, une admirable aquarelle de Barye : un lion traversant au pas un paysage sombre, et dont la queue fouettait l'air à grands coups.

Delacroix aimait cette œuvre, elle le fascinait, elle le tourmentait tout ensemble. Non content de se placer devant elle chaque fois qu'il venait, il la prenait dans ses mains, et souvent il la mettait à plat sur la table. Alors tirant de sa poche un crayon, et le papier blanc au revers d'une lettre pliée en quatre, il s'amusait à dessiner, sur le rond de son chapeau serré dans ses genoux, la silhouette de l'animal.

Plusieurs fois il recommença sa tentative ; et un jour, comme pris de dépit, il s'écria en allant raccrocher le cadre : « Non, je ne peux pas, je ne pourrai jamais faire remuer aussi bien la queue de ce diable de lion ! »

La voilà, je pense, révélée d'un seul coup, en une seule phrase, la raison de l'admiration de Delacroix pour Barye ! Ce qui touchait le plus le premier, c'était la science, la puissance du mouvement que possédait le second. Ces deux génies avaient par là un point de contact. Cette recherche constante, acharnée, leur était une passion commune ; et de là vient peut-être cet air de ressemblance que l'on perçoit parfois dans leurs œuvres.

TIGRE QUI MARCHE, D'APRÈS UNE AQUARELLE DE BARYE

Mais cette ressemblance n'est qu'une affaire d'impression pour les yeux, elle ne résiste pas à l'examen : on ne peut la rencontrer que dans les mêmes sujets. Opposer à l'*Entrée des Croisées à Constantinople* telle toile de Barye, ce serait un non-sens. La comparaison ne doit être tentée que dans la représentation de l'animal.

Delacroix me semble avoir été plus dramatique, plus préoccupé de l'effet à produire chez le spectateur. Barye serre de plus près la réalité vivante, la saisit et s'y maintient. L'un a le souci de la forme épique, l'autre la passion de la forme vue, étudiée, reconstituée dans la vie. Ici on a l'impression d'une œuvre d'art magnifique ; là on éprouve ce petit frémissement instinctif que donne, même en pleine sécurité, le désir de voir un de ces animaux peu connu en somme, et que l'on sait dangereux. Dans un lion, Delacroix mettait à son insu un peu de soi-même : son imagination, sa science de mise en scène, la personnalité de son dessin, tout ce qu'il pouvait raisonnablement y mettre sans s'écarter de la vérité. Barye, avant toutes choses et naturellement, s'abstrayait dans son modèle : il a fait le lion, tandis que Delacroix semble avoir plutôt fait des lions de Delacroix ; mais je retire cette dernière phrase, si l'on y voit une critique, alors qu'elle est seulement l'indication d'une nuance.

La plus belle étude de Delacroix autorise l'hypothèse d'un ensemble dont elle n'est qu'une partie. Rien de tel avec Barye : on a l'impression du principal, du sujet peint pour lui-même et pour lui seul. Il y a en effet quelque chose de concentré, de condensé, d'obtenu sans artifice, une application dans le faire, des traces de volonté et d'effort, qu'on ne retrouve pas sous la superbe jetée de couleur de son rival.

Ceci dit, étant donnés deux artistes inimitables, égaux dans des arts diffé-rents, mettez en balance, d'un côté, la supériorité que devait avoir le peintre de par son métier, son tempérament et son génie, — de l'autre, l'absolue certitude de savoir, la souveraine compétence du sculpteur, qui avait tourné, lui aussi, sur un seul point tous les efforts de son génie, de son tempérament, de son mé-tier, et vous reconnaîtrez que le premier, en somme, était plus extérieur, plus éloquent, plus décoratif ; et que le second plus précis, imposant sans phrases, a fait triompher par elles-mêmes, en étreignant la nature, la vérité des aspects et la splendeur des formes.

Maintenant, comment résumer d'un mot l'impression d'ensemble sur l'œuvre peint de Barye ? Peinture de sculpteur, de sculpteur-coloriste même, dira-t-on. Non, le terme est vague, et a un laconisme qui pourrait donner le

38

change par une apparence de dédain. Peinture mâle, personnelle s'il en fut jamais, faut-il dire, impressionnante par son originalité même. A n'en pas douter, Barye eût pu peindre différemment; mais quand on considère une série de ses toiles, on acquiert la conviction que, pour leur donner ce qu'elles renferment, statuaire ou non, il fallait être un maître.

BOUQUETIN.

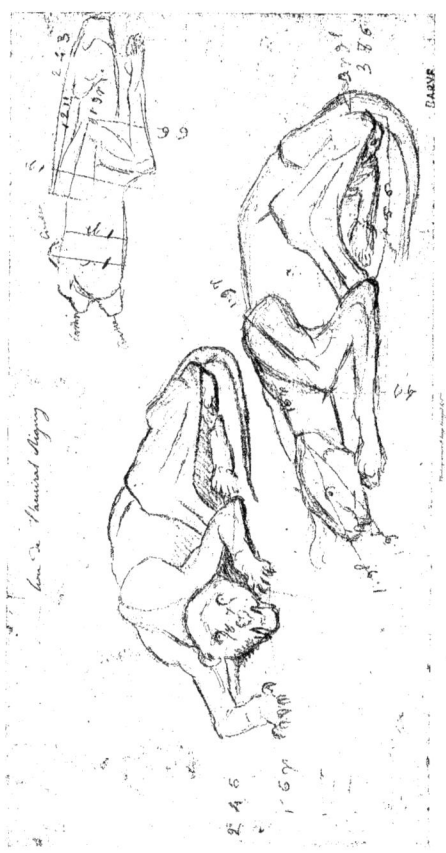

ETUDES

LES PROCÉDÉS DE BARYE

Sous ce titre, il ne saurait être question, comme bien l'on pense, d'une sorte de recette de son génie, ni même de la révélation de moyens particuliers, susceptibles d'être mis en pratique par d'autres. Il est à remarquer, en effet, que Barye a pu ouvrir une voie où des artistes se sont engagés après lui; il a pu inspirer des statuaires de grande valeur; à proprement parler, il n'a pas eu d'élèves. Ses recherches mathématiques d'anatomie comparée, ses vérifications des mesures, ses découvertes sur l'anatomie comparée, n'ont servi qu'à lui seul. C'était un système personnel, dont il a emporté la clef avec lui, et dont nous parlerons tout à l'heure.

Dans ces dernières pages, je voudrais rappeler quelles furent ses habitudes de métier ou de pratique. Nous avons déjà vu quelle compétence était la sienne dans les opérations de moulage, de fonte et de ciselure. Ouvrier de premier ordre, c'est avec une sorte d'amour qu'il parachevait sa besogne, quand il avait terminé son œuvre d'artiste. « Il excellait, dit Charles Blanc[1], dans l'art de composer les fontes, de les jeter en moule, de les séparer. Il s'entendait mieux que personne à faire disparaître, par la ciselure, les accidents du moulage, les traces de la coulée, à purger le métal des croûtes que peut y laisser le contact de la fonte avec le sable. »

Mais, au début de l'exécution même, il avait une manière de procéder toute spéciale. On sait que les sculpteurs, avant de construire leurs modèles en terre, établissent une armature rigide dont les traverses sont reliées par des fils de fer immobilisés. C'est comme une ossature sans forme, autour de laquelle ils plaquent des poignées de glaise. Ce système, normal et pratique au point de vue de la solidité, n'est pas sans inconvénients. Il interdit le changement d'un mouvement,

---

1. Charles Blanc, *les Artistes de mon temps*, p. 388.

d'un geste, d'une attitude; si une barre passe dans le morceau à modifier, il faut la couper, ou démolir entièrement le travail.

Barye ne plantait pas les fils de fer dans le socle de la maquette; il laissait libres les parties, du moins intérieurement. Il les modelait séparément une à une, dans ses mains si elles n'étaient pas d'une dimension importante, sur une selle si elles étaient trop lourdes. Quand il rassemblait le tout, il les soutenait par des tringles extérieures ou par des béquilles de bois; il les étayait tout autour : son ouvrage, comme on l'a dit, ressemblait alors à un navire en construction dont les agrès étaient montés.

Il demeurait ainsi libre, jusqu'à la fin, des écartements, des inclinaisons, des redressements préférables.

Par contre, la difficulté était grande de ne pas se tromper; lui seul pouvait se reconnaître, dans l'enchevêtrement des tronçons. Il avait toujours près de lui des feuilles de papier de notes, des croquis de bras, de membres, de têtes diverses. Chacune de ces parties du corps étaient traversées par des lignes verticales, horizontales, portant toutes des chiffres indiquant leurs dimensions proportionnelles à l'ensemble. C'était comme le registre des pièces et le répertoire pour l'ajustement.

Les armatures définitives n'étaient posées qu'au moment du moulage en plâtre.

Le sculpteur Jacquemart m'a conté son étonnement un jour qu'il allait visiter Barye.

« Je vais vous montrer ce que je fais en ce moment, » fit le maître. Et il le vit chercher des yeux quelques secondes dans son atelier. Barye alla prendre, l'une après l'autre, deux jambes, les dressa debout, puis retourna pour apporter les bras.

« Tiens, où donc ai-je mis le reste? dit-il en se grattant le front. Ah! oui. » Et, dans un coin, sous un amoncellement, il tira une tête.

La statue en place était admirable, *d'un tout* superbe; elle se tenait merveilleusement, on juge de la sûreté de science, de la précision dans le calcul des proportions qui étaient nécessaires pour opérer ainsi sans que la perfection de l'ensemble eût à souffrir.

Voulez-vous maintenant pénétrer du regard dans son atelier, y jeter un coup d'œil circulaire et surprendre le maître en plein travail, lisez cette description comme prise sur nature, tracée par M. Eugène Guillaume : « Son atelier présentait un spectacle unique. Des modèles en terre et en cire étaient sur les chevalets des fontes encore inachevées sur les établis munis de leur outillage. A la muraille étaient attachés les dessins cotés et les moulages sur nature. Le maître, ceint de son tablier d'ouvrier en bronze, modelait, retouchait les plâtres, ciselait, mettait les pièces à l'étau, les examinant sous tous leurs aspects et à tous les jours, ne laissant rien d'imparfait. Jusqu'au bout son application était infatigable, et seulement quand il avait épuisé son attention il signait. Rien ne devait ressembler davantage que ce lieu de travail à l'atelier d'un statuaire grec de Sicyone ou d'Égine, à la fois modeleur, fondeur et ciseleur. Rien surtout ne devait plus se rapprocher de ces *botteghe* des orfèvres florentins du xv᷎ siècle, de ces officines fécondes où s'est élaborée la Renaissance au milieu d'études scientifiques mêlées à la technique de tous les arts[1]... »

Pour ses petits modèles, on sait que Barye employait de préférence et généralement la cire, qui ne dessèche pas et ne se fend point comme la glaise. L'œuvre pouvait attendre, soit à l'état d'ébauche, l'exécution définitive, soit terminée, l'heure de la fonte, en se maintenant telle quelle.

Une habitude favorite de Barye était aussi de mouler la maquette déjà construite, non encore parée de son dernier modelé. Il reprenait le plâtre, qu'il couvrait d'une couche plus ou moins épaisse de cire, sur laquelle il donnait les délicatesses de l'épiderme ou du poil, écrasant du pouce sur ce corps dur, résistant à la pression, la matière molle et docile.

Au Musée d'anatomie de l'École des beaux-arts, on conserve précieusement d'admirables moulages faits sous la direction, sous la présence même de Barye. On y voit un train de derrière et une tête de cerf bramant. Mais ce qui est d'un intérêt suprême, c'est la série de ses dessins cotés ; ce sont ses mensurations où se révèlent une si étonnante conscience, une patience si infatigable ! On y voit des dessins tracés, écrits avec une fermeté extraordinaire : épaules, membres inférieurs, cuisses, têtes, griffes, mufles de lion, naseaux de cheval, oreilles, parfois des silhouettes entières, tout cela rayé, zébré de lignes, accompagné de chiffres et d'indications de longueurs, de divisions. L'écriture est, comme le dessin, d'une netteté absolue, d'une décision de main constante, d'une propreté, pourrais-je dire, qui rend tout clair à l'œil.

J'ai conté qu'il mesurait sans cesse les os, les articulations, les muscles. Nous avons là les résultats de ses recherches, de ses travaux de mathématicien d'art. A côté d'un charmant croquis au trait, je lis ces mots : « Mesures

---

1. *Notice du catalogue des œuvres de Barye exposées à l'École des beaux-arts en 1889*, par M. Eugène Guillaume, page 15.

39

prises sur une biche de six ans; » en dessous d'un autre : « Mesures prises sur un cerf de six mois. » Ah! c'est que selon les mois, les années, les proportions, les grandeurs se modifient; et Barye épiait ce changement, surveillait cette transformation; et le catalogue ne disait pas à l'aventure : « Jeune biche ou jeune lion. »

Je relève encore, toute de sa main, cette note, en respectant même les erreurs de plume dues peut-être à la précipitation : il pouvait bien faire des fautes d'orthographe dans son écriture, le grand homme : il ne s'en permit jamais dans ses œuvres!

> « Le cheval de race a les oreilles courtes et mobiles
> les os lourds et minces, les joues dépourvues
> de chair, les naseaux larges, les yeux beaux
> noirs et à fleurs de tête,
> l'encolure longue, le poitrail avancé, le
> garot sortiant, les reins ramassés, les hanches
> fortes, les côtes de devant longues et
> celles de derrière courtes, le ventre évidé
> la croupe arrondie, les rayons supérieurs
> longs comme ceux de l'autruche et garnis
> de muscles comme ceux du chameau, les
> saphènes peu apparantes, la corne noir
> d'une seule couleur, les crins fins et
> fournis, la chair dure, et la queue
> très grosse à sa naissance et déliée à son
> extrémité.

Il doit avoir en résumé		
quatre choses larges		le front
		le poitrail
		la croupe
		les membres
quatre longues l'encolure		
les rayons supérieurs		
le ventre		
et les hanches		
quatre courte	les reins	les oreilles
	les paturons	et la queue.

Puis cette remarque morale sur le caractère du jaguar, sa bête féroce favorite :

> « Le jaguar renverse d'un seul coup
> de patte un cochon sauvage, et
> saisit à la gorge le plus fort
> étalon, et cependant quelles
> que soient sa force et sa rage

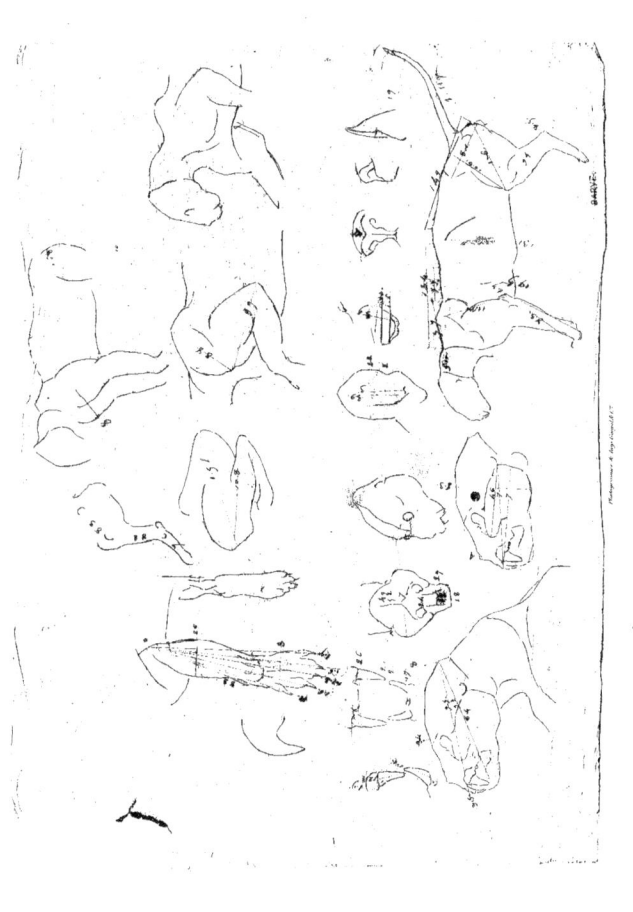

ÉTUDES

elles ne lui suffisent pas pour
résister au serpent abonior
qui lorsqu'il peut l'atteindre
le met en pièces en peu d'inst-
ants. — le samanoir a seul
l'adresse de se défendre
contre lui.

La statue antique *le Discobole* préoccupa toujours Barye, il la dessina avec la plus rigoureuse exactitude, la mesura d'après sa méthode, et fit remarquer aussi que « l'épaisseur du cou au-dessous du menton et au-dessus de la pomme d'Adam, est égale à la distance en ligne droite du bas de l'oreille à la racine du nez; qu'elle est égale aussi à l'épaisseur du mollet vu de profil, et qu'elle est comprise deux fois dans la longueur du pied ».

J'ai parlé de sa méthode; en quoi consistait-elle? Les mensurations de Barye ont été l'objet de discussions vives. A vrai dire, on ne comprend pas très bien encore sinon leur signification, du moins leur utilité pratique.

On sait que les anciens avaient fixé des *canons,* c'est-à-dire qu'ils ont pris une partie du corps comme mesure commune à toutes les autres : ils établissaient ainsi des règles de proportions : un corps humain, par exemple devait avoir tant de longueurs de tête.

Barye s'occupe avant tout des dimensions : et il prend ses mesures non en mètres et en centimètres, mais en pieds, pouces et lignes. Il relève par exemple la longueur de la cuisse d'un cerf; il compare cette longueur à celles dont il avait précédemment pris note; il établit, quant à lui-même et pour lui seul, une sorte de mesure normale pour le cerf de tel âge ayant son développement régulier. Il faut en effet se rappeler ceci : c'est qu'il dégage toujours l'espèce de l'individualité. Ce n'est pas une panthère vue par lui qu'il représente, c'est la panthère. Il ne fait pas de portraits, pour ainsi parler, il fixe un type. Paraîtrait-il prétentieux de dire qu'il corrigeait la nature, en la ramenant à l'observance de ces lois primordiales?

Voyez cette série de crânes dessinés. Ce sont des crânes de chat, de tigre, de léopard, de jaguar, de panthère : tous ceux de l'espèce féline, depuis les petits jusqu'aux grands sujets. Il examine, retrouve le même principe de structure, s'en pénètre, et constate les dissemblances qui résultent de la différence des grandeurs. Il n'y avait plus à s'y tromper.

Il s'est livré ainsi pour tous les animaux à un travail de relevé semblable, classifiant chaque genre et répartissant les espèces. Avec les lions et les fauves, il a été superbe; il a rendu admirablement les cerfs, les élans, les gazelles, tous les bondissants et tous les agiles; il a été surtout inimitable et unique devant les serpents. Faut-il le reconnaître? c'est le cheval qu'il a... comment dire? le moins triomphalement rendu. Il semble avoir plus interprété que de coutume. C'est qu'ici, peut-être, la bête en *action,* dans le plein mouvement de ses formes, ne se ressemble plus à elle-même en repos ou morte.

D'autre part, on sait de quoi se compose une articulation : outre les os qui s'emboîtent l'un dans l'autre se trouve une liqueur, la synovie, l'huile du rouage. Il *y a du jeu,* et non adhérence complète pendant le mouvement. Barye n'a-t-il pas été amené à mesurer trop court, ne pouvant souvent opérer que sur l'animal immobile? N'est-ce pas à cela que l'on doit attribuer ce je ne sais quoi de concentré, de condensé, qui distingue sa manière? Je ne le crois guère. Il aimait par tempérament, par nature, par style, les formes trapues, indice de force, de même que Jean Goujon aimait l'élégance des formes longues.

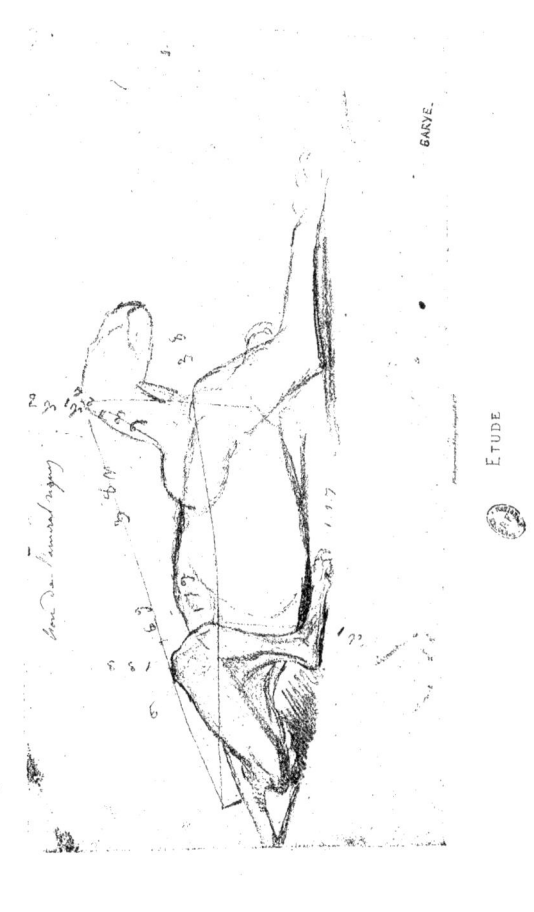

GARYE.

ÉTUDE

DERNIER CHAPITRE

« La vie d'Antoine-Louis Barye peut se raconter en quinze lignes ; mais il faudrait un livre pour rendre compte de son œuvre qui est immense, » écrivait Charles Blanc en 1876.

Voilà le livre fait : il manquait encore en 1889. C'est peut-être là le seul mérite de ces pages. Quoi qu'il en soit, je me suis efforcé de faire rendre hommage à Barye par la simple vérité, craignant qu'un enthousiasme de parti pris et des admirations à outrance ne vinssent diminuer la portée de l'éloge.

Il convenait ensuite de réduire à de justes proportions l'indignation de ceux-ci, qui l'ont considéré comme un martyr, et l'injustice de ceux-là, que l'envie a égarés.

En somme, il n'a pas eu trop à se plaindre de son temps. S'il a souffert et réellement souffert dans la vie, comme homme, comme chef de famille angoissé des besoins d'existence, il a vu, comme artiste, le succès venir à lui dès la première heure : il a eu une critique qui ne lui ménageait pas la louange, il a été soutenu par un parti avec d'autant plus d'ardeur qu'on l'opposait à un ordre de choses existant, que son nom servait de programme à des revendications légitimes.

Après de calmes réflexions, faut-il approuver le sentiment qui dictait à Decamps le passage de cette lettre, qu'il écrivait le 15 novembre 1854 :

« Sans me mettre au niveau de cet excellent artiste, j'ai le sort de Barye. Ce génie piquant et original, aux aptitudes et aux études spéciales, qui eût décoré nos places de monuments uniques dans le monde, se trouve trop heureux de pouvoir formuler ses idées dans les maigres proportions d'un surtout d'un usage impossible, et finalement il est triste de constater qu'un talent qui, seul peut-être, eût pu doter son pays d'un monument vraiment original, se voie réduit à la fabrication de *serre-papiers.* »

Eh bien, Decamps n'a pas raison, son amertume, que l'amitié a inspirée,

40

est excessive. Plus tard, Barye eut de grands travaux, et beaucoup. Peut-être n'avait-plus de dents, comme il l'a si tristement dit. Mais qu'importe? Il avait fait son œuvre, et il l'a laissé tout entier, œuvre puissant, original et fier, où tient toute sa gloire, qui n'est comparable à aucun autre, appartient à lui seul, se tient en dehors de tous les temps, dans une sphère spéciale, œuvre qu'on n'avait jamais tenté, qu'on ne recommencera jamais.

Est-il pour un artiste un bonheur plus haut, un éloge meilleur? il a créé, et ses créations vivront immortellement.

Sa mémoire a pu être laissée en état d'abandon injuste. Mais dans l'intervalle du temps où ce livre a été commencé au jour qui le voit terminé, la réparation a commencé : l'esprit public a reconnu sa faute, son ingratitude, et un mouvement d'opinion se fait en faveur du grand statuaire.

L'Amérique d'ailleurs avait déjà donné l'exemple.

Un Mécène de Baltimore, M. Walters, épris du génie de Barye, et qui a collectionné soixante-dix des plus belles épreuves de ses bronzes, a doté une place publique de sa ville de cinq grands ouvrages de Barye. A l'heure qu'il est, là-bas, par delà les mers, les groupes de la *Guerre*, de la *Paix*, de l'*Ordre* et de la *Force*, le grand *Lion des Tuileries*, se dressent à Mount Vernon Place.

Le 28 janvier 1885, M. Walters, qui a commandé à Bonnat le portrait du maître, invitait le public[1] à assister à l'inauguration du salon Barye, organisé dans son hôtel, donnant ainsi l'hospitalité de sa demeure à ce génie de la France moderne.

Au mois de mai de cette année 1889 a été ouverte à l'École des beaux-arts une nouvelle exposition de son œuvre peint et sculpté. Un comité composé d'artistes éminents, de critiques d'art de grande autorité, d'admirateurs fidèles, d'anciens amis s'est mis au travail avec ardeur. Les recettes seront employées à élever un monument en marbre. La presse avec enthousiasme a salué l'entreprise, et de son influence secondé les organisateurs. De nouveaux[2] ouvrages ont paru, apportant des docu-

---

1. Voici la lettre d'invitation :

Barye Inauguration
W. F. Walters and his son
At home
Wednes day Jannary twenty eighth 1885
From ten until four oclock
Opening of Barye Room
65 Mount Vernon Place Baltimore
This card will be requierd et the doov

2. MM. Eugène Guillaume : *Notice du catalogue.* Léon Bonnat : *Gazette des Beaux-Arts.* Arsène Alexandre : *Les artistes célèbres.* « A.-L. Barye », 1889 : *Librairie de l'art.*

ments nouveaux dont a pu profiter avec gratitude celui qui a écrit ces pages, et enrichissant sur Barye le trésor de bibliographie qui avait commencé à se former en 1827. A cette occasion le peintre Bonnat s'est fait écrivain d'art.

Ainsi donc, quinze ans après sa mort, Barye aura sa statue au milieu de la capitale, et si jamais honneur aura été mérité, ce sera celui-là.

Laissons maintenant se lever devant nos yeux une vision. Que ce dernier chapitre finisse dans l'évocation d'une apothéose. L'horizon s'ouvre et une scène se déroule qui rappelle vaguement celle qu'a peinte Paul Delaroche, mais plus aérienne, mieux baignée de la sérénité d'un monde supérieur, illuminée des clartés infinies d'une demeure de gloire. C'est le séjour des grands artistes. Ils conversent entre eux, calmes comme des immortels, revêtus des beautés de leur génie, parure splendide qui les distingue et dont ils rayonnent. Barye est là. Après avoir contemplé et écouté avec respect Phidias, le voici qui passe au bras de Rude escorté par Puget; le voici qui saisit en s'inclinant la main que lui tend Michel-Ange!

Gournay-sur-Marne, le 5 août 1889.

FIN

CATALOGUES

CATALOGUE DES BRONZES DE BARYE

Rue de Boulogne, N° 6 (Chaussée-d'Antin), Paris

Années 1847-1848. — 1ᵉʳ septembre 1847.

(Au crayon de la main de Barye.)

NUMÉROS D'ORDRE	SUJETS	HAUTEUR	LONGUEUR	PRIX	(Au crayon de la main de Barye.)
		Centimètres.	Centimètres.	Francs.	
	PREMIÈRE SÉRIE				
1	Une tortue	2	6	5	40
2	La même, avec plinthe.	3	8	6	»
3	Un lapin, les oreilles couchées	5	7	6	131
4	Un lapin, les oreilles levées	5	7	6	34
5	Une cigogne	7	3	8	22
6	Une cigogne posée sur une tortue	2	6	12	28
7	Une grande tortue	3	11	12	27
8	Une grande tortue, sur plinthe.	5	14	18	2
9	Un faon couché.	5	15	15	45
10	Une biche couchée	10	15	20	56
11	Une panthère couchée	7	18	20	27
12	Une gazelle.	9	11	22	50
13	Un faisan	13	21	18	70
14	Un faisan, pendant du précédent.	13	21	18	20
15	Une perruche.	21	14	30	4
16	Un chien braque	9	18	30	14
17	Un chien épagneul	10	18	30	7
18	Un cerf de Java.	14	20	35	18
19	Un cerf-axis, pendant du précédent.	16	16	35	9
20	Un cerf, la tête levée. . . . . , . . .	20	16	45	29
21	Un cerf, la jambe levée	20	16	45	34
22	Un cheval demi-sang.	14	17	35	45
23	Un cheval faisant pendant	» »	» »	33	4
24	Un lévrier couché.	7	26	45	7
25	Un ours assis.	14	21	45	21
26	Un jaguar tenant une tête de cheval.	8	22	45	1
27	Un jaguar dévorant un agouti.	7	23	45	8
28	Un jaguar qui marche, faisant pendant au précédent	11	22	45	7
29	Un jaguar debout.	13	20	45	3
30	Un jaguar couché, tenant un caïman.	8	18	45	6
31	Quatre bas-reliefs avec des cadres, représentant :				
	Le premier, un léopard.	17	21	»	7
32	Le deuxième, une panthère	»	»	»	8
33	Le troisième, un cerf d'Amérique	»	»	45	9
34	Le quatrième, une genette emportant un oiseau.	»	»	»	10

NUMÉROS D'ORDRE	SUJETS	HAUTEUR	LONGUEUR	PRIX	(Au crayon de la main de Barye.)
		Centimètres.	Centimètres.	Francs.	
	DEUXIÈME SÉRIE				
35	Un cerf qui marche.	20	16	50	22
36	Esquisse du lion des Tuileries	15	16	50	23
37	Un chien braque en arrêt devant un faisan	11	22	55	7
38	Un chien épagneul en arrêt devant un lapin, pendant au précédent.	12	22	55	7
39	Un chien basset assis.	14	26	75	12
40	Un chien basset assis, pendant au précédent	14	26	75	5
41	Un chien basset debout.	16	25	75	12
42	Un chien basset debout, pendant au précédent	16	25	75	6
43	Un lion tenant un guib (antilope).	12	27	65	23
44	Un lion dévorant une biche	14	31	80	3
45	Un lion qui marche.	23	40	150	6
46	Deux jeunes lions (groupe)	23	17	80	6
47	Un tigre dévorant un gavial (crocodile du Gange)	11	27	65	26
48	Un tigre dévorant une gazelle	13	33	80	»
49	Un tigre qui marche	25	40	150	12
50	Un tigre terrassant un cerf (réduction d'un groupe en pierre de charance, appartenant à la ville de Lyon)	26	32	140	3
51	Un cheval demi-sang.	20	25	70	6
52	Un cheval turc	29	32	120	4
53	Un cheval turc, faisant pendant au précédent	29	32	120	4
54	Un orang-outang monté sur un gnou (antilope)	23	25	100	3
55	Deux ours (groupe)	23	13	100	2
56	Un serpent avalant une antilope.	8	30	120	1
57	Un cerf d'Amérique, couché	26	41	150	7
58	Un élan surpris et terrassé par un lynx.	22	31	200	6
59	Un ocelot emportant un héron.	17	32	220	5
60	Un cerf, une biche et un faon.	22	26	80	3
61	Un taureau.	17	19	85	6
62	Un taureau et un tigre.	22	23	150	2
63	Un taureau terrassé par un ours.	15	30	200	1
64	Les Grâces	12	8	150	4
	TROISIÈME SÉRIE				
65	Un loup tenant à la gorge un cerf blessé	21	37	250	7
66	Le lion des Tuileries (réduction).	26	35	250	31
67	Un tigre dévorant un gavial	20	51	300	7
68	Un éléphant monté par un Indien écrase un tigre.	29	35	350	3
69	Une grande panthère saisissant un cerf du Gange.	34	35	600	»
70	Un cerf dix-cors terrassé par deux lévriers d'Écosse.	35	61	300	10
71	Le roi Charles VII (statuette équestre).	30	24	230	9
72	Le général Bonaparte (statuette équestre)	36	29	260	2
73	Le duc d'Orléans (statuette équestre)	37	30	400	8
74	Un cavalier abyssinien surpris par un serpent.	22	22	250	4
75	Un cavalier chinois.	35	32	260	4
76	Deux cavaliers arabes tuant un lion	37	40	550	4
77	Thésée combattant le Minotaure	47	31	350	5
78	Angélique et Roger montés sur l'hippogriffe	53	67	1.100	4

NUMÉROS D'ORDRE	SUJETS	HAUTEUR	LONGUEUR	PRIX	(Au crayon de la main de Barye.)
		Centimètres.	Centimètres.	Francs.	
	QUATRIÈME SÉRIE				
79	Un bougeoir orné de feuilles de lierre.	9	11	8	12
80	Un bougeoir orné de feuilles de vigne.	7	19	11	3
81	Un brûle-parfums	11	7	30	15
82	Une coupe ornée d'arabesques (la paire).	12	30	45	»
83	La même plus élevée (la paire)	20	17	45	15
84	Une coupe ornée dessus et dessous (la paire)	12	25	55	13
85	La même plus élevée (la paire)	20	17	55	12
86	Un flambeau, style Renaissance (la paire).	19	9	25	41
87	Un flambeau orné de feuilles de vigne (la paire)	23	9	35	14
88	Un flambeau dont la tige est ornée d'un serpent (la paire) . . .	24	10	45	13
89	Un candélabre à trois branches, dont la tige est ornée d'un serpent (la paire)	61	21	150	2
90	Un candélabre à trois branches, décoré d'arabesques (la paire) .	55	17	180	9
91	Un grand candélabre à douze branches, composé de fruits et de feuilles de pavot, orné d'animaux (la paire).	94	»	1.600	5
92	Un socle en bronze décoré d'arabesques.	19	46	200	1
93	Un encrier	14	33	130	3
	POUR PARAITRE INCESSAMMENT				
94	Un jaguar dormant.	9	32	»	2
95	Un taureau cabré.	32	30	»	»
96	Deux chiens en arrêt devant un faisan } pendants	11	25	»	2
97	Deux chiens en arrêt devant un lapin				
98	Une lionne debout.	17	24	»	2
99	Un lion assis faisant pendant au lion des Tuileries	36	41	»	»
100	Un cheval surpris par un lion	40	41	»	»
101	Une grande antilope surprise par un crocodile.	17	42	»	»
102	Un serpent étouffant une gazelle.	16	33	»	»
103	Un serpent étouffant un crocodile.	17	17	»	»
104	Une amazone.	40	38	»	»
105	Un candélabre à neuf branches, décoré de figures, mascarons et chimères.	»	»	»	2
106	Un lustre à trente branches orné de dix petites figures.	»	»	»	»
107	Un socle servant de base à un groupe d'Angélique.	»	»	»	1

Socles de diverses grandeurs, variés de formes, pouvant servir à tous les bronzes
qui composent la collection.

NOTA. — 1° Chaque bronze porte, d'une façon apparente, le numéro de l'épreuve et le poinçon de l'auteur.
2° Les bronzes de la deuxième série peuvent servir pour les pendules de bureau ou de chambre
à coucher, et ceux de la troisième pour les pendules de salon.

De l'imprimerie de Crapelet, rue de Vaugirard, 9.

BRONZES DE BARYE

En vente dans ses magasins

Rue Saint-Anastase, 10, a Paris (Marais)

NUMÉROS D'ORDRE	SUJETS	HAUTEUR	LONGUEUR	PRIX
		Centimètres.	Centimètres.	Francs.
	PREMIÈRE SÉRIE			
1	Une tortue	2	6	3 »
2	La même, sur plinthe.	3	8	4 »
3	Un lapin, les oreilles couchées, avec plinthe.	5	7	3 50
4	Un lapin, les oreilles levées, avec plinthe	5	7	3 50
5	Une cigogne.	7	3	5 »
6	Une cigogne posée sur une tortue.	8	6	1 »
7	Une grande tortue	3	11	9 »
8	Une grande tortue, sur plinthe.	5	14	15 »
9	Un faon couché.	5	15	12 »
10	Une biche couchée	10	15	15 »
11	Une panthère couchée	7	18	18 »
12	Une gazelle.	9	11	15 »
13	Un faisan, sur plinthe.	13	21	14 »
14	Un faisan, pendant du précédent.	13	21	14 »
15	Une perruche	21	11	25 »
16	Un chien braque, sur plinthe.	9	18	20 »
17	Un chien épagneul, sur plinthe.	10	18	20 »
18	Un cerf de Java.	14	20	25 »
19	Un cerf-axis, pendant du précédent.	16	16	22 »
20	Un cerf, la tête levée	20	16	25 »
21	Un cerf, la jambe levée.	20	16	25 »
22	Un cheval demi-sang.	14	17	25 »
23	Un cheval demi-sang, pendant du précédent.	14	17	25 »
24	Un lévrier couché.	7	26	30 »
25	Un ours assis.	14	21	35 »
26	Un jaguar tenant une tête de cheval	8	22	30 »
27	Un jaguar dévorant un agouti	7	23	30 »
28	Un jaguar qui marche, pendant du précédent	11	22	30 »
29	Un jaguar debout.	13	20	30 »
30	Un jaguar couché, tenant un caïman	8	18	30 »
	Quatre bas-reliefs avec cadres			
31	Le premier, un léopard.	17	21	» »
32	Le deuxième, une panthère.	»	»	
33	Le troisième, un cerf d'Amérique.	»	»	40 »
34	Le quatrième, une genette emportant un oiseau.	»	»	
	DEUXIÈME SÉRIE			
35	Un cerf qui marche.	20	16	35 »
36	Esquisse du lion des Tuileries.	15	16	35 »

NUMÉROS D'ORDRE	SUJETS	HAUTEUR	LONGUEUR	PRIX
		Centimètres.	Centimètres.	Francs.
37	Un chien braque, en arrêt devant un faisan	11	22	35 »
38	Un chien épagneul, en arrêt devant un lapin (pendant)	12	22	35 »
39	Un chien basset assis.	14	26	50 »
40	Un chien basset assis, pendant du précédent	14	26	50 »
41	Un chien basset debout.	16	25	50 »
42	Un chien basset debout, pendant du précédent	16	25	50 »
43	Un lion tenant un guib (antilope).	12	27	50 »
44	Un lion dévorant une biche.	14	31	60 »
45	Un lion qui marche.	23	40	120 »
46	Deux jeunes lions (groupe)	22	17	80 »
47	Un tigre dévorant un gavial (crocodile du Gange)	11	27	60 »
48	Un tigre dévorant une gazelle	13	33	» »
49	Un tigre qui marche	23	40	120 »
50	Un tigre terrassant un cerf (réduction d'un groupe en pierre de cha- rance; appartenant à la ville de Lyon)	16	32	120 »
51	Un cheval demi-sang	20	25	65 »
52	Un cheval turc.	29	32	95 »
53	Un cheval turc, pendant du précédent	29	32	95 »
54	Un orang-outang monté sur un gnou (antilope).	23	25	80 »
55	Deux ours (groupe).	23	13	80 »
56	Un serpent avalant une antilope	8	30	55 »
57	Un cerf couché (d'Amérique)	26	41	120 »
58	Un élan surpris par un lynx	22	31	135 »
59	Un ocelot emportant un héron	17	33	135 »
60	Un cerf, une biche et un faon	22	26	75 »
61	Un taureau debout	17	29	75 »
62	Un taureau et un tigre	22	23	85 »
63	Un taureau terrassé par un ours	15	30	100 »
64	Les Grâces (groupe).	12	8	120 »

TROISIÈME SÉRIE

65	Un loup tenant à la gorge un cerf blessé.	21	37	140 »
66	Un lion des Tuileries (réduction)	26	35	180 »
67	Un tigre dévorant un gavial	29	51	220 »
68	Un éléphant monté par un Indien écrase un tigre	29	35	220 »
69	Une grande panthère saisissant un cerf du Gange	34	55	» »
70	Un cerf dix-cors terrassé par deux lévriers d'Écosse	35	61	500 »
71	Le roi Charles VII (statue équestre).	30	24	170 »
72	Le général Bonaparte (statue équestre).	36	29	170 »
73	Le duc d'Orléans (statue équestre).	37	30	170 »
74	Un cavalier abyssinien surpris par un serpent	22	23	150 »
75	Un cavalier chinois.	35	32	200 »
76	Deux cavaliers arabes tuant un lion	37	40	350 »
77	Thésée combattant le Minotaure	47	31	300 »
78	Angélique et Roger, montés sur l'hippogriffe	53	67	700 »

QUATRIÈME SÉRIE

79	Un bougeoir, feuilles de lierre	9	12	5 »
80	Un bougeoir, feuilles de vigne.	7	10	9 »
81	Un brûle-parfums	11	7	20 »
82	Une coupe ornée d'arabesques, la paire	12	20	40 »
83	Une coupe, la même plus élevée, la paire	20	17	40 »
84	Une coupe ornée, dessus vigne et dessous lierre, la paire.	12	20	45 »

42

NUMÉROS D'ORDRE	SUJETS	HAUTEUR	LONGUEUR	PRIX
		Centimètres.	Centimètres.	Francs.
85	Une coupe ornée, dessus vigne et dessous lierre, plus élevée, la paire.	2	17	45 »
86	Un flambeau, style Renaissance, la paire	19	9	20 »
87	Un flambeau, pied feuilles de vigne, la paire	23	9	20 »
88	Un flambeau, pied feuilles de vigne et serpent à la tige.	24	10	30 »
89	Un candélabre 3 branches, tige à serpent (grec), la paire	61	21	100 »
90	Un candélabre 3 branches, décoré d'arabesques, la paire	55	17	125 »
91	Un grand candélabre à 12 branches, fruits, feuilles de pavot et animaux	94	»	600 »
92	Un socle en bronze, décoré d'arabesques.	19	46	200 »
93	Un encrier	14	33	100 »
94	Un jaguar dormant	9	32	60 »
95	Un taureau cabré.	32	30	60 »
96	Deux chiens en arrêt devant un faisan.	11	26	50 »
97	Deux chiens en arrêt devant un lapin, pendant	11	26	50 »
98	Une lionne debout	17	24	» »
99	Un lion assis, formant pendant au lion des Tuileries	36	34	» »
100	Un cheval surpris par un lion.	40	41	180 »
101	Une grande antilope surprise par un crocodile.	17	42	200 »
102	Un serpent étouffant une gazelle.	16	33	» »
103	Un serpent étouffant un crocodile	17	37	» »
104	Une amazone.	40	38	165 »
105	Un grand candélabre à 9 branches, à figures, mascarons et Chimères, la paire.	95	40	1,000 »
106	Un lustre à 30 lumières, orné de 10 petites figures	»	»	1,400 »
107	Un socle servant de base au groupe d'Angélique.	»	»	480 »
108	Un flambeau bout-de-table, à 2 lumières et cigogne, pièce.	35	25	25 »
109	Une statuette équestre, Gaston de Foix	37	30	250 »
110	Un groupe d'enfants supportant une coquille, la paire	»	»	145 »
111	Une cigogne, disposée pour cachet.	7	3	6 »
112	Un petit lapin, sans terrasse	»	»	2 50
113	Un éléphant terrassant un tigre.	»	»	150 »

CATALOGUE DES BRONZES DE BARYE

12, rue Chaptal (Chaussée-d'Antin), Paris

NUMÉROS D'ORDRE	SUJETS	HAUTEUR	LONGUEUR	PRIX
		Centimètres.	Centimètres.	Francs.
	PREMIÈRE SÉRIE			
1	Une tortue	2	6	3 »
2	La même sur plinthe	3	8	4 »
3	Un lapin les oreilles couchées	5	7	3 50
4	Un lapin, les oreilles levées	5	7	3 50
5	Une cigogne.	7	3	5 »
6	Une cigogne posée sur une tortue.	8	6	10 »
7	Une grande tortue	3	11	9 »
8	Une grande tortue, sur plinthe	5	14	15 »
9	Un faon couché	5	15	12 »
10	Une biche couchée	10	15	15 »
11	Une panthère couchée	7	18	18 »
12	Une gazelle	9	11	15 »
13	Un faisan, sur plinthe	13	21	14 »
14	Un faisan, pendant au précédent	13	21	14 »
15	Une perruche	21	11	25 »
16	Un chien braque, sur plinthe	9	18	28 »
17	Un chien épagneul, sur plinthe	10	18	30 »
18	Un cerf de Java	14	20	25 »
19	Un cerf-axis, pendant au précédent	16	16	22 »
20	Un cerf, la tête levée	20	16	25 »
21	Un cerf, la jambe levée	20	16	25 »
22	Un cheval demi-sang	14	17	25 »
23	Un cheval demi-sang, pendant au précédent	14	17	25 »
24	Un levrier couché	7	26	30 »
25	Un ours assis	14	21	35 »
26	Un jaguar tenant une tête de cheval	8	22	30 »
27	Un jaguar dévorant un agouti	7	23	30 »
28	Un jaguar qui marche, pendant du précédent	11	22	30 »
29	Un jaguar debout	13	20	30 »
30	Un jaguar couché, tenant un caïman	8	18	30 »
	Quatre bas-reliefs avec cadres			
31	Le premier, un léopard	17	21	
32	Le deuxième, une panthère			
33	Le troisième, un cerf d'Amérique			40 »
34	Le quatrième, une genette emportant un oiseau			
	DEUXIÈME SÉRIE			
35	Un cerf qui marche	20	16	35 »
36	Esquisse du lion des Tuileries	15	16	35 »
37	Un chien braque en arrêt devant un faisan	11	22	35 »

NUMÉROS d'ordre	SUJETS	HAUTEUR	LONGUEUR	PRIX
		Centimètres.	Centimètres.	Francs.
38	Un chien épagneul en arrêt devant un lapin (pendant).	12	22	35 »
39	Un chien basset assis.	14	26	50 »
40	Un chien basset assis, pendant au précédent.	14	26	50 »
41	Un chien basset debout.	16	25	50 »
42	Un chien basset debout, pendant du précédent	16	25	50 »
43	Un lion tenant un guib (antilope).	12	27	50 »
44	Un lion dévorant une biche.	14	31	60 »
45	Un lion qui marche.	23	48	120 »
46	Deux jeunes lions (groupe)	23	17	80 »
47	Un tigre dévorant un gavial (crocodile du Gange).	11	27	60 »
48	Un tigre dévorant une gazelle	13	33	» »
49	Un tigre qui marche	23	40	120 »
50	Un tigre terrassant un cerf (réduction d'un groupe en pierre de cha- rance, appartenant à la ville de Lyon)	16	32	120 »
51	Un cheval demi-sang	20	25	65 »
52	Un cheval turc	29	32	95 »
53	Un cheval pendant du précédent	20	32	95 »
54	Un orang-outang monté sur un gnou (antilope).	23	25	80 »
55	Deux ours (groupe)	23	13	80 »
56	Un serpent avalant une antilope	8	30	55 »
57	Un cerf couché, d'Amérique.	26	41	120 »
58	Un élan surpris, terrassé par un lynx	22	34	135 »
59	Un ocelot emportant un héron	17	32	135 »
60	Un cerf, une biche et un faon.	22	26	75 »
61	Un taureau debout	17	29	75 »
62	Un taureau et un tigre	22	23	85 »
63	Un taureau terrassé par un ours	15	30	100 »
64	Les Grâces (groupe).	12	8	120 »
	TROISIÈME SÉRIE			
65	Un loup tenant à la gorge un cerf blessé	21	37	140 »
66	Le lion des Tuileries (réduction).	26	35	180 »
67	Un tigre dévorant un gavial.	20	51	220 »
68	Un éléphant monté par un Indien écrase un tigre.	29	35	220 »
69	Une grande panthère saisissant un cerf du Gange.	34	55	
70	Un cerf dix-cors terrassé par deux lévriers d'Écosse	35	61	500 »
71	Le roi Charles VII (statuette équestre)	30	24	170 »
72	Le général Bonaparte (statuette équestre)	36	29	170 »
73	Le duc d'Orléans (statuette équestre).	37	30	170 »
74	Un cavalier abyssinien surpris par un serpent.	22	22	150 »
75	Un cavalier chinois	35	32	200 »
76	Deux cavaliers arabes tuant un lion.	37	40	350 »
77	Thésée combattant le Minotaure	47	31	300 »
78	Angélique et Roger, montés sur l'hippogriffe.	53	67	700 »
	QUATRIÈME SÉRIE			
79	Un bougeoir, feuilles de lierre.	9	12	5 »
80	Un bougeoir, feuilles de vigne	7	19	9 »
81	Un brûle-parfums.	11	7	20 »
82	Une coupe ornée d'arabesques, la paire	12	20	40 »
83	Une coupe, la même plus élevée, la paire.	20	17	40 »
84	Une coupe ornée, dessus vigne et dessous lierre, la paire.	12	20	45 »
85	Une coupe ornée, dessus vigne et dessous lierre, plus élevée, la paire	20	17	45 »

NUMÉROS d'ordre	SUJETS	HAUTEUR	LONGUEUR	PRIX
		Centimètres.	Centimètres.	Francs.
86	Un flambeau style Renaissance, la paire.	19	9	20 »
87	Un flambeau, pied feuilles de vigne, la paire	23	9	20 »
88	Un flambeau, pied feuilles de vigne et serpent à la tige	24	10	30 »
89	Un candélabre 3 branches, tige à serpent (grec), la paire	61	21	100 »
90	Un candélabre 3 branches, décoré d'arabesques, la paire	55	17	125 »
91	Un grand candélabre à 12 branches, fruits, feuilles de pavots et animaux.	94		600 »
92	Un socle en bronze décoré d'arabesques.	19	46	200 »
93	Un encrier	14	33	100 »
94	Un jaguar dormant	9	32	60 »
95	Un taureau cabré.	32	30	60 »
96	Deux chiens en arrêt devant un faisan	11	26	50 »
97	Deux chiens en arrêt devant un lapin, pendant	11	26	50 »
98	Une lionne debout	17	24	
99	Un lion assis, faisant pendant au lion des Tuileries	36	34	
100	Un cheval surpris par un lion	40	41	180 »
101	Une grande antilope surprise par un crocodile.	17	42	200 »
102	Un serpent étouffant une gazelle.	16	33	
103	Un serpent étouffant un crocodile.	17	37	
104	Une amazone.	40	38	165 »
105	Un grand candélabre à 9 branches, à figures mascarons et chimères, la paire.	95	40	1.000 »
106	Un lustre à 30 lumières, orné de 10 petites figures	»	»	1.400 »
107	Un socle servant de base au groupe d'Angélique.	»	»	480 »
108	Un flambeau bout-de-table à 2 lumières et cigogne, la pièce.	35	25	25 »
109	Une statuette équestre, Gaston de Foix.	37	30	250 »
110	Un groupe d'enfants supportant une coquille, la paire.	»	»	145 »
111	Une cigogne disposée pour cachet	7	3	6 »
112	Un petit lapin, sans terrasse.	»	»	2 50
113	Un éléphant terrassant un tigre	»	»	150 »

43

CATALOGUE DES BRONZES DE BARYE

Exposition universelle   STATUAIRE   *Médaille d'honneur.*
de 1855.

RUE DES FOSSÉS-SAINT-VICTOR, 13, PARIS

HAUTEUR	LONGUEUR		NUMÉROS D'ORDRE	SUJETS	PRIX
Centimètres.	Centimètres.				Francs.
				Figures	
36	29		1	Le général Bonaparte	170
37	30		2	Le duc d'Orléans	170
40	38		3	Amazone, costume moderne	165
37	30	Équestres.	4	Gaston de Foix	250
30	24		5	Charles VII le Victorieux	170
35	32		6	Guerrier tartare arrêtant un cheval	200
22	22		7	Cavalier africain surpris par un serpent	150
37	40		8	Cavaliers arabes tuant un lion	350
29	35		9	Indien monté sur un éléphant terrassant un tigre	220
53	67		10	Angélique et Roger, montés sur l'hippogriffe	700
20	9		11	Les Grâces	120
»	»		12	Trois femmes assises, Vénus, Minerve et Junon, qui supportent une vasque	»
47	31	Musée du département de la Haute-Loire.	13	Thésée combattant le Minotaure	300
128	112		14	Thésée combattant le centaure Biénor	»
35	35		15	Esquisse du même sujet	220
				Animaux	
23	25		16	Singe monté sur une antilope	80
25	12		17	Ours debout	45
23	17		18	Groupe d'ours	30
14	21		19	Ours assis	35
7	26		20	Lévrier couché	30
10	18	Pendants.	21	Épagneul	20
9	18		22	Braque	20
12	22	Pendants.	23	Épagneul en arrêt sur un faisan	35
11	22		24	Braque en arrêt sur un lapin	35
13	25	Pendants.	25	Deux chiens en arrêt sur des perdrix	50
13	25		26	Deux chiens en arrêt sur des faisans	50
14	26	Pendants.	27	Basset assis	50
14	26		28	Autre basset assis	50
16	25	Pendants.	29	Basset debout	50
16	25		30	Autre basset debout	50
11	15		31	Petit chien basset debout	20
21	37		32	Loup tenant un cerf à la gorge	140

HAUTEUR	LONGUEUR		NUMÉROS D'ORDRE	SUJETS	PRIX
Centimètres.	Centimètres.				Francs.
23	17		33	Deux jeunes lions	80
14	31		34	Lion dévorant une biche	60
21	27		35	Lion tenant un guib	50
56	73	Jardin des Tuileries.	36	Lion au serpent	»
26	35		37	Réduction du même sujet	180
18	21		38	Petite réduction	70
15	16		39	Esquisse du même	35
37	31	Jardin des Tuileries.	40	Lion assis	150
21	16		41	Réduction du même	40
19	15		42	Petite réduction	33
21	23	Pendants.	43	Lionne du Sénégal	50
21	23		44	Lionne d'Algérie	50
23	40	Pendants.	45	Lion qui marche	120
23	40		46	Tigre qui marche	120
			47	Les mêmes sans plinthe, chaque	100
35	53		48	Tigre surprenant une antilope	400
16	32		49	Réduction du même sujet	120
42	105	Ministère de l'Intérieur.	50	Tigre dévorant un gavial	»
20	51		51	Réduction du même sujet	220
11	27	Pendant au n° 24.	52	Petite réduction	60
13	33	Pendant au n° 35.	53	Tigre dévorant une gazelle	60
39	54		54	Panthère saisissant un cerf	350
39	53	Pendant au n° 48.	55	Le même avec profil	350
7	18		56	Panthère couchée	18
10	20	Pendants.	57	Panthère de l'Inde	25
10	20		58	Panthère de Tunis	25
11	23		59	Panthère surprenant un zibet	40
13	21		60	Jaguar qui marche, n° 1	40
11	22	Pendants.	61	Jaguar qui marche, n° 2	30
13	20		62	Jaguar debout	20
8	22		63	Jaguar couché	30
8	18		64	Jaguar et caïman	30
44	105	Musée du Luxembourg.	65	Jaguar dévorant un lièvre	»
7	23		66	Jaguar dévorant un agouti, esquisse du précédent	30
9	32		67	Jaguar dormant	50
17	32		68	Ocelot emportant un héron	135
4	8	Pendants.	69	Lapin, les oreilles couchées	3
4	8		70	Lapin, les oreilles dressées	3
			71	Les mêmes sans terrasse (chaque)	2
14	16	Pendants.	72	Eléphant d'Asie	35
14	16		73	Eléphant d'Asie	35
23	35		74	Eléphant écrasant un tigre	150
40	41		75	Cheval surpris par un lion	180
20	25		76	Cheval, la tête baissée	65
14	17	Pendants.	77	Réduction du même	25
14	17		78	Cheval demi-sang	25
30	26	Pendants.	79	Cheval turc	90
30	26		80	Second cheval turc	90
29	32		81	Les mêmes, sur plinthe carrée	95

HAUTEUR	LONGUEUR	NUMÉROS D'ORDRE	SUJETS	PRIX
Centimètres.	Centimètres.			Francs.
15	14	82	Dromadaire d'Égypte	35
22	31	83	Élan surpris par un lynx	135
8	14	84	Daim couché	10
5	9	85	Faon et daim.	7
36	61	86	Cerf terrassé par deux lévriers	500
20	16	87	Cerf qui marche.	35
24	19	88	Cerf au repos.	35
20	16	89	Cerf qui écoute.	30
20	16	90	Cerf, la jambe levée	25
		91	Cerf frottant ses bois contre un arbre	»
22	26	92	Cerf, biche et faon	75
10	15	93	Biche couchée . . . . ' . .	15
7	18	94	Faon couché	12
14	20	95	Axis	22
14	16	96	Cerf de Java	25
17	14	97	Cerf-axis	25
17	17	98	Cerf du Gange	25
26	41	99	Cerf de Virginie, couché.	120
9	11	100	Gazelle d'Éthiopie	15
11	8	101	Kevel.	15
17	23	102	Taureaux	75
22	22	103	Taureau cabré	60
23	23	104	Le même groupé avec un tigre	85
15	30	105	Taureau terrassé par un ours.	100
29	32	106	Aigle tenant un héron	190
26	18	107	Aigle les ailes étendues	100
21	11	108	Perruche posée sur un arbre.	25
13	21	109	Faisan, sur plinthe.	14
13	21	110	Autre faisan, sur plinthe.	14
7	3	111	Cigogne.	5
7	3	112	Cigogne disposée pour cachet	6
8	6	113	Cigogne posée sur une tortue	10
3	11	114	Tortue n° 1	9
5	14	115	La même sur plinthe en marbre n° 2	15
2	6	116	Réduction n° 1.	3
3	8	117	Réduction n° 2	4
3	11	118	Tortue à charnière, disposée pour boîte.	8
4	20	119	Crocodile sans terrasse	13
17	42	120	Crocodile dévorant une antilope.	200
9	31	121	Serpent python avalant une biche.	50
16	40	122	Python enlaçant une gazelle.	40
19	39	123	Python étouffant un crocodile	120

Pendants.
Pendants.
Pendants.
Pendants.
Pendants.
Pendants.

HAUTEUR	LONGUEUR	NUMÉROS D'ORDRE	SUJETS	PRIX
Centimètres.	Centimètres.			Francs.
			Bas-reliefs	
22	44	124	Lion de la Colonne de Juillet.	10
15	21	125	Léopard	10
		126	Panthère.	10
		127	Genette.	10
		128	Cerf de Virginie	6
10	16		Les mêmes sans cadre, chaque.	»
			Ornements	
		129	Coupe ornée d'arabesques et de feuilles de vigne.	»
		130	Coupe, pieds de faune et raisins.	45
		131	Coupe à bords renversés, haute tige	45
		132	Brûle-parfums	15
		133	Brûle-parfums supporté par 3 petites figures.	20
		134	Brûle-parfums orné de Chimères.	20
		135	Lustre à 30 lumières, orné de dix petites figures et d'un groupe d'oiseaux.	1.400
51	21	136	Candélabre à 3 lumières.	110
55	17	137	Candélabre à 3 lumières, décoré d'arabesques et surmonté d'une cigogne	125
94		138	Candélabre à 12 lumières, composé de fruits, feuilles et racines de pavots, avec serpent à la tige et surmonté d'un oiseau. .	600
95	40	139	Candélabre à 9 lumières, décoré de 6 figures mascarons, et Chimères.	1.000
19	9	140	Flambeaux.	25
		141	Flambeaux ornés de volubilis, raisins, pieds de faune et serpent à la tige	35
24	10	142	Flambeaux décorés de feuillages et clochette, avec insecte à la tige	55
35	25	143	Flambeaux bout-de-table à 2 lumières, surmontés d'une cigogne.	50
9	12			
7	19	144	Bougeoir orné de feuilles de lierre.	5
		145	Bougeoir orné de feuilles de vigne	10
		146	Bougeoir orné de clochettes	10
19	46	147	Socle en bronze décoré d'arabesques, servant de base au guerrier tartare.	180
		148	Socle avec cadran, marbre et ornements dorés, servant de base au groupe d'Angélique et Roger	480
		149	Socle, bronze et marbre servant de base à la statuette de Charles VII	»
		150	Socle marbre, cadran et ornements dorés, servant de base au groupe : Cerfs et lévriers	»
		151	Garde-cendre.	280
14	33	152	Encrier	100

44

CATALOGUE DES BRONZES DE BARYE

QUAI DES CÉLESTINS, 10 PARIS

HAUTEUR	LONGUEUR		NUMÉROS D'ORDRE	SUJETS	PRIX
Centimètres.	Centimètres.				Francs.
				Figures	
36	29		1	Le général Bonaparte	200
37	30		2	Le duc d'Orléans.	200
40	28		3	Amazone, costume moderne	200
37	30	Équestres.	4	Gaston de Foix	250
30	24		5	Charles VII le Victorieux	200
35	32		6	Guerrier tartare arrêtant son cheval.	220
37	40		7	Deux cavaliers arabes tuant un lion	400
39	29		8	Un cavalier arabe tuant un lion	250
25	30		9	Un cavalier arabe tuant un sanglier	250
22	22		10	Cavalier africain surpris par un serpent.	200
29	35		11	Indien monté sur un éléphant écrasant un tigre.	250
53	67		12	Angélique et Roger, montés sur l'hippogriffe.	800
20	9		13	Les Grâces supportant un brûle-parfums.	150
»	»		14	Trois femmes assises, Vénus, Minerve et Junon, supportant une vasque	»
»	»		15	Minerve.	140
»	»	Statuettes.	16	Junon.	»
»	»		17	Une néréide	»
47	31	Musée du département de la Haute-Loire.	18	Thésée combattant le Minotaure	330
128	112		19	Thésée combattant le centaure Biénor.	6.000
35	35		20	Esquisse du même sujet.	250
				Animaux	
23	25		21	Singe monté sur une antilope.	80
25	12		22	Ours debout	45
23	17		23	Groupe d'ours	89
14	21		24	Ours assis	40
7	26		25	Lévrier couché	35
10	18		26	Épagneul.	25
9	18	Pendants.	27	Braque.	25
»	»		28	Épagneul en arrêt sur un lapin	45
»	»	Pendants.	29	Braque en arrêt sur un faisan	45
13	25		30	Deux chiens en arrêt sur des faisans.	70
13	25	Pendants.	31	Deux chiens en arrêt sur des perdrix	70
14	26		32	Basset assis.	50
14	26	Pendants.	33	Autre basset assis	50
16	25		34	Basset debout.	50

HAUTEUR	LONGUEUR		NUMÉROS D'ORDRE	SUJETS	PRIX
Centimètres.	Centimètres.				Francs.
15	25		35	Autre basset debout	50
15	21		36-37	Réduction des mêmes.	40
11	15		38	Petite réduction	25
21	37		39	Loup tenant un cerf à la gorge.	150
23	17		40	Deux jeunes lions.	80
14	31		41	Lion dévorant une biche	65
12	27		42	Lion tenant un guib	5
»	»	Jardin Tuileries.	43	Lion au serpent	»
26	35		44	Réduction du même sujet, n° 1.	180
18	21		45	Réduction n° 2	80
15	16		46	Esquisse du même sujet	40
»	»	Jardin Tuileries.	47	Lion assis.	»
37	31		48	Réduction n° 1	180
21	16		49	Réduction n° 2	50
19	15		50	Réduction n° 3	40
21	33	Pendants.	51	Lionne du Sénégal	55
21	33		52	Lionne d'Algérie	55
23	40	Pendants.	53	Lion qui marche	120
23	40		54	Tigre qui marche.	120
»	»		55-56	Les mêmes sans plinthe, chaque.	110
35	53		57	Tigre surprenant une antilope	400
»	»		58	Le même sans profil . .	350
15	32	Min. de l'Int.	59	Tigre surprenant un cerf.	120
42	25		60	Tigre dévorant un gavial.	»
20	51		61	Réduction du même sujet.	250
11	27	Pend.au n°42	62	Réduction n° 2	60
13	33	Pend.au n°41	63	Tigre dévorant une gazelle.	65
39	54	Pend.au n°56	64	Panthère saisissant un cerf.	400
39	53	Pend.au n°58	65	Le même sans profil.	350
7	18		66	Panthère couchée.	20
13	25	Pendants.	67	Panthère de l'Inde	50
13	25		68	Panthère de Tunis	50
10	20		69-70	Réduction des mêmes, chaque.	30
11	23		71	Panthère surprenant un zibet.	45
13	22		72	Jaguar qui marche, n° 1.	45
11	21		73	Jaguar qui marche, n° 2.	35
13	20	Pend.au n°72	74	Jaguar debout, n° 1.	45
11	21	Pend.au n°73	75	Jaguar debout, n° 2.	35
8	22		76	Jaguar couché, tenant une tête de cheval	35
8	13		77	Jaguar tenant un caïman.	35
44	105	Mus. du Luxembourg	78	Jaguar dévorant un lièvre.	»
7	23		79	Jaguar dévorant un agouti, esquisse du précédent.	35
9	32		80	Jaguar dormant.	50
8	22		81	Jaguar dévorant un crocodile.	45
17	32		82	Ocelot emportant un héron.	150
6	8		83	Groupe lapins	10
4	8	Pendants.	84	Lapin, oreilles dressées	3
4	8		85	Lapin, oreilles couchées	3
4	8		86-87	Les mêmes, sur terrasse carrée, chaque	6
4	8		88-89	Les mêmes, sur terrasse ovale, chaque	6
»	»		90-91	Les mêmes, sans terrasse, chaque	2

HAUTEUR	LONGUEUR		NUMÉROS D'ORDRE	SUJETS	PRIX
Centimètres.	Centimètres.				Francs.
14	16	Pendants.	92	Éléphant d'Asie.	40
14	16		93	Éléphant d'Asie.	40
23	35		94	Éléphant écrasant un tigre.	180
40	41		95	Cheval surpris par un lion.	200
20	25		96	Cheval demi-sang, la tête baissée.	65
14	17	Pendants.	97	Réduction du même	30
14	17		98	Cheval demi-sang.	30
30	26	Pendants.	99	Cheval turc.	»
30	26		100	Autre cheval turc.	»
29	32		101-102	Les mêmes, sur plinthe carrée (chaque)	10
19	18		103	Dromadaire d'Égypte	45
15	14		104	Réduction du même	35
22	31		105	Élan surpris par un lynx	150
11	15		106	Daim.	30
8	14		107	Daine et faon.	20
8	14		108	Daine couchée	12
5	9		109	Faon de daim.	8
50	40		110	Cerf dix-cors terrassé, par deux lévriers d'Ecosse	550
36	40		111	Le même, sans profil	»
20	16		112	Cerf qui marche.	40
24	19		113	Cerf au repos	40
20	16		114	Cerf qui écoute	35
20	16	Pendants.	115	Cerf, la jambe levée	35
20	21		116	Cerf frottant ses bois contre un arbre.	70
22	26		117	Cerf, biche et faon	80
10	15		118	Biche couchée	15
7	8		119	Faon couché	12
14	20		120	Axis.	30
14	20	Pendants.	121	Cerf de Java	30
17	14		122	Cerf-axis	30
17	17	Pendants.	123	Cerf du Gange	30
17	17		123	Cerf du Gange	30
26	41		124	Cerf de Virginie, couché	120
9	11		125	Gazelle d'Éthiopie	15
11	8		126	Kevel	15
17	29		127	Taureau.	75
22	22		128	Taureau cabré	60
23	23		129	Le même, groupé avec un tigre	90
15	30		130	Taureau terrassé par un ours	90
29	32		131	Aigle tenant un héron	200
26	18		132	Aigle, les ailes étendues	110
26	18		133	Le même, le bec ouvert	110
24	18		134-135	Les mêmes sans profil — chaque	100
21	11		136	Perruche posée sur un arbre	30
21	11		137	Autre perruche sur un arbre.	30

HAUTEUR	LONGUEUR		NUMÉROS D'ORDRE	SUJETS	PRIX
Centimètres.	Centimètres.				Francs.
13	21		138	Faisan	15
13	21		139	Autre faisan	15
8	4		140	Cigogne posée sur un piédouche	8
8	6		141	Cigogne posée sur une tortue	10
3	11		142	Tortue	10
2	6		143	Réduction de la même	3
5	14		144	Tortue sur plinthe carrée	15
3	8		145	Réduction de la même	4
4	20		146	Crocodile sans terrasse	15
17	42		147	Crocodile dévorant une antilope	200
9	31		148	Serpent python avalant une biche	50
16	42		149	Python enlaçant une gazelle	120
19	39		150	Python étouffant un crocodile	120
				Bas-reliefs	
22	44		151	Lion de la Colonne de Juillet	0
15	21		152	Léopards	12
15	21		153	Panthère	12
15	21		154	Genette emportant un oiseau	12
15	21		155	Cerf de Virginie	12
10	16		156	Les mêmes sans cadre — chaque	6
				Ornements	
»	»	La paire {	159	Coupe pieds de faune et raisins	50
»	»		160	Coupe à bords renversés, haute tige	60
»	»		161	Brûle-parfums — chaque	15
»	»		162	Brûle-parfums orné de Chimères	25
»	»		163	Brûle-parfums supporté par trois petites figures	»
»	»		164	Lustre à trente lumières, orné de dix petites figures et d'un groupe d'oiseaux	»
»	51		165	Candélabre à trois lumières, style Charles VII	230
»	55		166	Candélabre antique à trois lumières, décoré d'arabesques et de chaînes, surmonté d'une cigogne	250
»	60		167	Candélabre grec à dix lumières	550
»	94		168	Candélabre à douze lumières, composé de fruits, feuilles et racines de pavots, serpent à la tige, et surmonté d'un oiseau .	800
95	»		169	Candélabre à neuf lumières, décoré de six figures, mascarons et Chimères	1240
19	»		170	Flambeaux	30
24	»		171	Flambeau orné de volubilis, racines et pieds de faune	30
24	»		172	Le même avec serpent à la tige	35
26	»		173	Flambeau grec	50
26	»		174	Le même avec médaillon antique	60
34	»		175	Flambeau décoré de feuillage et de clochettes, avec scarabée à la tige	70
35	»		176	Flambeau bout-de-table à deux lumières, surmonté d'une cigogne	50

HAUTEUR	LONGUEUR		NUMÉROS D'ORDRE	SUJETS	PRIX
Centimètres.	Centimètres.				France.
9	»		177	Bougeoir orné de feuilles de lierre.	8
7	»		178	Bougeoir orné de feuilles de vigne.	12
7	»		179	Bougeoir orné de clochettes	15
»	»		189	Socle en marbre avec ornements de bronze et cadran servant de base au groupe d'Angélique et Roger.	600
»	»		190	Socle en bronze décoré d'arabesques, avec petit marbre servant de base au guerrier tartare.	250
»	»		191	Socle en bronze avec base de marbre, servant de piédestal à la statuette de Charles VII.	200
»	»		192	Socle en marbre avec bas-relief, cadran et heures en malachite servant de base au tigre et gavial.	200
»	»		193	Socle en marbre avec ornements de bronze, gravure et cadran, servant de base au Centaure et Lapithe (petit moule). . . .	380
»	»		194	Socle en marbre, cadran et ornements de bronze, servant de base au groupe cerf di..-cors et lévriers.	»
»	»		195	Garde-cendre antique	200
»	»		196	Garde-cendre avec deux aigles et un crocodile.	400
»	»		197	Encrier	120

Figures

HAUTEUR	LONGUEUR		NUMÉROS D'ORDRE	SUJETS	PRIX
36	29		1	Le général Bonaparte.	200
37	30		2	Le duc d'Orléans.	220
40	38	Équestres.	3	Amazone, costume de 1830.	200
37	30		4	Gaston de Foix	250
30	24		5	Charles VII le Victorieux.	220
35	32		6	Guerrier tartare arrêtant son cheval	250
37	40		7	Deux cavaliers arabes tuant un lion	400
39	29		8	Un cavalier arabe tuant un lion	275
25	30		9	Un cavalier arabe tuant un sanglier	250
22	22		10	Cavalier africain surpris par un serpent	200
29	35		11	Indien monté sur un éléphant écrasant un tigre	250
53	67		12	Angélique et Roger montés sur l'hippogriffe	800
20	9		13	Les Grâces supportant un brûle-parfums.	150
33	13		14	Minerve.	150
31	13		15	Junon.	150
47	31		16	Thésée combattant le Minotaure	360
128	112	Musée dép. Haute-Loire.	17	Thésée combattant le centaure Biénor	6000
35	35		18	Esquisse du même sujet	275

Animaux

HAUTEUR	LONGUEUR		NUMÉROS D'ORDRE	SUJETS	PRIX
23	25		19	Singe monté sur un gnou (antilope)	90
25	12		20	Ours debout	50
23	17		21	Groupe d'ours	80
14	21		22	Ours assis.	45

HAUTEUR	LONGUEUR		NUMÉROS D'ORDRE	SUJETS	PRIX
Centimètres.	Centimètres.				Francs.
7	26		23	Lévrier couché	
10	18		24	Épagneul	35
9	18		25	Braque	30
11	21		26	Épagneul en arrêt sur un lapin	30
11	21		27	Braque en arrêt sur un faisan	45
13	25		28	Deux chiens en arrêt sur des faisans.	45
13	26		29	Deux chiens en arrêt sur des perdrix.	80
14	26		30	Basset assis.	80
14	25		31	Autre basset assis	55
16	25		32	Basset debout.	55
16	15		33	Autre basset debout	55
11	15		34	Réduction du même	55
15	21		35	Basset anglais	30
21	37		36	Loup tenant un cerf à la gorge.	50
23	7		37	Deux jeunes lions	165
12	27		38	Lion tenant un guib	80
14	31		39	Lion dévorant une biche	60
»	»	Jardin des Tuileries.	40	Lion au serpent	65
26	35		41	Lion au serpent, n° 1.	»
18	21		42	Lion au serpent, n° 2.	200
15	16		43	Lion au serpent, n° 3. (esquisse).	90
»	»	Jardin des Tuileries.	44	Lion assis	50
37	31		45	Lion assis, n° 1.	»
21	16		46	Lion assis, n° 2.	200
19	15		47	Lion assis, n° 3.	55
19	15		48	Lion assis, n° 4.	45
21	33		49	Lionne du Sénégal	40
21	33		50	Lionne d'Algérie	60
23	40		51	Lion qui marche	60
23	40		52	Tigre qui marche.	120
			53-54	Les mêmes, sans plinthe — chacun	120
35	53		55	Tigre surprenant une antilope	110
35	52		56	Le même sans profil	450
»	»		57	Tigre surprenant un cerf	400
42	105	Mus. de l'In.	58	Tigre dévorant un gavial	130
20	51		59	Réduction du même sujet	»
11	27	Pend. au 58.	60	Réduction du n° 2.	250
13	33	Pend. au 59.	61	Tigre dévorant une gazelle.	65
39	54	Pend. au 55.	62	Panthère saisissant un cerf.	65
39	53	Pend. au 56.	63	Le même sans profil	450
7	18		64	Panthère couchée.	400
13	25	Pendants.	65	Panthère de l'Inde	25
13	25		66	Panthère de Tunis	55
10	20		67-68	Réduction des mêmes — chacun.	55
11	23		69	Panthère surprenant un zibet	35
13	21		70	Jaguar qui marche, n° 1	50
11	22		71	Jaguar qui marche, n° 2	50
13	21	Pend. au 70.	72	Jaguar debout, n° 1.	40
11	19	Pend. au 71.	73	Jaguar debout, n° 2.	50
8	22		74	Jaguar couché, tenant une tête de cheval	40
8	13		75	Jaguar tenant un caïman	35
44	105	Musée de Luxembourg.	76	Jaguar dévorant un lièvre.	35
7	23		77	Jaguar dévorant un agouti, esquisse du précédent.	2000
9	52		78	Jaguar dormant.	35
8	22		79	Jaguar dévorant un crocodile	50

HAUTEUR	LONGUEUR		NUMÉROS D'ORDRE	SUJETS	PRIX
Centimètres.	Centimètres.				Francs.
17	32		80	Ocelot emportant un héron	160
6	8		81	Groupe de lapins.	12
4	8	Pendants.	82	Lapin, oreilles dressées	5
4	8		83	Lapin, oreilles couchées	5
4	8	Pendants.	84-85	Les mêmes, sur terrasse carrée.	8
4	8		86-87	Les mêmes, sur terrasse ovale.	8
»	»		88-89	Les mêmes, sans terrasse	3
14	16		90	Éléphant d'Asie.	45
14	16		91	Éléphant d'Afrique.	45
23	35		92	Éléphant écrasant un tigre.	180
40	41		93	Cheval surpris par un lion	220
20	25		94	Cheval demi-sang, la tête baissée	70
14	17		95	Réduction du même	35
14	17		96	Cheval demi-sang	35
30	26		97	Cheval turc.	110
30	26	Pendants.	98	Autre cheval turc.	110
29	32		99-100	Les mêmes, sur plinthe carrée — chaque	120
19	18		101	Dromadaire d'Algérie.	60
15	14		102	Réduction du même	50
22	31		103	Élan surpris par un lynx.	150
11	15		104	Daim	35
8	14		105	Daine et son faon.	25
8	14		106	Daine couchée	12
5	9		107	Faon de daim.	10
50	40		108	Cerf dix-cors terrassé par deux lévriers d'Écosse	550
36	40		109	Le même sans profil	»
20	16		110	Cerf qui marche	45
24	19		111	Cerf au repos.	45
20	16	Pendants.	112	Cerf qui écoute.	40
20	16		113	Cerf, la jambe levée	40
20	21		114	Cerf frottant ses bois contre un arbre	75
22	26		115	Cerf, biche et faon	85
10	15		116	Biche couchée.	18
7	8		117	Faon couché	15
14	20	Pendants.	118	Axis.	30
14	20		119	Cerf de Java	30
17	14	Pendants.	120	Cerf-axis	30
17	17		121	Cerf du Gange.	120
26	41		122	Cerf de Virginie, couché	120
9	11		123	Gazelle d'Éthiopie	15
11	8		124	Kevel	15
17	29		125	Taureau.	85
22	22		126	Taureau cabré	70

HAUTEUR	LONGUEUR		NUMÉROS D'ORDRE	SUJETS	PRIX
Centimètres.	Centimètres.				Francs.
23	23		127	Le même groupé avec un tigre	100
15	30		128	Taureau terrassé par un ours	90
29	32		129	Aigle tenant un héron	220
26	18	Pendants.	130	Aigle, les ailes étendues	150
26	31		131	Le même, le bec ouvert	150
24	18		132	Les mêmes, sans profil —	120
21	11	Pendants.	133	Perruche posée sur un arbre	35
21	11		134	Autre perruche sur un arbre	35
13	21	Pendants.	135	Faisan	20
13	21		136	Autre faisan	20
8	4		137	Cigogne posée sur un piédouche	10
8	6		138	Cigogne posée sur une tortue.	12
3	11		139	Tortue	12
2	6		140	Réduction de la même	5
5	14		141	Tortue, sur plinthe carrée	18
3	8		142	Réduction de la même	6
4	20		143	Crocodile sans terrasse.	15
17	42		144	Crocodile dévorant une antilope	200
9	31		145	Serpent python avalant une biche.	50
16	42		146	Python enlaçant une gazelle	120
19	39		147	Python étouffant un crocodile.	120

Bas-reliefs

HAUTEUR	LONGUEUR		NUMÉROS D'ORDRE	SUJETS	PRIX
22	44		148	Lion de la Colonne de Juillet.	80
15	21		149	Léopard.	15
15	21		150	Panthère	15
15	21		151	Genette emportant un oiseau.	15
15	21		152	Cerf de Virginie	15
10	16		153	Les mêmes, sans cadre — chacun	6

Ornements

HAUTEUR	LONGUEUR		NUMÉROS D'ORDRE	SUJETS	PRIX
10	»	La paire.	157	Coupe pieds de faune et raisins.	55
15	»		158	Coupe à bords renversés, haute tige	65
10	»	La paire.	159	Brûle-parfums	15
10	»		160	Brûle-parfums orné de Chimères.	25
51	»		161	Candélabre à trois lumières, style Charles VII.	250
55	»		162	Candélabre antique à trois lumières, décoré d'arabesques et de chaînes, surmonté d'une cigogne.	275
60	»	La paire.	163	Candélabre grec à dix lumières, surmonté d'un hibou.	600
94	»		164	Candélabre à douze lumières, composé de fruits, feuilles, et racines de pavots, serpent à la tige, et surmonté d'un oiseau	800
95	»		165	Candélabre à neuf lumières, décoré de six figures, mascarons et Chimères	1400

HAUTEUR	LONGUEUR		NUMÉROS D'ORDRE	SUJETS	PRIX
Centimètres.	Centimètres.				Francs.
19	»		166	Flambeau	35
24	»		167	Flambeau orné de volubilis, racines et pieds de faune	35
24	»		168	Le même avec serpent à la tige	40
26	»	La paire.	169	Flambeau grec	50
26	»		170	Le même avec médaillons antiques	60
34	»		171	Flambeau décoré de feuillages et de clochettes, avec scarabée à la tige . . . . :	70
35	»		172	Flambeau bout-de-table à deux lumières.	60
9	»		173	Bougeoir orné de feuilles de lierre	10
7	»		174	Bougeoir orné de feuilles de vigne.	15
7	»		175	Bougeoir orné de clochettes	20
»	141		176	Garde-cendre antique	500
»	»		177	Garde-cendre à coulisse, décoré de deux aigles et un crocodile.	450
»	»		178	Encrier surmonté d'un hibou.	150
»	»		179	Socle en marbre avec ornements et tour de cadran en bronze servant de base au groupe Angélique et Roger	600
»	»		180	Socle en bronze décoré d'arabesques, avec petit marbre, servant de base au guerrier tartare.	250
»	»		181	Socle en bronze avec base de marbre, servant de base à la statue de Charles VII	200
»	»		182	Pendule en marbre avec bas-reliefs en bronze servant de base au tigre et au gavial	300
»	»		183	Socle en marbre avec ornements en bronze, gravure et cadran, servant de base au groupe Centaure et Lapithe	350

Nouveaux modèles

HAUTEUR	LONGUEUR		NUMÉROS D'ORDRE	SUJETS	PRIX
19	16	Pendants.	184	Piqueur, costume Louis XV.	100
20	16		185	Guerrier du Caucase	100
31	20		186	Paysan moyen âge.	120
27	36		187	Ours terrassé par des chiens de grande race.	330
31	39		188	Ours fuyant les chiens	350
11	11		189	Ratel dénichant des œufs.	40
20	36		190	Tom, lévrier d'Algérie	120
21	22	Pendants.	191	Levrette rapportant un lièvre	140
24	32		192	Loup marchant.	140
12	13		193	Loup pris au piège.	30
9	6		194	Chat assis	15
8	5		195	Lièvre assis.	7
4	5		196	Lièvre effrayé.	5
21	19		197	Cheval turc, n° 3	60
13	12		198	Cheval turc, n° 4	30
10	4		199	Hibou.	20
11	12		200	Faisan doré de Chine.	25
14	27		201	Daim, daine et deux faons	80
39	33		202	Cheval turc, n° 1.	220
19	22		203	Gnou	60
15	20		204	Buffle.	60
21	18		205	Hémione	50

HAUTEUR	LONGUEUR	NUMÉROS D'ORDRE	SUJETS	PRIX
Centimètres.	Centimètres.			Francs.
12	9	206	Petit chameau de Perse	30
10	13	207	Petit taureau	35
20	16	208	Cheval percheron	60
25	22	209	Cheval demi-sang, faisant pendant au n° 94	70
28	24	210	Cheval pur sang d'Arabie	90
14	19	211	Éléphant du Sénégal	55
14	19	212	Éléphant de Cochinchine	55
21	18	213	Cerf bramant	50
20	14	214	Ours monté sur un arbre, mangeant un hibou	80
19	32	215	Lion dévorant un sanglier	105
15	50	216	Bouquetin mort	100
24	12	217	Ours debout, n° 2	50
28	36	218	Lion marchant	150
25	36	219	Tigre marchant	150
10	16	220	Épagneul, n° 2	30
16	25	221	Sanglier blessé, n° 1	60
16	25	222	Sanglier blessé, n° 2	60
11	21	223	Panthère couchée, tenant un cerf Muntjac	50
13	4	224	Marabout	25
17	7	225	Milan emportant un lièvre	40
13	6	226	Aigle emportant un serpent	50
7	14	227	Faisan blessé	25
24	19	228	Dromadaire harnaché d'Égypte	90
24	16	229	Dromadaire monté par un Arabe	100
57	22	230	Candélabre décoré de groupes d'animaux	850

TABLE DES ILLUSTRATIONS

TABLE DES MATIÈRES

juillet 1

www.ingramcontent.com/pod-product-compliance
Lightning Source LLC
Chambersburg PA
CBHW070449030726
47503CB00004B/956